Die Schuhe der Vernunft
Eine Novelle

Über den Autor:

Joschka Jasper, 1986 in Flensburg geboren, arbeitet als Gymnasiallehrer für die Fächer Deutsch und evangelische Religion mit der Zusatzqualifikation als Lerncoach. Schon früh entdeckte er seine Liebe zur Literatur und übte sich bereits im Kindesalter an eigenen literarischen Texten, ehe 2007 sein Debütroman ›Ein x-beliebiger Schüler‹ erschien.

Joschka Jasper
Die Schuhe der Vernunft

Die Deutsche Nationalbibliothek verzeichnet diese Publikation in der Deutschen Nationalbibliografie; detaillierte bibliografische Daten sind im Internet über http://dnb.dnb.de abrufbar.

Herstellung und Verlag:
BoD – Books on Demand, Norderstedt

ISBN: 9783746063492

Inhalt

Abschied nehmen

Emma lag im Sterben. Und sie fürchtete sich nicht vor dem Tod, denn sie hatte ein langes und glückliches Leben geführt. Daran konnte es nicht auch nur den geringsten Zweifel geben, welchen Maßstab man auch immer an ihr Leben anlegen mochte.

Nichtsdestotrotz ließen wir, ihre Familie, nichts unversucht, um ihr die doch längst durchgekaute Welt wieder schmackhaft zu machen. Emmas Kinder und wir Kindeskinder hatten ihr immer wieder Dinge aufgezählt, die ein jeder angeblich einmal erlebt haben sollte. Und Emma hatte hinter nahezu all diesem Erlebenswerten in Gedanken einen Haken setzen können.

Sie hatte sich mit ihrem vor sieben Jahren verstorbenen Ehemann innig im Regen geliebt, hatte die großen Städte dieser Welt besucht, war nachts im Mondschein baden und hatte sich trotz Höhenangst am Bergsteigen versucht. Die fernsten und exotischsten Orte hatte sie gesehen, sie hatte in der Südsee zwischen Korallenriffen getaucht und in Indien war sie auf einem Elefanten geritten. So viele Dinge gab es, von denen sie erzählen konnte.

Emma hatte immer ohne Reue und falsche Scheu gelebt und was ihr in den Sinn kam, das hatte sie auch gewagt. Und heute Nacht war es eben Zeit zu gehen. Sicher, alles wird man nie gesehen haben, jedes verrückte Hirngespinst wird man niemals ausleben können. Aber irgendwann in seinem Leben ist man an einem Punkt angelangt, an dem man schlichtweg satt ist. Viele gestehen sich dieses Gefühl dann nicht ein und jagen weiter nach Trophäen, immer das nächste Ziel vor Augen. Aber ihre innere Leere können sie irgendwann mit keiner Weltumsegelung, mit keiner blutjungen Freundin, mit keiner Botoxspritze und mit keinem sündhaft teuren Sportwagen mehr füllen. Es bleibt ihnen dann nichts weiter als das verzweifelte Schwimmen gegen den Strom.

Meine Großmutter hingegen wollte nicht mehr gegen diesen Strom ankämpfen. Und sie spürte, dass ihr Herz jeden Moment aufhören würde zu schlagen. Wahrscheinlich zum letzten Mal sah sie sich in ihrem Zimmer um, das so trist und leblos schien, wie man es von einem Raum in einem Krankenhaus befürchtete. Die Infusionslösung im Tropf, an dem sie hing, träufelte monoton vor sich hin, die farblosen Gardinen baumelten schlaff von der Decke herunter. Eine Lampe an der Decke tauchte den Raum in ein stechendes Weiß. Alles in allem erschien mir Emmas Krankenhauszimmer nicht als ein Ort der Genesung, sondern als ein Ort des Abschieds. Und so schien selbst das Elektrokardiogramm nur wider Willen ihren stetig schwächer werdenden Herzschlag aufzuzeichnen.

Einzig Emmas kleiner Nachttisch rechts von ihr versprühte etwas Lebensmut. Die Kommode war überfüllt mit Genesungskarten, kleinen Stofftieren, allerhand Blumensträußen und Pralinenschachteln, die aus Platzmangel auch schon auf dem Fußboden abgelegt worden waren.

Natürlich vermochte kein Geschenk etwas daran zu ändern, dass Emma heute Nacht alleine und ohne ihre Familie, ohne mich, ihren Enkel, sterben würde. Aber wegen dieses kurzen Moments der Einsamkeit grämte sie sich vermutlich nicht. Letztendlich wird doch selbst der beliebteste Mensch alleine geboren und verlässt die Welt auch wieder alleine. Diese kurze Zeitspanne dazwischen jedoch, dieser Wimpernschlag auf der ewigen Zeitachse hatte ihr gehört und sie hatte das Bestmögliche aus ihm herausgeholt.

Ihre vier Kinder, wir sieben Enkelkinder und mittlerweile dreizehn Urenkelkinder hatten Emma allesamt an ihrem Krankenbett besucht. Und morgen würden wir alle den Tod unserer liebenswürdigen Mutter, Großmutter oder Urgroßmutter betrauern, einige würden gar an ihrem Grab bitterlich weinen. Sie würden Tränen vergießen, obwohl ihnen Emma immer und immer wieder versichert hatte, dass der Tod mittlerweile ihr Wunsch sei.

Und der Tod war nun endlich ganz nahe, nur noch wenige Sekunden entfernt. Emma schloss ihre Augen, die sie nie wieder brauchen würde. Noch schien sie einen Schmerz in der Brust zu spüren, zu fühlen, wie sich ihr Körper in Krämpfen dagegen wehrte, sie loszulassen. Warum nur ließ das nutzlose alte Fleisch sie nicht endlich frei?

Doch eine letzte Frage stand für Emma, oder vielmehr für mich noch im Raum, ehe Gevatter Tod seinen Gewinn einstreichen konnte. Es war die Frage, die sich jeder irgendwann einmal, spätestens in seinen letzten Atemzügen, stellte, gleichwohl es müßig war, sie überhaupt zu durchdenken: Was erwartet uns nach dem Tod? Gibt es einen Gott, der barmherzig die Arme ausbreitet und uns in das Paradies führt? Meine Großmutter vertraute schon immer auf diesen aus ihrer Sicht wärmenden Gedanken. Zwar mochte man sie wohl wahrlich nicht als gute Christin bezeichnen, hatte sie sich doch nie zu einer geflissentlichen Kirchengängerin entwickeln können und die Bibel bereits nach wenigen Seiten Kopf schüttelnd wieder zugeschlagen. Wenn schon keine kirchentreue Christin, so war Emma aber wohl gottesfürchtig. Zeit ihres Lebens hatte sie sich in der schützenden Hand des Allmächtigen geborgen gefühlt. Für dieses blinde Gottvertrauen wurde sie bewundert oder verachtet, von mir zumeist nur belächelt, ganz gleich, sie hatte an diesem Gefühl selbst in den letzten Monaten ihres langsamen Dahinsiechens festgehalten.

Leicht war dieses blinde Gottvertrauen auch ihr nicht gefallen, denn das Sterben glich, wie sie selbst einmal sagte, dem Geschmack bitterster Galle. Kein gesunder Mensch konnte sich diesen Geschmack vorstellen, wer mochte es auch schon? Einen Menschen, dessen Fleisch noch nicht die eindeutigen Brandmale des Verfalls aufwies, schreckte die Vorstellung, eines nicht allzu fernen Tages nur noch ein baldig erlöschendes Glimmen des einst so prächtig lodernden Lebensfeuers in sich zu tragen. Emma hingegen war sich wohl mittlerweile gewiss, dass dieser Schrecken unbegründet war. Der Verfall ihres Lebens schien ihr ebenso unverzichtbar wie seine Blüte, denn erst das Zusammenspiel konnte ihr den Wert des Lebens in Gottes Schöpfung aufzeigen. Emmas Lebensfaden in dieser Schöpfung war nun ausgesponnen. Der hämmernde Schmerz in ihrer Brust war abrupt verstummt, ihre Gedanken verloren sich im Nichts. Der Zeitpunkt ihres Todes war gekommen, ihr Herz hatte aufgehört zu schlagen. Das Elektrokardiogramm maß keine elektrischen Erregungen und damit keine Kontraktionen des Herzmuskels mehr. Nur noch eine unendliche Gerade flimmerte über den Bildschirm. Wenn es aller Wahrscheinlichkeiten zum Trotz einen Gott gab, würde er sie wohl jetzt empfangen. Eine allumfassende Stille umgab Emma. Und nur allzu gerne hätte ich mich an dieser Stelle aus meiner ungewollten Beobachterrolle zurückgezogen, um den Tod meiner Großmutter zu beklagen. Doch eine mir nicht erklärliche Kraft zwang mich, weiter auf der Bühne dieses Trauerspiels, in diesem trostlosen Krankenzimmer, zu verweilen. Ein zweiter, surrealer Akt sollte noch folgen.

Jenseits des Möglichen

Eine zeitlose Stille schien Emma zwar zunächst das Gefühl von Frieden zu vermitteln - doch dann ein Zischeln, noch weit entfernt. Wieder kehrte vermeintlich friedliche Stille ein. Und dann erneut dieses Zischeln, lauter werdend und aus allen Ecken kommend. Zu dem Zischeln mischten sich binnen weniger Sekunden Krabbelgeräusche, als ob tausende und abertausende kleiner Beinchen über den Boden tappelten.

Schlagartig kehrte Emmas Bewusstsein zurück. Oder war es mein Bewusstsein? Klare Grenzen waren hier nicht mehr zu erkennen.

Mühelos hob Emma ihre doch sonst so müden Augenlider. Fort war der graue Schleier, durch den sie die Welt zu betrachten gewohnt war, und Emma erschrak über ihre längst vergessene Sehkraft. Was ihre Augen an Stärke gewonnen hatten, schien ihr restlicher Körper jedoch verloren zu haben, sodass sie sich nicht auch nur ihren kleinen Finger zu heben imstande sah. Zeit verging, ohne dass man genau sagen konnte, ob es Minuten oder Stunden waren. Emma – oder ich – oder wir beide vernahmen, wie sich das noch weit entfernte Zischeln und Tappeln langsam zu einem bedrohlich wirkenden Klangteppich verwob.

Bang blickte sich die alte Frau um, soweit sie es ohne ihren Kopf zu drehen vermochte. Weniger enttäuscht, vielmehr erleichtert stellte sie fest, dass sie sich nach wie vor im Krankenzimmer befand. Meine Großmutter schien die Schwelle zu einem Leben danach folglich noch nicht überschritten zu haben, war die Fassade doch schließlich noch dieselbe. Womöglich, mutmaßte ich, befand sich Emma jetzt in einer Art Wachkoma, ausgelöst durch einen Schlaganfall oder dergleichen. Sicher war jedenfalls, dass es eine Erklärung für all das hier geben würde, denn es gab schließlich immer eine Erklärung.

Doch dieses Mal irrte ich mich. Jedwede Erklärungen waren mit einem Mal hinfällig.

Was selbst nach Emmas Tod noch ihr unverändertes Krankenhauszimmer zu sein schien, bekam nun nämlich unverhofft einen Anstrich des Grauens.

Mattgraue Spinnenwesen krochen unter der verschlossenen Tür und den verschlossenen Fenstern hervor. Die Krabbeltiere kamen aus den Steckdosen und aus dem Waschbecken, strömten sogar unter Emmas Krankenbett und hinter den Schränken hervor. Waren die Stimmen der Spinnen alleine und weit entfernt noch ein unverständliches Zischeln gewesen, so verwoben sie sich gemeinsam zu einer einzigen Stimme: »Er ist da! Der Tod kommt, der Tod kommt, der Tod kommt! Wir kündigen den Tod an! Er ist da!«

Emma blickte an ihrem Körper herunter und erschrak, wie er aschfahl und erschlafft auf dem Bett lag. Meine Großmutter und ich erkannten in diesem Moment gleichermaßen: Wo auch immer wir uns gerade befanden, es konnte kein uns bekannter Ort sein.

Was wir sahen, war ein trügerisches, von Gewohnheit und Lethargie geprägtes Bild, das uns Emmas Geist, beschwert von jahrelanger Monotonie, vermittelte. Das Sterben erwies sich als ein vernebelnder Prozess. Über Monate und Jahre hinweg war meine Oma mit zunehmendem Lärm gestorben, sodass der auf Samtpfoten nahende Tod schließlich nicht mehr wahrzunehmen war. Und jetzt war es zu spät.

Eine gewaltige Schar Spinnenwesen verteilte sich im Raum, krabbelte auf den Kleiderschrank, auf ihr Bett und auf ihre Nachtkommode. Und allesamt starrten sie mit ihren kleinen Kohlenaugen die alte Frau an, sodass ihr unweigerlich ein kalter Schauer über den Rücken lief.

»Was wollt ihr von mir«, wollte meine Oma sicherlich rufen, doch ihre Stimme war für alle Zeiten verebbt und ihr Mund blieb halb geöffnet, wie er es seit ihren letzten Atemzügen gewesen war.

Die Spinnen hatten das eben noch strahlend weiße Krankenzimmer überschwemmt und den Raum jeglicher Farbe beraubt. Allesamt starrten sie Emma regungslos an und zischelten wie mit einer einzigen Stimme immer und immer wieder: »Er ist da! Der Tod kommt, der Tod kommt, der Tod kommt! Wir kündigen den Tod an! Er ist da!«

Wahrscheinlich wollte Emma aufspringen, mit den Händen fuchteln, den Nachttisch umstoßen, ja, am liebsten jedes einzelne dieser Spinnenwesen unter ihren Füßen zerquetschen. Aber ihr Körper war tot, ihre Hände runzlig und nutzlos, ihr Mund ausgetrocknet.

Und ich? Ich wollte mir vor Augen führen, dass das, was ich sah, nur ein Traum sein konnte - doch es ging nicht. Meine panische Angst, die ich schon seit meiner frühesten Kindheit vor diesen achtbeinigen, achtäugigen Gliederfüßern verspürte, ließ mich keinen klaren Gedanken mehr fassen. Auch Emma starrte die Tiere derart panisch an, dass ihre Augen zu schmerzen begannen. Und doch war unsere Furcht vor diesen hinlänglich bekannten Krabbeltieren nur der letzte verzweifelte Wurf eines Rettungsankers Richtung Diesseits. Schon im nächsten Moment erwies sich die Scheu vor den Spinnen als absolut nachrangig, waren diese doch lediglich grausige Vorboten eines wesentlich schlimmeren Übels. Sie kündigten den großen Unbekannten an, und ich meine damit kein einfaches unausweichliches Naturphänomen, nein, vielmehr ein Wesen böser Natur, den Schwarzen Tod. In was für einem Albtraum war ich gefangen? »Wach auf«, wollte ich mir selbst zubrüllen, doch ich blieb bei Emma und unsere Schicksale blieben miteinander verwoben. Was auch immer passieren würde, ich würde es mit ansehen müssen.

Die Tür zu Emmas vermeintlichem Krankenzimmer wurde aus den Angeln gesprengt und die monströse Gestalt des Todes, zwei Meter hoch und noch höher, füllte den Licht durchfluteten Gang. Sein noch einmal um ein Vielfaches monströserer Schatten kroch wie ein Geschwür langsam in den Raum hinein und ließ die Spinnen in helle Aufregung geraten. Sie türmten sich übereinander, zuckten mit ihren dünngliedrigen Beinen, zischelten und versuchten aufgeregt, nicht vom Schatten verschlungen zu werden.

In lächerlich unwahrscheinlicher Genauigkeit glich der Tod dem Abbild des Sensenmannes. Sein Körper war von einem ausgefransten, pechschwarzen Umhang umschlungen und sein Gesicht wurde von einer tief hängenden Kapuze verdunkelt. Einzig seine modrigen, knochigen Hände waren zu erkennen, wie sie eine Sense fest umklammert hielten. Rational betrachtet erschien mir die Gestalt des Sensenmannes als grotesk, ja geradezu als naiv-kindlich, doch was war dieses Flüstern meiner Vernunft schon gegen die in meinen Ohren klingenden Schreie der Angst vor dem bösen Unbekannten? Sicherlich: Weder ein Gott, an den meine Großmutter so entschieden glaubte, noch der Tod, der ja irgendwo eine Art Gegenspieler Gottes darstellte, konnte logisch betrachtet als eine konkrete Person in Erscheinung treten. Aber andererseits sah ich eben, was ich sah. Und obwohl die Augen meiner Großmutter lichterloh zu brennen schienen, blinzelte sie nicht, sondern starrte den Tod regungslos an, in der Hoffnung, sie könnte so furchtlos erscheinen.

Ohne Hast, sich seiner Beute nur allzu gewiss, betrat der Tod den Raum. Die Spinnen scharten sich dicht um ihn, sodass der Eindruck entstand, er würde auf ihnen schweben. Abermals verschmolzen die Stimmen der Spinnen zu einer einzigen: »Der Tod schreitet voran. Wir kündigen den Tod an. Der Tod schreitet voran.«

Ich sah, wie sich Emmas Augen verkrampften und regelrecht hervorquollen, als wollten sie ihren Augenhöhlen entfliehen. Panisch sprangen ihre Blicke im Raum umher, auf der Suche nach einer Waffe, nach einer Fluchtmöglichkeit, auf der Suche nach irgendwem oder irgendetwas, das ihr aus dieser nicht für möglich gehaltenen Hölle hinaus helfen könnte. Emmas Blick blieb bei ihrem Nachttisch ruhen. Zwischen den aufgeregt zischelnden und knisternden Spinnen lugten noch immer einzelne Genesungskarten hervor. Auf einer war ein freundlich die Arme ausbreitender Bär zu erkennen, über ihm prangte die Aufschrift ›Es wird alles wieder gut‹. Daran mochte Emma in diesem Moment nicht mehr glauben.

Der Tod befand sich direkt über der Wehrlosen und beugte sich zu ihrem Gesicht herunter. Emmas Augen brannten, quollen, wollten weinen, doch Emma entsagte sich jeglicher Gefühlsregung. Sie würde nicht die Augen vor dem Unvermeidlichen verschließen, sie würde keine Schwäche zeigen, sondern im Glauben an Gott der kommenden Grausamkeiten verharren.

Das Antlitz des Todes war wie zu erwarten einigermaßen abstoßend. Er besaß ein langgezogenes, deformiertes Gesicht, das kaum einem Menschen einmal gehört haben konnte. Der Tod besaß dieselben kleinen Kohlenaugen wie die Spinnenwesen, zudem waren seine Lippen dünn und spröde. Seine Haut war kreidebleich und an den Wangen eingerissen oder fehlte komplett, sodass man durch die Muskelstränge hindurch in den Rachen schauen konnte. In eben diesen gierigen Schlund blickte Emma zuallerletzt, wie er sich über ihren Augen schloss. Alles, was ich noch hörte, war ihr letzter Schrei. Ein Schrei, der von diesem unfassbaren Albtraum zeugte. Ein Schrei, der so schrill war, dass er Welten zu durchdringen fähig schien.

Gängige Grundmuster

Gleichsam einem schrillen Schrei riss mich das Scheppern des Weckers aus meinem absonderlichen Traum. Aufgeschreckt gab mein Hund einen Laut. »Hund, still!«, ermahnte ich das Tier und hielt ihm als unterstützendes nonverbales Signal meine ausgestreckte Hand entgegen. Das Tier, von mir erfolgreich konditioniert, verstummte abrupt und legte sich wieder in seinen Korb. Kerzengerade richtete ich mich auf und rieb mir mit Daumen und Zeigefinger meiner rechten Hand das getrocknete Sekret aus meinen Augenlidern, während ich mir mit meinem linken Handrücken das wässrige Sekret von meiner Stirn wischte. Anschließend schwang ich mich behände von meinem Bett und griff nach meinem auf dem Nachttisch abgelegten Notizblock, auf dem ich seit mehreren Jahren ein Traumprotokoll führte. Im Gegensatz zu den meisten anderen Menschen konnte ich mich nämlich in aller Regel an meine Träume erinnern, eine Fähigkeit, die ich mir durch autogenes Training angeeignet hatte. Nicht, dass es bislang nötig gewesen wäre, die meinem Unterbewusstsein entsprungenen Bilder schriftlich festzuhalten. Bisher folgten meine Träume nämlich gängigen Grundmustern, sodass ich im Protokoll nichts Ungewöhnliches zu vermerken hatte.

Selbstverständlich hatte es dennoch Zeiten gegeben, in denen gewisse Vorstellungen in meinem Schlaf besonders präsent waren. Vor allem das Traumthema des Fallens hatte mich vor ungefähr einem Jahr über einen längeren Zeitraum intensiv beschäftigt. So hatte ich in jenen Nächten unter anderem geträumt, von einem hohen Kirchturm rücklings zu fallen, von einer in sich zusammenbrechenden Hängebrücke zu stürzen oder aber beim Balancieren auf einem Drahtseil durch einen Fehltritt das Gleichgewicht zu verlieren. Immer wieder war ich in dieser Zeit durchgeschwitzt und mit Herzrasen, ganz ähnlich wie am heutigen Morgen, aufgewacht. Doch gab es damals natürlich keinen Grund zur Beunruhigung. Träume vom Kontrollverlust waren angesichts meiner damaligen Lebenssituation zu erwarten gewesen. Man musste sich doch nur anschauen, in welcher Aufbruchstimmung ich mich vor einem Jahr befand: Gerade hatte ich meine eigene Praxis für Psychotherapie eröffnet und somit mein lange angestrebtes Ziel der Selbstständigkeit erreicht – und fragte mich dabei sogleich, ob ich den mit der Selbstständigkeit einhergehenden neuen Anforderungen und der gestiegenen Verantwortung gerecht werden würde. Dass man sich solche Fragen stellt und dass man in einer Zeit des Umbruchs schlecht schläft, ist völlig normal. So, wie jeder Mensch träumt, treiben auch jeden Menschen Ängste um. Angst vor dem Neuen und dem Unbekannten zu haben ist ja auch kein Problem. Einfach gesagt: In meinem Unterbewusstsein hatte sich damals die Angst, alles von mir bis dato Erreichte zu verlieren, manifestiert. Ganz normal. Entscheidend ist, dass man seine eigenen Befürchtungen überwacht, sie analysiert und im Idealfall kanalisiert und somit produktiv zu nutzen weiß. Was tat ich als vernünftiger Mensch also vor einem Jahr? Ich zog aus meinen mir bewusst gewordenen Verlustängsten Kraft, ich motivierte mich durch sie. Jeden Tag kämpfte ich von morgens bis abends für meinen beruflichen

Erfolg. Ich gab alles, denn nur so konnte ich vor dem Schlafengehen in den Spiegel schauen.

Als frisch approbierter Psychotherapeut war ich mir dementsprechend nicht zu fein, mich in den ersten Monaten bei einer Vielzahl von Hausärzten, Psychologen und Neurologen vorzustellen und bildlich gesprochen jede Menge Klinken zu putzen. Schon bald entstand eine gute Mund-zu-Mund-Propaganda und diese führte schließlich zu einem hinreichenden Patientenstamm, der bis heute stetig anwuchs und mir schon bald ein zufriedenstellendes Auskommen sicherte. Es hatte nicht lange gedauert und meine Träume vom Fallen waren verschwunden, sodass ich schließlich sagen konnte: Ich hatte meine Ängste besiegt – durch Vernunft und durch rationales Vorgehen.

Ähnlich ging ich vor zwei Monaten vor, als mich im Schlaf immer wieder der Gedanke verfolgte, zu allen möglichen Terminen zu spät zu kommen. Die dahinter stehende Angst, der Vielzahl an Verpflichtungen nicht mehr gerecht werden zu können, wusste ich dank meines Traumprotokolls schnell zu identifizieren. Ich war schlichtweg überarbeitet, war dem Burnout vielleicht näher, als ich es mir eingestehen mochte. Doch war meine drohende Erschöpfung keine Schande, denn selbst eine Maschine konnte überhitzen oder musste zumindest hin und wieder gewartet werden. Also hieß die einfache Lösung: Ich benötigte Wartung! Soll heißen: Ich reduzierte einfach meine Belastung und arbeitete am Wochenende nur noch halbtags – und schon bald war das Traummuster verschwunden. Meine Psyche war alsbald wieder stabil. Fehlermeldungen diagnostizieren und entsprechende Gegenmaßnahmen einleiten - mehr tat ich im Grunde nicht. Ähnlich wie bei einem Computer.

Zurück zum heutigen Morgen: Wieder einmal galt es, aus meinem Unterbewusstsein aufgeploppte Fehlermeldungen zu diagnostizieren. Wie stand es nun also um meinen Traum aus der letzten Nacht von dem leibhaftig gewordenen Tod, der zu einem gefräßigen, Seelen verschlingenden Monster mutiert war? Kopf schüttelnd lächelte ich milde. Phantasie schien ich ja zu haben. Nun denn: Im Traumprotokoll notierte ich mir zunächst einmal als Thema ›Tod einer mir nahestehenden Person‹. Dies schien naheliegend, denn tatsächlich befand sich meine Großmutter Emma seit längerer Zeit bettlägerig im Krankenhaus und ihr Gesundheitszustand hatte sich in den letzten Tagen rapide verschlechtert. Vor drei Tagen hatte ich sie im Krankenhaus besucht und ihr Anblick war einigermaßen befremdlich gewesen, so stark hatte sich ihr Gesicht verändert. Ihre Augen lagen tief in den Höhlen, ihre Haut war kreidebleich und ihre Lippen waren dünn und spröde. In gewisser Weise erschien sie mir bereits mehr einer Leiche als einem lebenden Menschen zu ähneln. Vermutlich war es diese mir fremde, mehr tote als lebendige Emma, die mir in meinem Unterbewusstsein als Personifikation des Todes begegnet war. Ja, das klang doch logisch und überzeugend: Was in meinem Traum den Sensenmann darstellte, war in Wirklichkeit nichts weiter als das von körperlicher Schwäche gekennzeichnete Antlitz meiner Großmutter gewesen.

Dass ich für die Darstellung meiner todkranken Großmutter unbewusst ausgerechnet das klischeehafte Bild des Sensenmannes gewählt hatte, war mit Blick auf die Traumtheorie von Carl Gustav Jung ebenfalls leicht zu erklären. Jung zufolge besaßen alle Menschen dieselben unbewussten psychischen Grundstrukturen und somit gemeinsame Vorstellungsmuster. Wir wählten also stets ähnliche Bilder wie die Mutter, die Schlange, den Kreis oder das Kreuz - Bilder, die Jung mit dem Begriff des ›Archetypus‹ umschrieb. Der Sensenmann konnte womöglich als eine bildhafte Darstellung eines solchen Archetypus gedeutet werden. Klang doch einleuchtend - zumal ich mit Sicherheit nicht der einzige Mensch war, der irgendwann einmal vom Sensenmann geträumt hatte.

Die Antwort auf die Frage, warum gerade in dieser Nacht der Archetypus des Todes meinem Unterbewusstsein entstiegen war, musste mit meinem letzten Besuch Emmas zusammenhängen -

eine Erinnerung, für die ich zugegebenermaßen auch etwas Scham empfand. So hatte ich mich vor wenigen Tagen noch einmal überwunden und meine Großmutter an ihrem Krankenbett besucht. Es war ein befremdlicher und unheimlicher Anblick, wie diese einst so lebensfrohe und vitale Frau mit aschfahler Haut, eingesunkenen Wangen und tieffurchigen Falten in dem weiß schimmernden Bett lag. Ich sah meine Großmutter, die mir so nahe stand wie niemand anderes es jemals konnte, angeschlossen an einer Vielzahl von Schläuchen, die sie wie eine an Fäden hängende Marionette erscheinen ließen. Kein Zeichen von Lebensfreude war mehr an ihr zu erkennen. Und als ich Emma in ihrem erbärmlichen Zustand so hatte liegen sehen, war ich ehrlicherweise nicht froh gewesen, noch einmal bei ihr sein zu können. Ungeachtet der gesellschaftlichen Vorstellung, dass man geliebten Menschen in Momenten ihres Leids zur Seite stehen sollte, hatte ich stattdessen einzig den Wunsch verspürt, mich soweit es nur geht von diesem sterbenden Menschen zu distanzieren - was ich dann auch getan hatte. Ja, ich hatte mich nicht zu ihr hingekniet, nicht »Hallo« gesagt oder ihr auch nur einen zweiten Blick zugeworfen. Was war nur aus dieser einst so geistig regen Frau, mit der ich als Jugendlicher eine Woche lang durch Südfrankreich geradelt war, geworden? Warum sollte ich die Nähe einer Person suchen, die doch nur ein Abbild ihres einstigen Selbst war? Ein schlechtes Gewissen zu haben war in diesem Fall eigentlich sogar unvernünftig. Ich musste mich sicherlich nicht dafür schämen, Emma nicht noch irgendwelche Phrasen des Abschieds ins Ohr gemurmelt zu haben. Erstens lebte sie - Stand heute Morgen - ja im Grunde noch, es wäre theoretisch also noch Zeit dafür, und zweitens war es doch auch nachvollziehbar, ja sogar ganz natürlich, Abstand zu sterbenden Menschen gewinnen zu wollen. Wer wusste denn schon, was die für unentdeckte Krankheiten in sich trugen? Und ohnehin - was konnte Emma in ihrem Zustand überhaupt noch von ihrer Umgebung und ihren Mitmenschen mitbekommen? So plausibel meine Worte hier auch waren, so schienen diese Erklärungen eine ganz leise und doch hörbare Stimme im hintersten Stübchen meines Verstandes leider nicht zu interessieren. Unablässlich hatte mich diese Stimme die letzten Tage mit der Behauptung gequält, ich sei ein schlechter, gefühlskalter Enkel. Diese verflixte kleine Stimme war der Grund, weshalb der Archetypus des Sensenmannes in meinem Unterbewusstsein heranwachsen und Einzug in meinen Traum finden konnte. Der Sensenmann war mein Unbehagen vor dem bevorstehenden Tod meiner Großmutter – ein Unbehagen, das sich schon bald auflösen würde, allzu lange würde es Emma schließlich nicht mehr machen. Es gab also wie gehabt keinerlei Grund, sich um meine Psyche zu sorgen, was ich zufrieden mit der Zunge schnalzend in meinem Traumprotokoll vermerkte.

Abermals zeigte sich, wie die Gesellschaft mit ihren Vorstellungen von Richtig und Falsch Menschen psychisch in die Enge treiben konnten. In der Natur war die Distanzierung von kranken Artgenossen, ungeachtet der ursprünglichen Nähe zu diesen, ein normaler Vorgang, der keiner weiteren Erklärung bedurft hätte. Was ich dachte und tat, war das, was Mutter Natur uns eigentlich auch vorgab. Auch das notierte ich mir.

Um meine Traumanalyse abzuschließen, griff ich schließlich im Protokoll als letzte Besonderheit auf, dass sich Emma beim Anblick des Sensenmannes nicht hatte bewegen können.

Ja, ja, das altbekannte Traumbild der Lähmung. Ich atmete erleichtert aus. Auch hier sah ich keine Besorgnis erregenden Unregelmäßigkeiten. Lähmung konnte im Traum als Unbeweglichkeit im geistigen oder emotionalen Sinn gedeutet werden. Hiervon ausgehend war eine Übertragung auf meine Situation nahe liegend: Unterbewusst hatte ich mir vorgeworfen, von Emmas körperlichem Zerfall emotional nicht stärker berührt gewesen zu sein – ich hatte mich also über meine emotionale Starre geärgert. Folglich die Starre im Traum – ganz einfach.

Zusammenfassend konnte ich also feststellen: Mein zunächst befremdlich erscheinender Traum war analysiert und hinreichend erklärt worden und somit war es mir gelungen, die Ordnung in meiner Psyche wieder herzustellen. Zufrieden legte ich den Notizblock auf den Nachttisch zurück.

Ich erinnere mich noch genau, wie ich auf die Idee, ein Traumprotokoll zu führen, gekommen war. Zu dem Zeitpunkt war ich noch Student. In einem Restaurant sitzend hatte ich einer hübschen Blondine, deren Namen ich allerdings nicht mehr weiß, gerade erzählt, dass ich Psychologie studieren würde. Dabei hatte ich einen von mir stetig mitgeführten Kugelschreiber aus meiner Jeanstasche hervorgeholt, nach einer Serviette gegriffen und so getan, als wollte ich mir etwas notieren. Währenddessen hatte ich meine Hornbrille etwas nach vorne gerückt, sodass ich der Blondine über die Brille hinweg einen gekünstelt intellektuellen Blick zuwerfen konnte. Dieses Verhaltensmuster sorgte in der Regel für Lacher und schien bei Frauen gut anzukommen, sodass ich es für erste Verabredungen ritualisiert hatte. Auch die Blondine hatte gelacht. »Nicht ernsthaft? Du willst Psychiater werden?«, hatte sie dann ausgerufen.

»Nein«, hatte ich etwas unwirsch entgegnet, »... denn dazu müsste ich Medizin studieren. Ich studiere aber Psychologie.«

»In Ordnung. Also willst du Psychologe werden?«

»Nein, aber es wird zumindest wärmer. Ich will ein Psychotherapeut werden. Das bedeutet, dass ich kranken Menschen helfen möchte, ihre psychischen Störungen zu überwinden.«

Wieder hatte die Blondine dümmlich gelacht. Was sie dann sagte, weiß ich bis heute noch im genauen Wortlaut: »Du weißt aber schon, dass man euch Psychologen nachsagt, irgendwann einmal selbst verrückt zu werden, oder? Wenn man den ganzen Tag nur mit Wahnsinnigen zu tun hat, dann fällt es einem irgendwann schwer, selbst alle Tassen im Schrank zu behalten, meinst du etwa nicht?«

Was damals von einer Frau, die nicht einmal den Unterschied zwischen Psychologen und Psychiatern kannte, im Spaß gesagt worden war, hatte mich jeden Tag bis heute beschäftigt. Die Frage, wie ich für meine leidgeplagten Patienten die Stimme der

Vernunft, bildlich gesprochen der Leuchtturm im Nebel sein und bleiben konnte. Denn was war eine psychische Störung anderes, als die Abkehr von rationalem Denken und die Hinwendung zur uferlosen, die Sicht vernebelnden Fantasterei? Wie aber konnte ein sich in der Fantasterei Verlierender ohne Leuchtturm wieder in den sicheren Hafen der Vernunft zurückkehren? Mir wurde bewusst: Wenn ich ein wirklich herausragender Psychotherapeut werden wollte, wenn ich Menschen helfen wollte, wieder die Kontrolle über ihr Denken und Fühlen zu gewinnen, dann musste ich mich ganz und gar dem Primat der Vernunft unterordnen. Ich musste diesbezüglich für meine Patienten eine Vorbildfunktion einnehmen. Und dies konnte nur bedeuten, dass ich mich von allem, was meine eigene Wahrnehmung möglicherweise verzerren konnte, weitestgehend distanzieren musste.

Nach dieser Prämisse führte ich, Martin Baumann, 32 Jahre alt, mein Leben. Deshalb legte ich vor Jahren ein Traumprotokoll an und analysierte täglich mein Denken und mein Fühlen. Mein oberstes Ziel war es, stets einen kühlen, klaren Kopf zu bewahren.

Mein Gedankenfluss wurde durch das jedermann bekannte Anfangsmotiv der fünften Symphonie Beethovens unterbrochen. Dieser von mir selbst gewählte Klingelton meines Handys riss mich wieder in das Hier und Jetzt. Angesichts der gegenwärtigen Uhrzeit, halb acht Uhr morgens, war ich etwas perplex und nahm den Anruf mit einer düsteren Vorahnung an. Anrufe so früh am Morgen hatten schließlich nie etwas Gutes zu bedeuten. Es meldete sich mein langjähriger Freund Theo Berger, von Beruf Arzt der Inneren Medizin. Er sprach leise und vorsichtig, zudem versuchte er zunächst, sich nach meinem Befinden zu erkunden, ehe er dann doch endlich mit der Sprache herausrückte.

»Martin, ich muss dir leider sagen, dass Emma diese Nacht verstorben ist. Sie hatte eine akute Herzinsuffizienz, ausgelöst durch einen plötzlichen Verlust der Pumpfunktion. Soll heißen, sie erlitt einen Myokardinfarkt oder einfacher ausgedrückt ...«

»... einen Herzanfall.«

»Genau. Sie hat, soweit ich das sagen kann, nicht gelitten.« Eine kurze Pause entstand, ehe er weiterredete. »Mensch, das ist doch scheiße. Wenn ich dir irgendwie helfen kann, wenn du reden möchtest, dann sollst du wissen, dass ich deine Situation vielleicht nicht nachempfinden kann, aber dass ich zuhören kann und ...«

Ich unterbrach ihn. »Theo, es ist in Ordnung. Ich habe deinen Anruf schon lange erwartet, er war gewissermaßen überfällig. Und seien wir ehrlich ... Emma ist doch schon die letzten Tage eher tot als lebendig gewesen. Das, was meine Großmutter ausmachte, ihre Synapsenstruktur, ihr Verstand, ihr Körper, ihre Zellstruktur, all diese Dinge waren schon in den letzten Tagen und Wochen zunehmend zerstört. Sie litt zuletzt unter neurodegenerativen Erkrankungen, das weißt du als ihr behandelnder Arzt doch besser noch als ich. Jetzt gibt es sie nicht mehr und das erscheint mir allemal besser als ewige, besinnungslose Bettlägerigkeit.«

»Sicher ... obwohl du selbst aus der Sicht eines Mediziners recht unterkühlt klingst«, entgegnete Theo.

»Ich klinge so, wie man als vernünftiger Mensch in so einer Situation nur klingen kann. Jeder erleidet irgendwann Verluste, Menschen sterben eben. Doch darf ein solcher Schmerz kein Ausgangspunkt sein, sich irgendwelchen Illusionen hinzugeben. Andernfalls führt dies womöglich dazu, dass wir für das Seelenheil unserer Angehörigen Rosenkränze beten und uns bei einem auf einer Wolke schwebenden alten Mann mit Rauschebart nach dem Befinden der Verstorbenen erkundigen.«

»Aber Martin ... Emma glaubte doch schließlich an Gott.«

»Und ich tue das nicht, wie du weißt. Du bist Mediziner, dann lass uns doch auch naturwissenschaftlich denken. Emma ist an keinem besseren Ort jetzt – oder sie ist es allenfalls insofern, als sie nun an keinem Ort mehr ist. Was sie erreichen konnte, hier, in der Realität, das hat sie erreicht. Meine Großmutter hat ihre genetischen Fußstapfen hinterlassen und somit das höchste Maß an Unsterblichkeit, das uns Menschen zugänglich ist, erlangt. Unser biologisches Ziel ist die Fortpflanzung und sonst nichts. Wozu also trauern? Sie hatte ein langes und erfülltes Leben.«

Meine Stimme bebte leicht, was vermutlich auf das ungewohnt frühe Sprechen am Morgen zurückzuführen war. Die Stimmbänder schwangen noch nicht gleichmäßig, womöglich befand sich noch Schleim auf ihnen. Ich beendete daher das Gespräch.

»Du, ich muss los, arbeiten. Meine Patienten heilen sich ja nicht von selbst - na, wem sage ich das. Wir bleiben in Kontakt.«

Erstaunt stellte ich beim Auflegen fest, dass mein Herz raste und meine Hände zitterten. Derartige körperliche Reaktionen waren vermutlich zu erwarten, da das Sprechen über den Tod, so vernünftig man das Thema auch anging, in unserer Gesellschaft tabuisiert war. Vielleicht ... vielleicht musste ich mir zudem ein gewisses, wohlgemerkt begrenztes Maß an Trauer eingestehen.

Ein wohlig grauer Schleier

Mechanisch nahm ich nach dem Telefonat mein Frühstück zu mir, wie immer portioniert auf eine Tasse dünnen Kaffee und ein trockenes Weizenbrötchen. Auch der Hund erhielt sein portioniertes Dosenfutter — wobei ich nicht sagen konnte, was ich ihm da eigentlich genau zum Fressen gab, es war mir auch gleichgültig. Ohnehin hatte ich mir das Tier nur angeschafft, da meine Wohnung vor einigen Monaten aufgebrochen und weitgehend leergeräumt worden war. Ein Wachhund schien mir hier funktional zu sein. Nebenbei hätte sich das Tier theoretisch auch als nützlich erweisen können, um potentielle Lebenspartnerinnen beispielsweise bei einem Spaziergang im Park kennenzulernen, so zumindest das Ergebnis einiger Studien. Die Spaziergänge am Morgen und am Nachmittag hatte ich allerdings an eine ältere Dame aus meiner Nachbarschaft delegiert, die sich so ihre Rente etwas aufbessern konnte. Ein vernünftiges Arrangement, da eine alte Frau einen Zeitvertreib fand und ein junger Mann von lästigen Pflichten entbunden wurde. Vielleicht würde ich das Tier auch demnächst gegen eine Alarmanlage tauschen, wer weiß.

Mein Weg zur Arbeit erwies sich heute Morgen als ungewöhnlich beschwerlich, da es die Nacht über starke Schneeverwehungen gegeben hatte und der Räumdienst allem Anschein nach überfordert zu sein schien. Mühsam stapfte ich die noch vom Schlaf beseelte Gerberstraße entlang und atmete dabei tiefe Züge der kühlen und klaren Luft ein. Die aus meinem Unterbewusstsein hervorgebrochene Gefühlswelle geriet nun endgültig in Vergessenheit. Angenehm gelangweilt schritt ich an den sich links und rechts von mir auftürmenden Backsteinfassaden entlang. Karg und schmucklos waren sie und blickte man durch ihre Fenster, so starrte man in schwarze Löcher — von einem Lebenszeichen noch keine Spur. Nur wenige Autos befuhren an diesem Morgen die Straße und als ich eher achtlos hin und wieder einen Blick auf sie warf, mochte ich sie nicht voneinander zu unterscheiden. Schwarz, dunkelblau oder dunkelgrau waren sie, einzig erleuchtet durch ihre stechenden Scheinwerfer. Ob die Karosserien tatsächlich von Menschenhand gelenkt wurden, war mit bloßem Auge nicht auszumachen. Jeder Autofahrer war für sich, von anderen isoliert und in seiner eigenen Welt gefangen. Ebenso verhielt es sich mit den Fußgängern, die mir entgegenkamen. Allesamt trugen sie schwarze Jacken und Mäntel und ihre blasse Haut schimmerte weißlich unter ihren dunklen Mützen hervor. Jeder missachtete jeden und eilte gewichtig mit seinem Aktenkoffer oder seiner Tasche durch den Schnee zu seiner Arbeitsstätte, zu seinem Bestimmungort.

Die alltägliche Tristesse setzte sich auf der Höhe des Kiosks fort. Hier begegnete mir wie jeden Morgen eine verschrobene alte Frau mit strenger Mundpartie und ins Leere starrenden Augen, die einen kleinen Handwagen mit Werbeblättern hinter sich herzog. Wie immer gaben wir vor, einander nicht zu beachten, zugleich aber musterte ich sie kurzzeitig aus den Augenwinkeln. Ihr verfilztes Haar verdeckte die alte Frau mehr schlecht als recht mit einem verblassten, dunkelblauen Kopftuch. Wie so oft trug sie eine grobmaschige, dunkelgraue Strickjacke, unter der sich wohl noch mehrere Schichten an Kleidung verbergen mochten. Von ihrer ganzen Erscheinung her war anzunehmen, dass diese Frau unangenehm roch.

Hinter dem Kiosk bog ich nach links auf einen Kieselweg, der mich durch den Stadtpark führte. Fand ich den Park schon im Sommer ungepflegt und eher fad, so hatte der Winter die Anlage jeglicher verbleibender Ästhetik beraubt. Gleichgültig schweifte mein Blick über kahle Sträucher, Holzbänke, Laternen, ein Drehkarussell, einen zugefrorenen See und schließlich über Fußstapfen von Unglücklichen, die vor mir hier entlang geschlichen sein mussten. Eine schwarze Katze sprang, von mir aufgescheucht, unter einer Parkbank hervor und wetzte durch den Schnee. Schwarz und Weiß, das waren die Farben, die hier dominierten. Hinter der Parkbank sah ich schließlich eine besonders abstoßende Eiche, sicher schon über hundert Jahre alt, emporragen. In ihren Stamm hatten Jugendliche ihre Perversionen eingeritzt und an ihren knorrigen Ästen hingen wie so häufig Schuhpaare, die immer wieder aus mir unerfindlichen Gründen dort hingeworfen wurden und in meinen Augen ein öffentliches Ärgernis darstellten.

Am Ende des Parks überquerte ich die Freudenstraße, deren Name angesichts der morbiden Graffitisprayereien an den Hauswänden, der Risse im Putz und der abblätternden Anstriche als blanker Hohn bezeichnet werden musste. Ich eilte weiter die Straße entlang, bog an der Alten Bäckerei nach links ab und erreichte schließlich den Hauseingang zu meiner Praxis.

»Guten Morgen, Frau Heine«, grüßte ich beim Betreten der Praxis möglichst kurz angebunden meine Sekretärin und versuchte mich an ihr vorbei in das Behandlungszimmer zu drängen. Die rundliche Mittfünfzigerin mit den hervorquellenden Augen begegnete mir wie immer viel zu euphorisch mit sich nahezu überschlagender Stimme. »Gut'n Morgen, gut'n Morgen! Hatten Sie ein schönes Wochenende? Ham Sie sich erholt? Wissen Sie, das mit'm Wetter, das war ja wieder was, nich' wahr? Hatten die im Radio doch wat von leichtem Schneefall erzählt. Schneefall! Und wat war? Als ob sie die Himmelsschleusen nich' mehr zugekriegt ha'm, wissen Sie? Im Garten ha'm mein Mann und ich ja diese Kastanie, wiss'n Sie?«
»Sicher« murrte ich und eilte in das Behandlungszimmer, um dieser ziellosen Plauderei zu entgehen. Manche Menschen vermochten es einfach nicht, auf den Punkt zu kommen.

Der Arbeitstag verging zunächst im wohlig grauen Schleier der Tristesse und Gewohnheit. Depressionen wechselten sich mit Panikattacken und Essstörungen ab, dazwischen mischte sich als kleiner Höhepunkt eine Schizophrenie. Meine Werkzeuge, die kognitive Verhaltenstherapie, die Gesprächspsychotherapie sowie die analytische Psychotherapie, leisteten wie immer gute Arbeit, sodass ich an den richtigen Stellschrauben drehen und die benötigten Messwerte auslesen konnte.
Als letzte Aufgabe kurz vor Feierabend galt es, sich einer Borderline-Persönlichkeitsstörung anzunehmen. Die Borderline-Störung ist durch extreme Stimmungsschwankungen, Schwarz-Weiß-Denken, die Neigung zur Selbstschädigung und durch instabile zwischenmenschliche Beziehungen gekennzeichnet. Vor allem fällt es Betroffenen schwer, ein richtiges Verhältnis von Nähe und Distanz zu anderen Menschen aufzubauen, sodass sie hier

ständig in Extreme verfallen, bedingt durch ihre im Kontrast zueinander stehenden Ängste vor Nähe und vor dem Alleinsein.

Eher widerwillig bat ich die Trägerin des Syndroms, eine junge Frau Anfang zwanzig mit kurzen, feuerroten Haaren, in das Behandlungszimmer. Das Borderline-Syndrom gehörte zu den wenigen Krankheiten, zu denen ich nicht so recht einen Zugang entwickeln konnte, zumal die Träger sich oftmals abweisend oder impulsiv verhielten und mitunter sogar ausfallend wurden oder die Therapie abbrachen. Viele mochten wohl nicht einsehen, dass sie ein schwerwiegendes psychiatrisches Krankheitsbild aufwiesen, und versperrten sich so einer rationalen Herangehensweise. Auch meine rothaarige Patientin ließ von ihrer äußeren Erscheinung, mit ihren Piercings im Gesicht, den bunten Tätowierungen auf den Armen und der zerrissenen Jeans, nicht auf eine besonders reflektierte Persönlichkeit schließen. Zu Beginn unserer Therapiesitzung sprach ich mit der Patientin daher zunächst über die Erfolgsaussichten ihrer Therapie. Ich erläuterte ihr, dass ich ihr mit meinen fundierten Kenntnissen neuro-psychologischer Grundlagen der Emotions- und Stressregulation sowie dialektisch-behavioraler Techniken und verhaltensregulierender Interventionen helfen wolle. Sie wirkte desinteressiert, womöglich verstand sie mich auch einfach nicht.

»Das wichtigste Ziel wird sein, Ihre Fähigkeit zu verbessern, Ihr eigenes Verhalten oder das Verhalten Ihrer Menschen situationsangemessen interpretieren zu können. Ganz einfach gesagt: Das, was wir in unserem Kopf von der realen Welt wahrnehmen, und die reale Welt, die unabhängig von uns existiert, sind nicht ein- und dasselbe. Jeder von uns konstruiert sich seine eigene Wirklichkeit. Wenn Sie das nicht nur wissen, sondern verinnerlichen, werden wir erfolgreich zusammenarbeiten.«

»Darf ich hier rauchen?«

»Nein, dürfen Sie nicht, was für eine Frage, oder meinen Sie, dass meine anderen Patienten gerne Tabakrauch aus der Raumluft inhalieren?« Die Patientin saß im Schneidersitz vor mir und schaute mich gleichgültig und ausdruckslos an. Ich atmete angesichts ihrer offensichtlichen Ignoranz tief durch. »Wichtig wird auch sein, uns der Ursachen Ihrer Borderline-Störung bewusst zu werden. Zwar haben genetische Faktoren einen erheblichen Anteil an so einer Störung, doch müssen wir darüber hinaus auch in ihrer Biografie nach bestimmten Lebenserfahrungen und schädlichen Verhaltensmustern forschen.«

»Störung, Sie sagen immer Störung, als ob ich gestört wäre. Bin ich als Mensch nichts mehr wert, nur weil ich dieses Syndrom habe? Habe ich mir Borderline ausgesucht? Sie reden wie meine zwei Psychodoktoren vorher, nicht anders. Immer von oben herab. Notieren Sie sich doch gleich ›Einmal Zyankalikapsel, bitte oral einführen‹, und wir haben diese Farce hier hinter uns.« Ich hob beschwichtigend meine Hand.

»Na, na. Bleiben wir bitte sachlich. Ich will Ihnen helfen, doch dazu müssen Sie auch bereit sein, sich mir zu öffnen. Studien zufolge weisen viele Borderline-Patienten eine Vorgeschichte aus Missbrauch, Vernachlässigung oder Trennung im jungen Alter auf. Falls dem so ist, müssen wir darüber sprechen, daran führt kein Weg vorbei. Wenn es für Sie in Ordnung ist, würde ich gerne mit Ihnen zunächst über Ihr Verhältnis zu Ihrem Vater sprechen.«

Die Patientin lachte hämisch. »Mein Vater? Der war ein Held für mich.«

»War?«

»Ja, war.« Sie blickte mir ernst in die Augen.

Ich begann, mir etwas zu notieren.

»In Ordnung. Wann und wie ist er gestorben?«

»Müsste das nicht in meiner Patientenakte stehen?«

»Da steht komischerweise nichts.«

»Dann hören Sie von mir auch nichts.«

Ich holte tief Luft. »Negative Erfahrungen in der frühen Kindheit wie schwere Vernachlässigung können zu konkreten Veränderungen im Gehirn führen. Ich muss Sie also ganz konkret fragen: Würden Sie sagen, dass Ihr Vater Ihnen ausreichend Verständnis und Empathie entgegengebracht hat?«

»Natürlich hat er das. Mein Vater ist ein Held für mich.«

»Sie sagen jetzt ›ist‹. Ich dachte, er sei verstorben?«

»Ja.«

»Verstehe.« Ich runzelte die Stirn und schrieb weitere Stichpunkte auf. »In Ordnung. Lassen Sie uns konkret werden.«

Im weiteren Verlauf erzählte mir die Patientin allerlei Märchenhaftes über ihren Erzeuger, der angeblich beruflich erfolgreich, sozial engagiert und immer zu seiner Tochter fürsorglich und pädagogisch taktvoll gewesen sei, ein Übervater sozusagen. Manches in ihrer Geschichte widersprach den wenigen Notizen, die mir von ihren vorherigen Therapeuten übergeben wurden, und somit war ich mir sicher, dass sie log. Hier galt es in den nächsten Sitzungen nachzujustieren. Aber auch das würde mir aller Voraussicht nach gelingen. Ich würde schon an den richtigen Stellschrauben zu drehen wissen.

Einen Verstand wieder in die Spur zu bekommen ähnelte bisweilen einer mechanischen Tätigkeit, ganz so, als schweiße man einen neuen Endschalldämpfer an die Abgasanlage seines Wagens oder als flicke man ein Loch in seiner Kleidung.

Sicher, jeder Mensch mochte oberflächlich gesehen seine individuellen Beweggründe und seine einzigartige persönliche Lebensgeschichte besitzen, so wie auch Autos unterschiedliche Modelle und Seriennummern hatten, womöglich verschiedenartige Schrammen und Beulen aufwiesen und auch unterschiedliche Strecken gefahren waren. Als Psychotherapeut vermochte ich es jedoch, tiefer in das Wesen Mensch Einblick zu nehmen. Und tief im Kern waren es immer dieselben Ängste und Bedürfnisse, die uns antrieben. Tief im Inneren tickte in uns allen ein- und dasselbe Uhrwerk. Sexual- und Bindungstrieb, Territorial- und Rudelverhalten, soziale Ängste, das Bedürfnis nach Sicherheit ... je tiefer man in die Materie Mensch eindrang, desto deutlicher stand einem die erbarmungslos kalte Erkenntnis vor Augen: Wir Menschen waren nicht frei, sondern wir bewegten uns auf Schienen. Wir schauten nicht umher, sondern wir trugen Scheuklappen und starrten stur geradeaus. Was unterschied uns also überhaupt noch von Maschinen, mochte man nun fragen.

Die Liebe etwa?

Wohl kaum, waren die angeblichen Schmetterlinge im Bauch doch nichts weiter als ein Mechanismus in unserem Gehirn, der uns dort von der Evolution eingepflanzt wurde, um den Schutz des Nachwuchses zu gewährleisten. Bleib bei deiner Frau und ihrem Kind, denn du liebst sie ja schließlich – sei ihr Versorger, ihr Beschützer. Das übliche Spiel unserer egoistischen Gene eben.

War es statt der Liebe vielleicht der Glaube an eine höhere Macht, wie ihn meine Großmutter Emma besaß, der uns zu einzigartigen Geschöpfen werden ließ?

Auch diese Frage galt es natürlich zu verneinen – denn Emmas Hingabe zu Gott war nichts weiter als eine fehlgeleitete Liebe, eine Art Schadensfall der Evolution. Emma hatte ihre Liebe zu ihrem zweiten Ehemann und zu ihren Kindern und Enkelkindern fälschlicherweise auch auf eine Illusion namens Gott, einen Wunschgedanken, übertragen. Eine Liebe, die von der Evolution nicht vorgesehen war und die auch keine Früchte tragen konnte. Eben diese Art von Fehler war es, die mich den ganzen Tag über beschäftigt hatte.

Um auf den Punkt zu kommen: Nicht die Liebe und nicht der Glaube waren es, was uns Menschen auszeichnete. Nein, unsere Vernunft war das Einzigartige. Wie konnten wir uns, ohne besonders gut an unsere Umwelt angepasst zu sein und ohne besonders schnell oder stark zu sein, im Tierreich durchsetzen?

Dies war einzig durch unsere Intelligenz möglich. Doch als im Laufe der Evolution das Hirn des Homo sapiens, einstmals Homo erectus, stetig anwuchs, nahmen zwangsläufig auch die Fehlerquellen zu. Man denke an die überraschten Autofahrer, als sie sich erstmals mit Fehlern wie defekter Sitzheizung oder einem fehlerhaften SRS-Rückhaltesystem konfrontiert sahen.

Je komplexer ein System, desto fehleranfälliger ist es auch. Das Problem jedoch: Je intelligenter und reflektierter das Individuum zu sein glaubt, desto weniger nimmt es Störungen in seinem

System als solche wahr. Folglich musste ich mich auf Grund meines Intellekts stets auch auf der Hut vor mir selbst befinden. Und darum führte ich Traumtagebücher, reflektierte ausführlich über jedwede Gefühlsregung in mir und füllte immer wieder die für Patienten gedachten Fragebögen zu meinen handlungsleitenden Kognitionen, Überzeugungen und Einstellungen aus.

All dies tat ich, um meiner Grundüberzeugung gerecht zu werden: Das System Mensch hat zu funktionieren, Fehler müssen konsequent ausgemerzt werden. Nur so kann uns als Gattung Mensch ein Fortschritt gelingen. Wir dürfen uns nicht mehr länger von falschen Gefühlen lenken lassen, sondern wir müssen unsere Gefühle lenken.

Mit diesem Ziel vor Augen verließ ich gegen sechs Uhr abends die Praxis, wie immer kurz nach Frau Heine, um einer weiteren ihrer inhaltsleeren Schwafeleien zu entgehen.

Der letzte Pfeil im Köcher

An diesem Abend hatte ich eine Verabredung mit Philine Mandelbaum, einer Grundschullehrerin, die mein Freund Theo bedeutungsschwanger als den »letzten Pfeil in seinem Köcher der Liebe für mich« bezeichnet hatte. In seinem unermüdlichen Bestreben, das ›passende Gegenstück‹ für mich zu finden, hatte Theo diese mit seinen eigenen Worten ›atemberaubende Frau‹ überreden können, sich auf ein Blind Date, wie man so unschön sagt, mit mir einzulassen. Und auch wenn ich den heutigen Tag mit ungewöhnlich heftigen Gefühlsregungen begonnen hatte, so konnten ein verwirrender Traum sowie der abzusehende Tod meiner Großmutter doch kein Anlass sein, dass ich diese Möglichkeit, einen Zugang zu regelmäßigen Intimitäten zu erlangen, nicht wahrnehmen würde.

So fand ich mich also heute um Punkt acht Uhr abends im dunkelgrauen Zweireiher mit dunkelgrauer Krawatte und zementfarbenem Baumwollhemd vor dem Italiener ›Ristorante Franco‹ ein. Hier wartete ich jedoch zunächst vergebens, denn die angeblich atemberaubende Frau kam zu spät. Genervt blickte ich im halbminütigen Takt auf meine Uhr und ärgerte mich über die an diesem Abend nicht optimierten Abläufe. Was für eine Chaotin mir Theo da nur wieder eingebrockt hatte, überlegte ich missmutig und ließ den Blick vom Parkplatz des Restaurants über die anliegenden kahlen Sträucher und Bäume bis zu drei kleinen Kindern und einem jungen Elternpaar, wohl erst Mitte zwanzig, schweifen, wie sie auf der anderen Straßenseite einen Schneemann zu bauen versuchten. Zunächst einmal fiel mir auf, dass der Schnee nicht hinreichend zusammengepresst wurde, zumindest sah ich Klumpen abbröckeln, als der Vater zwei Schneebälle, deren Größen sich nicht hinreichend voneinander unterschieden, übereinander türmte. Auch vergaß er, die Übergänge zwischen den Kugeln mit weiterem Schnee aufzufüllen, sodass das Schneegebilde instabil war.
Als ich mir die junge Familie so anschaute, wie sie sich mit dem falsch konstruierten Schneemann abmühte, konnte ich nur den Kopf schütteln. Wieso hatte sich ein derart junges Paar nicht nur einmal, als ob das nicht schlimm genug gewesen wäre, sondern gleich dreimal für das Kinderkriegen entschieden? Ob ihnen die erheblichen finanziellen Lasten, der dauerhafte Schlafentzug und die zunehmende Isolation von gesellschaftlichen Aktivitäten womöglich vorher nicht bewusst gewesen waren? Mochte der Kinderwunsch noch von unseren egoistischen Genen vorgegeben sein, so wurde die Entscheidung, wirklich ein Kind zu bekommen, doch schlussendlich im Kopf getroffen. Und hier war es schon unvernünftig, an das Kinderkriegen vor dem dreißigsten Lebensjahr auch nur zu denken. Vor dem Projekt Kind hatten

schließlich noch eine Vielzahl rational besser zu begründender Projekte anzustehen: So galt es zunächst, eine solide finanzielle Basis zu schaffen und eine gute Ausbildung sowie eine gesicherte Anstellung zu erreichen. Zwar war die Frau biologisch betrachtet mit zwanzig Jahren am fruchtbarsten, die Gefahr einer Fehlbildung des Babys am niedrigsten, das Bindegewebe besonders elastisch und der Körper nach der Geburt relativ schnell wieder in Form. Dennoch musste es zunächst Priorität haben, als potentielles Elternteil auch in der Identitätsentwicklung voranzuschreiten, sich charakterlich zu festigen, die Phase der Selbsterfahrung und des Ausprobierens abzuschließen und in der Partnerschaft Abläufe zu optimieren. Aber auch mit 35 Jahren sollte keine Frau mehr Kinder bekommen, traten doch Krampfadern, Bluthochdruck und Schwangerschaftsdiabetes deutlich häufiger auf, die Fruchtbarkeit sank und die Gefahr der Säuglingsmissbildung stieg.

Ich wurde aus meinen Gedanken gerissen, da meine Verabredung endlich eingetroffen war. »Hey, hallo, ja, ich weiß, ich bin zu spät, aber Frauen und Haare und Schminke und alles. Also, da bin ich, freut mich, ich bin Philine.«
Milde überrascht drehte ich mich um und erblickte meine Verabredung. Genauer gesagt sah ich zunächst nur ihre Augen, smaragdgrün und aus ihrem durchaus als schön oder sagen wir zumindest als ästhetisch zu bezeichnenden Gesicht noch einmal deutlich hervorstechend. Nicht, dass ich Augen bei Frauen eine besondere Bedeutung beimaß – schließlich standen die Acrylaugen der Schaufensterpuppen den menschlichen Originalen mitunter in nichts nach. Vermutlich war es die Mischung aus Lidschatten, Highlighter, Lidstrich, Kajalstrich, Wimperntusche und Concealer, was mich für einen Augenblick in den Bann zog. Glücklicherweise währte der Augenblick nicht allzu lange, sodass ich mich noch rechtzeitig besinnen und ihre mir entgegengestreckte Hand zum Schütteln ergreifen konnte, sodass ich nicht unhöflich erschien.

34

»Hallo, Philine, ich bin Martin Baumann. Freut mich, dich nun endlich kennenzulernen, Theo hat mir schon viel über dich erzählt. Und ich muss sagen ... ich bin trotzdem überrascht, was für eine hübsche Frau mich heute Abend hier erwartet.«

Ich setzte ein verschmitztes Lächeln auf, wohlwissend, welche Maskerade von mir heute Abend erwartet wurde, um Zugang zu Intimitäten zu erlangen. Wer sich bei einer ersten Verabredung als Mann einer Frau möglichst schnell annähern wollte, der musste bestimmte Regeln, ungeschrieben und doch universal gültig, befolgen. An erster Stelle stand natürlich: Mache der Frau Komplimente über ihr Aussehen, denn sie hat sich Mühe gegeben, um so auszusehen, wie sie gerade aussieht, und möchte bestätigt bekommen, was sie ohnehin schon weiß.

Philine verdrehte leicht die Augen. »Ja, ach, ne, Quatsch. Wollen wir reingehen? Du hast doch sicher schon genug in der Kälte gewartet.«

Ich nickte und hielt der jungen Frau mit ihren langen, brünetten Haaren die Tür auf, um das Bild des Gentlemans zu erfüllen. Als Philine das Restaurant betreten hatte, eilte ich sogleich vor, nahm noch vor ihr Kontakt mit den Kellnern auf und steuerte zielstrebig auf einen eher ruhig gelegenen Zweiertisch zu, sodass ich diesbezüglich auch gängigen Vorstellungen eines Alphamännchens gerecht wurde. Am Tisch angekommen nahm ich Philine in angemessener Galanterie ihre Jacke ab und ließ sie sich zuerst setzen.

Wollte Mann eine Frau möglichst schnell von sich überzeugen, bedeutete dies nichts anderes, als das Wechselspiel zwischen Kavalier und Alphamännchen, zwischen Zurückhaltung und Dominanz zu beherrschen und so situativ angemessen reagieren zu können. Im Grunde war alles eine Frage der sozialen Intelligenz. Passe dich den gegebenen Anforderungen an. Als Mann musste ich vor allem durchsetzungsfähig, selbstbewusst und kraftvoll erscheinen und zugleich in das engere Bezugsfeld der Frau hineinpassen. Wer das wusste und wer wie ich eine Metaebene einnehmen konnte, der schärfte seinen Blick für die immer gleichen Bausteine, die es von Verabredung zu Verabredung nur jeweils unterschiedlich anzuordnen galt.

Im Falle von Philine bedeutete das nun Folgendes: Als Grundschullehrerin dürften ihre Bezugspersonen durch das Studium bedingt vor allem andere Pädagogen oder zumindest Sozialwissenschaftler sein, die sich als Menschen- und insbesondere Kinderfreunde hervortaten. Nun reichte es allerdings nicht, plump davon zu reden, wie sehr man die Jugend liebe und wie wichtig die Erziehung sei. Die US-Forschung kam 2006 zu dem Schluss, dass es bei der ersten Verabredung ertragreicher war, über gemeinsame Abneigungen als über gemeinsame Vorlieben zu sprechen.

»Ich freue mich, dass unsere Verabredung heute zustande gekommen ist. Immerhin belastet dich gerade sicherlich viel Arbeit, so dicht vor Ende des ersten Schulhalbjahres. Das ist ja leider so ... von allen Seiten wird auf Lehrer geschimpft, ohne dass gesehen wird, wie viel Arbeit der Beruf auch mit sich bringt, wenn man seiner wichtigen Verantwortung den Kindern gegenüber gerecht werden will.«

Philine schlug ihre großen Augen energisch auf und funkelte mich an. »Ja, genau! Wie ich das hasse!« Sie verstellte ihre Stimme, um ihr unliebsame Sätze nachzuahmen. »*Sommerferien, Halbtagsjob, keine körperliche Arbeit, keinen Erfolgsdruck, immer Recht haben, bla bla bla.* Wenn es so easy ist, ja, dann macht es doch selbst! Aber das wollen die Leute dann doch nicht, da zucken sie zurück, denn insgeheim wissen sie, welche Stressfallen sich im Lehrerdasein verbergen. Auch wenn mir die Arbeit mit den Kleinen unglaublich viel Spaß bringt.«

Während Philine sprach, achtete ich auf meine positive Körpersprache, beugte mich leicht zu ihr hin, nickte und lächelte. Beim Lächeln achtete ich besonders auf eine Veränderung meiner Augenpartie, um es authentisch wirken zu lassen.

»Ja, ich glaube auch, dass die Arbeit mit den Kindern viel Freude bringt. Welches Fach unterrichtest du denn am liebsten?«

36

»Ganz klar Mathematik. Finden viele doof, aber ich mag es, dass die Antworten entweder richtig oder falsch sind. Und dass alles logisch aufeinander aufbaut. Aber ich hoffe, ich langweile dich damit nicht zu sehr.«

»Ganz und gar nicht«, säuselte ich. »Von den Lippen einer schönen Frau wie du es bist Worte wie ›Quadratwurzel‹, ›Integralrechnung‹ oder ›Satz des Pythagoras‹ abtropfen zu sehen, könnte selbst den Moder und Staub von jahrhundertealten Griechen verfliegen lassen.«

Ungläubig lachend schüttelte sie den Kopf. »Dir kleiner Romeo ist aber schon bewusst, dass ich Grundschullehrerin und keine Mathematikdozentin bin, oder? Du weißt schon, ich arbeite mit diesen ganz kleinen Menschen, man nennt sie auch Kinder. Die einzigen Wörter, die du von meinen Lippen ›abtropfen‹ siehst, sind ›Einmaleins‹, ›Holt euer Geodreieck raus‹ und ›Du warst doch gerade erst auf Toilette, musst du schon wieder pullern?‹. Hoffentlich ist der gebildete Herr Psychotherapeut jetzt nicht allzu enttäuscht. Einmal bitte die Pasta mit Möhren und Walnusspestosauce. Zu trinken hätte ich gerne den trockenen Weißburgunder.«

Der soeben erschienene Kellner nickte und wandte sich mir zu. Um in etwa bei meiner üblichen abendlichen Kilokalorienzufuhr zu bleiben, bestellte ich ein gebratenes Zanderfilet mit Pfifferlingen, Marktgemüse und Petersilienkartoffeln, dazu ein stilles Mineralwasser. Als ich Philine die Speisekarte abnahm, um sie dem Kellner zu reichen, nutzte ich die Gelegenheit für eine zufällig erscheinende Berührung ihrer Hand, sodass ich weiter Intimität zu ihr aufbaute. Danach setzten wir unser Gespräch fort.

»Ich bin ganz und gar nicht enttäuscht. Eine Grundschullehrerin, die der Mathematik zugeneigt ist. Dir ist es gelungen, das Interesse des Psychotherapeuten zu wecken.«

Wie es meinem ritualisierten Verhalten für erste Verabredungen entsprach, holte ich meinen Kugelschreiber hervor, griff nach einer Serviette, rückte meine Hornbrille vor und tat so, als wollte ich etwas notieren. »Erzählen Sie nur weiter, Frau Mandelbaum, ich bin ganz Ohr.«

Wie zu erwarten war, lächelte Philine. »Nein, nein, nach den Ping-Pong-Gesetzen einer ersten Verabredung habe ich nun mein Ping gemacht, das heißt, du bist mit deinem Pong an der Reihe. Als Psychotherapeut hast du ja sicherlich mit allerhand verrückten Fällen zu tun ...«

»..., die allesamt dem Genfer Ärztegelöbnis beziehungsweise dem hippokratischen Eid unterstehen. Aber lass mich raten ... welcher war mein ungewöhnlichster Fall, ist das die Frage, die dich interessiert?«

»Ja, darauf läuft es hinaus, genau.«

Der Kellner brachte die Getränke und Philine nahm sogleich einen eher großen Schluck Wein. Ich musterte sie indes eingehend. Ihre vollen Lippen, die langen, dunklen Wimpern, die hoch sitzenden Wangenknochen, ihre schmale Nase und das eher kleine Kinn waren allesamt Gütekriterien eines schönen Gesichtes. Umschlossen wurde das Gesicht von dunkelbraunen Strähnen. Ihr tannengrünes Top verriet überdies eine durchaus ansehnliche Figur. Insgesamt war die Frau als attraktiv zu bewerten.

Ich tat so, als müsste ich überlegen, gleichwohl ich selbstverständlich eine Geschichte unlängst eingeübt hatte, die in aller Regel den Gesprächsfluss aufrecht erhielt. Mehr strebte ich nicht an, hasste ich doch das Erzählen zielloser Anekdoten.

»Also ich erinnere mich an einen Fall, der doch eher einen ungewöhnlichen Verlauf nahm und der sich auch recht einfach skizzieren lässt. Vor einigen Monaten hatte ein junger Mann, noch achtzehn Jahre jung, meine Praxis unter der Angabe, am Tourettesyndrom zu leiden, aufgesucht. Eine kurze Erläuterung zur Krankheit: Das Tourette-Syndrom bezeichnet eine Störung, die sich durch nervöse Zuckungen, auch Tics genannt, bemerkbar macht. Motorische Tics können zum Beispiel verschiedenste Gesichtsgrimassen, unwillkürliche Arm- und Beinbewegungen, ein Schleudern des Kopfes sowie das Schlagen des eigenen

Körpers sein. Zudem gibt es auch vokale Tics, die sich in einfacher Form beispielsweise durch ein Räuspern oder Grunzen äußern. In komplexerer Form können sie aber auch zum Ausruf von Obszönitäten führen. Dann werfen Betroffene mit Schimpfwörtern und Kraftausdrücken um sich. Man spricht in diesem Fall von Koprolalie.«

»Ja, davon habe ich gehört. Also nicht von dem Fremdwort, aber von diesem Zwang, Schimpfwörter zu sagen. Die betroffenen Menschen beleidigen dich oder zeigen dir den Mittelfinger, ohne dass sie ihr Verhalten steuern könnten. Der Alltag muss schrecklich sein, wenn man dauerhaft befürchten muss, mit einem Mal nicht mehr gesellschaftstauglich zu sein.«

»Sicherlich, wobei längst nicht jeder Erkrankte mit Tourette-Syndrom auch gleichzeitig unter Koprolalie leidet. Aber mein Patient damals, von dem ich zu erzählen begann, zeigte tatsächlich eine ganz erheblich ausgeprägte krankhafte Neigung zum Aussprechen unanständiger, obszöner Wörter, die, wenn ich mich recht erinnere, überwiegend aus dem analen Bereich stammten und teils von einem recht kreativen Geist zeugen mochten.« Ich grinste falsch. »Jedenfalls fielen mir schon nach wenigen Minuten im Gespräch Ungereimtheiten auf. So zeigte der Patient fast ausschließlich die Neigung zu Schimpftiraden, andere Tics fehlten gänzlich, nicht einmal einfache motorische Tics zeigte er. Auch gab er an, erst seit kurzer Zeit das Krankheitsbild aufzuweisen, obwohl Symptome des Tourette-Syndroms in aller Regel schon im Kindheitsalter auftreten. Auch die sensomotorischen Beschreibungen des Patienten wussten nicht so recht auf das Krankheitsbild zu passen. Um auf den Punkt zu kommen ...«

»..., der Junge hatte dir das Tourette-Syndrom vorgespielt. Aber warum?«

Ich zuckte mit der Schulter. »Schlechtes soziales Umfeld, keine Ausbildung, unsympathischer Stiefvater und die Suche nach einer Möglichkeit, den anwachsenden Zorn über das eigene

Versagen in Form eines Freifahrtsscheins zum Beleidigen ein Ventil zu verschaffen.«

»Und hat der Junge von sich aus zugegeben, dir nur eine Krankheit vorgetäuscht zu haben?«

»Nun, ich hatte ihn damals darauf hingewiesen, dass meiner Einschätzung nach das Tourette-Syndrom als Krankheitsbild bei ihm nicht in Frage käme und ich das Ganze für einen ausgemachten Schwindel halte. Als er sich daraufhin allerdings gemüßigt sah, mich, so wörtlich, als ›herzloses Stück Scheiße‹ zu titulieren, eröffnete ich ihm, dass durchaus andere neurologische Erkrankungen für seinen Zwang, Menschen zu beleidigen, verantwortlich sein könnten. Nicht nur Tourette, sondern auch Demenz, schwere Hirnschädigungen oder ein Hirntumor könnten zu dieser ausgeprägten Neigung zu Schimpfwörtern führen und daher wären womöglich eingehende und vor allem langwierige Untersuchungen notwendig, um diese Gefahren bei ihm auszuschließen. Womöglich, schlug ich vor, müsste ich seinen Eltern einen solchen Befund vorstellen.«

»Und wie hat er reagiert?«

»Na, wie schon? Er hat wild fluchend meine Praxis verlassen und kam zwei Wochen und ein Gespräch mit seiner Mutter und seinem Stiefvater später kleinlaut als Patient für eine dissoziale Persönlichkeitsstörung wieder. Vor die Wahl gestellt schien er die dann doch den Untersuchungen im Krankenhaus vorziehen zu wollen. Kein junger Mensch verbringt seine Nachmittage gerne in kahlen Krankenhauszimmern und lässt seinen Kopf daraufhin untersuchen, ob dort vielleicht etwas nicht in Ordnung ist.«

»Sicher … und auch sonst niemand«, antwortete Philine, trank einen auffallend großen Schluck und ließ ihren Blick kurz im Restaurant schweifen. »Anderseits geht auch niemand gerne zum Psychotherapeuten. Wie schaffst du es denn, bei all diesen Problemen, mit denen die Menschen jeden Tag zu dir kommen, Abstand zu gewinnen und den Kopf sozusagen abzuschalten?«

Ich zog kurz eine Grimasse. Den Kopf abschalten … eine krude Formulierung. Warum sollte jemand seinen Kopf abschalten

40

wollen? Was für eine dümmliche Frage. Erinnerungen an meine blonde Verabredung aus der Studienzeit blitzten kurz auf, wurden von mir aber ignoriert. Eines hatte ich schließlich über die Jahre und über die zahlreichen Fehlversuche, bei der Damenwelt Eindruck zu hinterlassen, gelernt: Bei einer ersten Verabredung den Frauen von meinem Schild der Vernunft und Rationalität, der mich gegen die Versuchungen des Irrealen schützte, zu erzählen, weckte kein Interesse und war zum Aufbau eines intimen Verhältnisses nicht sinnvoll. Was sollte ich also antworten?

In der Regel hegten Frauen den Wunsch, sich mit einem mutigen, risikobereiten und draufgängerisch veranlagten Alpha-Männchen zu paaren, dies stellte einen ihrer archaischen Triebe dar. Um also das Interesse der Frau mir gegenüber aufrecht zu erhalten und so eine baldige Befriedigung meiner Triebe zu erlangen, schienen einige Lügen angebracht.

»Da gibt es Unterschiedliches ... gerne treibe ich viel Sport, Kitesurfen oder Skifahren bereiten mir besonders viel Spaß.« Ich wechselte beim Sprechen in eine noch etwas tiefere Tonlage. »Auch spare ich gerade auf einen Motorradführerschein, sodass ich mit meinen Kumpels im nächsten oder übernächsten Sommer die Toskana unsicher machen kann. Einfach mal abschalten, um den Alltagsmief zu vergessen. Darüber hinaus habe ich ja noch meinen Berner Sennenhund ...« Welchen Namen mochte ich dem Tier auf die Schnelle geben? »... Aristoteles, der mir sehr viel bedeutet. Ich liebe ja Tiere. Und Kinder. Kinder liebe ich auch. Aber die beste Art, sich von den Problemen des Alltags zu befreien, ist ohne jeden Zweifel eine Verabredung mit einer wunderschönen, bezaubernden jungen Frau.«

Ich lächelte Philine zu und war insgeheim zufrieden mit der Maskerade, die ich heute Abend zeigte. Als sportlich, belesen, risikofreudig und durchsetzungsfähig hatte ich mich präsentiert, außerdem musste ich Philine als angesehenes Mitglied einer sozialen Gruppe und als kinder- und tierlieb erscheinen. Nicht zuletzt hatte ich durch Komplimente wiederholt mein Interesse an einem intimen Verhältnis zu ihr bekundet. Wenn mich nicht alles täuschte, hatte ich die richtigen Karten ausgespielt. Entspannt lehnte ich mich zurück und trank mein Mineralwasser.

»Dein Hund heißt Aristoteles? Und du bist dann sein Lehrer Platon, oder wie?«

Philine lachte und es klang entwaffnend sanft, wie ein einfühlsames Streicheln über den Nacken, auch wenn ich solche kitschigen Vergleiche sonst mied. Ich nickte und zwinkerte ihr zu. Der Kellner brachte indes das bestellte Essen, dessen Dämpfe ich sogleich mit der Nase aufsog.

»Das riecht wirklich gut«, stellte ich etwas lapidar fest.

Philine stimmte mir zu und wir begannen zu essen. Eine halbe Minute, vielleicht eine Minute lang schwiegen wir, währenddessen Philine mir aber immer wieder Blicke zuwarf, die für mich schwer zu interpretieren waren.

»Es ist schon etwas seltsam, Herr Platon...«, setzte sie schließlich wieder an und griff nach ihrem Glas, in dem nur noch wenige Zentiliter Weißburgunder schwammen. »..., aber Theo hat dich als einen ganz anderen Menschen beschrieben. Kitesurfen, Skifahren, Motorrad, damit hätte ich nun gar nicht gerechnet.«

Mit schlechter Vorahnung ließ ich meine Gabel sinken.

»Wirklich? Was für ein Mensch bin ich denn Theo zufolge?«

Philine lehnte sich nach vorne, sodass ich ihr Parfüm noch über das Essen hinweg riechen konnte. »Ein intelligenter, verkopfter Mensch. Du seiest jemand, unter dessen Schicht von Intellekt sich noch eine weitere Schicht Intellekt verbirgt und der nichts tut, ohne dem Ganzen eine Funktion zuzuordnen. Jemand, der ungern spontan handelt. Und jemand, dem es schwer fällt, Gefühle zuzulassen. Mit anderen Worten, du bist laut Theo ...«

»... ein Langweiler?«, entgegnete ich resigniert.

»... eine Schale, die nicht so leicht zu knacken ist«, korrigierte mich Philine.

»Und wenn es dir gelänge, sie zu knacken, was würde dich dann erwarten? Ein weicher Kern?«

»Nach dem, was mir Theo erzählt hat und ausgehend von meinem bisherigen Eindruck ... würde ich sagen ja. Weich wie ein Babypopo.«

»Nach dem, was dir Theo allem Anschein nach über mich mitgeteilt hat, würde ich sagen, dass mein vorgeblicher Freund seine Berufung als Amor noch einmal vom Grundsatz her überdenken sollte«, murrte ich.

»Und trotzdem bin ich heute zur Verabredung gekommen.«

»Zu spät gekommen.«

»Warum verlassen wir jetzt nicht einfach die Theaterbühne und du sagst mir endlich die Wahrheit über dich? Dann werden wir ja sehen, wohin das führt.«

Ich grunzte abwehrend. Die Wahrheit? Wer spricht schon die Wahrheit? Sicher, Immanuel Kant hatte einmal gefordert, man solle niemals lügen, was jedoch völliger Unsinn war. Jeder Hobbypsychologe wusste doch, dass Lügen der Schmierstoff der Kommunikation waren. Doch was sollte ich mich andererseits jetzt noch um meine Sympathiewerte kümmern, nachdem Theo von mir bereits ein Bild von einem verkopften Langweiler gezeichnet hatte? Was soll's, dann bekommt sie eben ihre Wahrheit ... ein verlorener Abend, bei der nächsten Frau würde es hoffentlich besser funktionieren.

Ich holte tief Luft: »Die Maske fällt und so erschrecke angesichts meines wahren Antlitzes. Ja, ich bin ein Mensch, der nicht aufhören kann zu denken und zu analysieren. Nie im Leben käme ich auf die Idee, ein Motorrad zu fahren, ist die Unfallgefahr doch viermal höher als für Pkw-Insassen. Ebenso käme ein Kamikazesport wie das Kitesurfen für mich nicht in Frage, schließlich will ich bei auflandigem Wind nicht von einer Böe über das Land gezerrt oder bei ablandigem Wind aufs Meer hinausgetrieben werden. Einzig leichtes Joggen zwecks Stärkung meines Herz-Kreislauf-Systems erscheint mir als körperliche Betätigung unvermeidlich. Weiterhin strebe ich nicht danach, die Welt zu bereisen, nur damit ich beklaut oder mit tropischen Viren infiziert in den sicheren Hafen der Heimat zurückkehre, den ich gar nicht hätte verlassen müssen. Es gibt nur eine einzige Sache, an der ich Freude habe, und das ist die Optimierung von Abläufen. Sei es die Psyche des Menschen, die Hauptplatine des Computers, die energetische Sanierung von Gebäuden oder die Motorelektronik eines Kraftfahrzeuges. Allein durch Logik und Vernunft kann man Dinge vorantreiben. Und damit ich meinen eigenen Vorgaben gerecht werden kann, überwache ich mein Verhalten, führe ein Traumtagebuch, übe mich sowohl im therapeutischen Schreiben als auch im autogenen Training und ich wende immer wieder Methoden der Psychohygiene an. Penibel achte ich auf meine Ernährung, esse zur Stärkung meiner Nervenzellen Fisch und Nüsse und nehme klar portionierte Vollkornprodukte als Energielieferanten zu mir. So umsichtig ich meinen Alltag strukturiert habe, gibt es doch auch eine Schattenseite einer solchen Lebensweise: Freunde habe ich außer Theo keinen, und wie der zu mir steht, hast du ja, wie ich nun weiß, aus erster Hand erfahren. Im Grunde bin ich alleine. Zwar verabrede ich mich hin und wieder mit Frauen, doch dienen diese Treffen lediglich dazu, meinen triebgesteuerten Wunsch nach Intimität zu erfüllen. Emotional lasse ich niemanden an mich heran und sobald doch die Gefahr besteht, dass Gefühle in mir aufkeimen könnten, beende ich das Verhältnis. Eine geeignete Partnerin für ein längerfristiges Engagement habe ich bisher noch nicht gefunden und möchte ich vielleicht auch gar nicht finden, an so etwas wie eine Liebesheirat glaube ich jedenfalls nicht. Und nachdem du das alles jetzt gehört hast, wirst du der Erfahrung nach wohl gehen wollen.«

»Also wenn ich zusammenfassen darf ...« Mit ihren smaragdgrünen Augen funkelte mich Philine an. »... hast du einen Stock im Arsch ...«

»Ich weiß nicht, wie du jetzt zu so einer Metapher kommst, aber ...«

»... den wir dringend operativ entfernen müssen. Aber keine Angst, dazu gibt es Mittel und Wege.«

Philine winkte den Ober herbei und bestellte zwei Gläser Weiß-burgunder. Der Ober brachte auch ohne Umschweife eine Flasche herbei, ganz so, als habe er nur auf ein entsprechendes Signal gewartet. Als wir wieder ungestört waren, strahlte mich Philine offen und ohne erkennbare Ablehnung an. »Soweit, so gut. Aber was ist denn mit deinem Hund? War der auch Teil deiner Selbstinszenierung?«

»Mein Hund? Ach so, nein, den gibt es wirklich.«

»Und heißt er Aristoteles?«

»Jetzt schon.«

Philine lächelte abermals und schüttelte den Kopf, ihre langen Haare umspielten ihr Gesicht. Dann spießte sie mit ihrer Gabel eine Nudel auf.

»Im Grunde bist du wie ein Eichhörnchen.«

Entgegen meiner Gewohnheit trank ich, nachdem ich den unge-fähren Promillegehalt überschlagartig berechnet hatte, ebenfalls einen Schluck Alkohol. Auf Grund des ungewohnt bitteren Geschmacks verzog ich unwillkürlich mein Gesicht.

»Ein Eichhörnchen? Ich muss zugeben, so hat mich noch keine Frau genannt.«

Philine sah sich zu einer Erklärung genötigt: »Nach deiner eige-nen Beschreibung zu urteilen vergräbst du deine Gefühle, Wün-sche und Träume in deinem Inneren, wie das Eichhörnchen seine Nüsse im Waldboden vergräbt.«

»Wäre ich ein Eichhörnchen, würde ich meine Gefühle für spätere, kargere Zeiten verstecken. Doch ich vergrabe nichts, sondern ich kontrolliere, indem ich entscheide, welche Gefühle ich zulasse und welche ich gleich über Bord werfe.«

Aufgeregt fuchtelte Philine mit ihrer Gabel herum, auf der sich die aufgespießte Nudel von den Luftwirbeln umher peitschen ließ.

»Niemand wirft seine Gefühle über Bord. Glaub mir, ich habe es selbst einmal versucht. Anfang Zwanzig hatte ich eine beste Freundin, Eva, mit der ich im Grunde alles teilte. Wir wohnten zusammen, studierten dasselbe, spielten beide Volleyball, gingen

zusammen aus, feierten zusammen, wir waren also ein Herz und eine Seele. Nur ein Problem bestand, das ich mir zunächst nicht eingestehen mochte: Ich war neidisch auf Eva. Wenn wir zusammen ausgingen, war es, als trüge ich einen Unsichtbarkeitsmantel, da sie mit ihrer Wahnsinnsfigur und in ihren hautengen Kleidern die Blicke der Männer auf sich zog. Ihre betuchten Eltern finanzierten ihr Auto und teure Urlaubsreisen, außerdem bekam sie jede Woche ein CARE-Paket von ihrer Mutter, mit Süßigkeiten, Geldscheinen, Selbstgemachtem, alles Dinge, die sie überhaupt nicht zu würdigen wusste, war es doch Normalität für sie. Im Sport und im Studium war sie besser als ich, ohne dass sie sich besonders anstrengen musste, ja, sie musste nicht einmal auf ihre Ernährung achten und sah trotzdem immer super aus. Als wir uns für denselben Mann interessierten, hatte dieser nur Augen für sie. Eva schien einfach unter einem glücklichen Stern geboren worden zu sein. Aber ich habe ihr nie meine Missgunst gezeigt. Stattdessen wollte ich es wegdrücken, dieses hässliche Gefühl in meinem Bauch einfach über Bord werfen oder zumindest verdrängen – doch dadurch schien der Neid nur immer weiter anzuwachsen. Und dann passierte es schließlich und das zwischen uns gespannte Band der Freundschaft zerriss. Ich begann einen Streit, doch wegen was? Heute kann ich mich nicht einmal an den genauen Auslöser für unseren Streit erinnern, es ging in jedem Fall um eine Albernheit wie den Abwasch oder den Wasserverbrauch, scheißegal. Jedenfalls war ich nicht ich selbst gewesen und ja, jetzt schäme mich für das, was ich damals zu ihr gesagt habe, da unser Verhältnis danach nicht mehr dasselbe war. Hätte ich nur früher mit ihr über meine Gefühle geredet – vielleicht hätten wir eine Lösung gefunden.«
Philine ließ die epileptisch zappelnde Nudel endlich in ihrem Mund verschwinden.
Ich runzelte die Stirn. »Solche Dinge passieren eben. Da Gemeinsamkeiten in der Regel die Grundlage für Freundschaften bilden, steht man häufig auch im Konkurrenzkampf und so kann Neid entstehen. Für ein solches Gefühl brauchst du dich

ganz sicher nicht zu schämen und zwei kleine Hörner werden dir deswegen auch nicht auf dem Kopf wachsen.«

»So ein Pech, den passenden Dreizack habe ich immerhin schon«, lachte Philine und fuchtelte mit ihrer Gabel.

»Im Grunde ehrt es dich sogar ...«, fuhr ich fort, »,... dass du so selbstkritisch über dich sprichst. Das zeigt mir, dass du dein hübsches Näschen nicht allzu weit oben trägst. Wie heißt es noch? Der eitle Pfau wirft den Kopf zurück und spricht: ›Wohin ich blicke, überall sind nur Lump und Wicht!‹ Doch in den Spiegel blickt er dabei nicht.«

Philine deutete Applaus an. »Ach, schau an ... ein Poet ist der Herr Baumann auch noch.«

»Eher ein geübter Plagiator. Das Zitat stammt von Theodor Storm.«

»Na, sei es, wie es sei ...« Energisch versuchte Philine, eine vor ihr wegrollende Cherrytomate mit der Gabel aufzuspießen. »..., wenn man einen Menschen nah an sich heran lässt, dann ... bleib doch mal liegen ... entstehen unweigerlich Gefühle wie Liebe, Neid oder Hass, die man nicht unterdrücken, beherrschen oder über Bord werfen kann.«

»Da magst du recht haben. Doch bei mir gibt es keinen Menschen, der mir nahe ist, von daher kann ich Höhen und vor allem Tiefen in meinem Leben problemlos vermeiden.«

»Keine Familie? Niemanden?«

»Nein, ich habe keinen Kontakt mehr mit meiner Familie. Es gab nur einen Menschen, meine Großmutter. Sie ist verstorben.«

»Oh, das tut mir leid. Dann fehlt sie dir wahrscheinlich besonders stark.«

»Ich habe sie geliebt.«

Meine Stimme überschlug sich etwas bei diesem Satz, der mir herausgerutscht war. Über diesen vermutlich alkoholbedingten Kontrollverlust ärgerte ich mich, versuchte ich das Wort ›Liebe‹ doch grundsätzlich zu vermeiden. Philine schien jedoch an diesem Abend, an dem wir uns insgesamt vier Stunden unterhielten, zunehmend von mir angetan zu sein. So verabschieden wir uns schließlich mit einer auffallend herzlichen Umarmung und dem Versprechen, uns bald wiederzusehen.

Ich darf zusammenfassen: Spiel, Satz und Sieg für den Psychotherapeuten Baumann. Bald würde ich endlich wieder regelmäßigen Zugang zu Intimitäten haben, was meiner Psyche sicherlich gerade in der momentanen Situation guttun würde. Voller Endorphine schlief ich deutlich später als gewöhnlich ein. Sollte der Schlafmangel meine kognitive Verarbeitung am nächsten Tag lähmen, wäre dies heute ausnahmsweise ein Preis, den ich zu zahlen bereit war. Nur eines begriff ich partout nicht. Warum war Philine trotz meiner ungeplanten Offenherzigkeit überhaupt an einem Wiedersehen mit mir interessiert?

Aufkeimende Erinnerungen

Träume braucht man, um Erinnerungen zu verarbeiten und sich auf die Zukunft vorzubereiten. Meistens verarbeiten wir im Traum Erlebtes, Verdrängtes, unbewusst Wahrgenommenes, sodass unser Verstand am nächsten Tag wieder voll funktionsfähig ist. Bemerkenswert war nun, dass ich in dieser Nacht von einer realen Begegnung mit meiner Großmutter Emma träumte, die nicht gestern oder vor einer Woche, sondern vor schon fünf oder sechs Jahren stattgefunden hatte und die mir damals nicht wichtig erschien. Die Begegnung zwischen Emma und mir fand in meinem Traum, wie so oft in meiner Phantasie, in Schwarz-Weiß statt, darüber hinaus schien ich aber einer detailgetreuen Wiedergabe von Vergangenem beiwohnen zu können, was ich positiv in meinem Traumtagebuch vermerkte.

Es war die Erinnerung an einen schwülen Sommerabend, den ich als junger Student mit meiner Großmutter auf der Veranda ihres Reihenhauses verbracht hatte. Die alte Frau saß damals in ihrem geflochtenen Schaukelstuhl, an ihrem wie immer viel zu starken Kaffee nippend und Gedanken versunken die Straße hinunter blickend, als zöge es sie allen Gebrechen zum Trotz schon wieder hinaus in ferne Länder. Ich kaute indes, auf einem einfachen Klappstuhl sitzend, etwas mühsam am zweiten Stück ihres selbst gebackenen Mohnkuchens, ehe ich meine ungewöhnlich schweigsame Großmutter musterte.

Deutlich war sie schon damals vom Verfall gekennzeichnet, ihr ganzes Gesicht war tief in Falten gelegt und auf ihren Wangen befanden sich einige unschöne, dunkelgraue Pigmentstörungen, eindeutig als Altersflecken identifizierbar.

Sie wirkte gebrechlich.

Ihre Augen hatten damals jedoch nichts von ihrer Sogwirkung verloren, was selbst in meiner Schwarz-Weiß-Fassung deutlich wurde. Einzig ihrer Augen wegen schien es gleichgültig, um wie viel zittriger sie den Kaffee einschenkte, um wie viel buckliger sie sich bewegte und um wie viel brüchiger ihre Stimme klang. Solange ihre Augen funkelten, neckisch aufblitzten oder verspielt umhersprangen, solange schien sie auch noch hundert Jahre leben zu können. Das redete ich mir damals zumindest ein, was ich mir nun mit dem kritischen Schlagwort ›Verdrängungsmechanismus‹ schriftlich festhielt.

Vorsichtig streichelte ich damals über die Hand meiner Großmutter und holte sie so von welchem Ort auch immer zurück.

»Oma, es war wirklich schön bei dir. Leider muss ich aber los, Theo und ich wollten zusammen noch ein Bier trinken. Du weißt ja, er hat sein erstes Staatsexamen bestanden, mit Bravour bestanden, und da will ich natürlich dem zukünftigen Chefarzt meine Aufwartung machen.«

Ich stand auf und signalisierte so deutlich meine Bereitschaft, aufzubrechen. Nicht direkt reagierend, nahm Emma zunächst einen Schluck Kaffee, mühsam die Tasse haltend. Schließlich lächelte sie mich an:

»Vielleicht hast du noch einen kurzen Augenblick für deine alte Großmutter. Eines wollte ich dich noch gerne fragen.«

»Ja, natürlich, frag nur, Oma.«

»Wie heißt sie und wer ist sie?«

»Wen meinst du?«

»Die Frau, die du kennengelernt hast, von der du dich aber den ganzen Abend nicht getraut hast, mir zu erzählen. Die meine ich.«

Perplex ließ ich mich wieder auf den Klappstuhl fallen und schaute meine Großmutter mit passend zum Stuhl nach unten geklappter Kinnlade an.

»Wie hast du ... woher weißt du ... wie kannst du ...?«

Emma lachte. »Ach, mein lieber Junge. Du achtest immer so sehr auf deine Worte und sie gehorchen dir auch und verraten dich nicht. Deine Augen aber ... die können nichts außer die Wahrheit sagen. Also erzähl schon ... wer ist sie?«

Die Antwort, an der ich schon lange gefeilt hatte, sprudelte endlich aus mir heraus. »Sie heißt Laura Behrendt, ist ein Jahr älter als ich und studiert Betriebswirtschaftslehre im letzten Semester. Anschließend will sie sich als Personalreferentin spezialisieren. Da entwickelt sie dann Strategien zur Personalgewinnung und ist für die Planung und Umsetzung von Einstellungen und Kündigungen zuständig.«

»In Ordnung ... passt ihr zusammen?«

»Ja, auf jeden Fall, Oma. Sie ist ehrgeizig und weiß, was sie im Leben erreichen will. Die Familienplanung ist für uns beide gegenwärtig noch kein Thema, politisch sind wir beide neokonservativ und wir sehen uns beide als Atheisten. Auch haben wir schon gescherzt, dass unsere Studiengänge im Grunde perfekt zueinander passen: Ich studiere die psychischen Zustände der Menschen: Warum handeln Menschen so, wie sie es tun? Und Laura studiert, wie sie aus den verschieden strukturierten Menschen die richtigen Arbeitskräfte auswählt und diese optimal ausreizt. Wir ergänzen uns also sozusagen zur perfekten kapitalistischen Verwertungskette.«

Da ich nicht zu unterkühlt klingen wollte, fuhr ich schnell fort.

»Aber auch unsere Hobbys lassen sich gut aufeinander abstimmen, wir spielen beide gerne Tennis und haben auch etwas für das Joggen übrig. Und wenn wir alt sind, dann werden wir zusammen Sudokus lösen und Canasta spielen, ist alles schon aufeinander abgestimmt.«

Emma blinzelte in die langsam untergehende Sonne.

»Und was sagen dir ihre Augen?«

»Was willst du ... ihre Augen? Das sind nur Augen, Oma. Warum fragst du mich nach ihrem Sehorgan?«

Verwundert schaute mich Emma an, als habe ich eine Frage gestellt, die jedes Kind beantworten könnte. »Na, weil die Augen der Spiegel unserer Seele sind.«

»Was für eine Seele denn?«, entfuhr es mir damals ungewollt harsch.

»Die, die dir Gott gegeben hat.«

»Ich habe dir doch gerade gesagt, dass ich Atheist bin. Ich glaube nicht an Gott.«

»Doch, tust du.«

Emma sagte dies ruhig, aber mit einer unumstößlichen Gewissheit. Dabei schmunzelte sie, als habe sie etwas nur allzu Offensichtliches ausgesprochen, und warf einige Krumen des Mohnkuchens Spatzen zu, die vor der Veranda umhersprangen.

Einige Minuten lang schwiegen wir und schauten dem Treiben der Vögel zu. Dabei ließ ich meinen Blick schweifen und betrachtete den naturbelassenen Garten meiner Großmutter. Zur Veranda konnten die Besucher nur über einen verwachsenen Pfad, links und rechts wucherte allerlei Unkrautartiges, teils kaum definierbar.

Wenn es mir möglich gewesen wäre, hätte ich alles rausgerissen und klare Grünflächen geschaffen. Auch das Haus selbst befand sich durch die falsch verstandene Naturliebe meiner Großmutter in keinem guten Zustand. Die Wände waren allesamt von Efeu bedeckt, was ein aus meiner Sicht unmöglicher Umstand war. Zwar hielten die Kletterpflanzen zugegebenermaßen einen Teil der Sonnenstrahlung fern, sodass das Haus an einem Sommerabend wie diesem merklich kühler war. Doch zum einen lockte diese Art vertikaler Garten Sechs- und Achtbeiner an. Und zum anderen war davon auszugehen, dass die Haftwurzeln in die Fugen hineinwuchsen und die Fassade beschädigten. Eine Gefahr, auf die ich meine Großmutter wiederholt hingewiesen hatte, die sie aber konsequent zu ignorieren schien. Sie war schon immer ein Sturkopf gewesen, überlegte ich mir. War es überhaupt sinnvoll, mit ihr über etwas derart Irreales wie den Glauben an ein allmächtiges, magisches Phantasiewesen zu diskutieren?

Ich entschied mich damals für einen Versuch.

»Weißt du, warum ich nicht an Gott glaube?«, setzte ich wieder an.

Emma lächelte und schaute mich mit großen Augen an. »Erzähl es mir.«

»Also, es ist doch so: Den Glauben an einen Gott oder mehrere Götter gibt es ja schon ewig. Warum, frage ich mich nun, überlebte diese Wahnvorstellung von einem Wesen höherer Art, das sich für unsere Belange interessiert, unsere Gebete erhört und in unser Leben eingreift, tausende von Jahren in unseren Köpfen, ohne dass es je einen sichtbaren Beweis für sein Eingreifen gab? Wie konnte die Vorstellung von Gott bis heute den Prozess der Aufklärung überstehen? Und das alles, obwohl wir um die mannigfaltigen Irrtümer der Kirche und um die Widersprüche in den religiösen Zeugnissen wissen. Dafür kann es, glaube ich, nur zwei Gründe geben. Erstens: Die Indoktrination. Uns wurden schon als Kind Dinge mitgegeben, manchmal auch regelrecht eingetrichtert, sodass wir sie als unsere Wahrheit annehmen und an ihnen auch als Erwachsene festhalten, komme, was da wolle. Zweitens: Die Erklärungsnot. Was wir nicht erklären können, versuchen wir auf einen möglichst einfachen, gemeinsamen Nenner zu bringen. Der lautet Gott.«

»Und du bist jemand, der sich alles erklären kann?«

»Nein, aber ich bin zumindest jemand, der es versucht.«

»Und dafür habe ich dich schon immer bewundert, wirklich. Ich bewundere es, wie du unumstößlich versuchst, die Dinge so klar und nüchtern zu betrachten, wie es nur irgendwie möglich ist. Ich habe es dir und deiner Mutter bestimmt schon mehrfach gesagt, aber dein Verstand arbeitet präzise wie ...«

»... ein Uhrwerk«, ergänzte ich, zufrieden nickend. Tatsächlich hielt ich mich schon damals für den rationalsten Menschen, den ich kannte.

Emma schaute mich nun nachdenklich an. »Genau, ein Uhrwerk. Ein Uhrwerk.«

Emma warf den Vögeln noch weitere Kuchenkrumen zu. »Vielleicht darf ich dir alte Frau eine Geschichte erzählen. Denn weißt du, ich habe mich natürlich auch gefragt, warum sich bei mir der Glaube an Gott entwickelt hat. Ich meine, als alte Physikerin schien die Wahrscheinlichkeit hierzu doch recht gering. Wurde ich insgeheim beeinflusst, hat mir jemand einen spirituellen Floh ins Ohr gesetzt? Na, an meinen Eltern konnte es nicht gelegen haben. Meinen Vater habe ich, wie du weißt, nie kennengelernt. Und meine Mutter musste alleine eine Familie versorgen, da war sie so sehr mit dem Boden verhaftet, na ja, für den Blick nach oben blieb da wohl einfach keine Zeit mehr. Meine Großeltern wiederum hielten sich für Musterbilder des modernen Bürgertums, ›Gott‹ war da eher ein Unwort als eine höhere Macht, schließlich war man ein Erbe der Aufklärung. Mein erster Mann, Wolfgang, war wie ich Physiker und hätte es nie gewagt, sich außerhalb der Sphären der Naturwissenschaften zu bewegen. Ja, selbst für meinen geliebten Konrad, meinen zweiten Mann, deinen Stiefopa, Gott habe ihn selig, war das Jenseitige nie ein ernstes Thema gewesen. Wieso erwischte es also mich? Ich kann es dir nicht anders beantworten als zu sagen, dass es einfach ein Gefühl war, das sich bei mir entwickelte und mich zum Glauben führte. Ein Gefühl, das mir keine Wahl ließ.«

Ich schüttelte den Kopf. »Gefühle müssen uns immer eine Wahl lassen, da sie doch nicht der Vernunft entgegenstehen dürfen. Wir fühlen, weil wir an unseren Körper und seine chemischen Prozesse gebunden sind. Aber die Vernunft ist es, die für alle unsere Gedanken und Handlungen maßgebend sein muss. Nehmen wir zum Beispiel unser Gehör ... Politiker mit tieferen Stimmen erscheinen uns auf Grund von erhöhten Testosteronwerten stärker, kompetenter und älter und daher wählen wir sie bevorzugt. Ein evolutionäres Überbleibsel, ein Steinzeit-Instinkt. Wir können unsere Handlung nicht rational begründen, aber wir fühlen so. Ist es deshalb richtig? Keinesfalls. Auch mit Gerüchen verhält es sich ähnlich. Lasse junge Frauen an getragenen T-Shirts von männlichen Testpersonen riechen und sie werden mit traumwandlerischer Sicherheit den Geruch derjenigen Männer bevorzugen, deren Immungene sich deutlich von ihren eigenen unterscheiden. Warum tun sie das, wie würden sie ihre Wahl begründen? Vermutlich würden die meisten sagen, dass sie ihrem Gefühl gefolgt sind.

Was ich aufzeigen will: Unser Geruchs- und Gehörsinn spielt uns jeweils Gefühle vor, die uns oftmals unerklärlich scheinen und einstmals wohl einen evolutionären Sinn hatten. Heute aber widersprechen sie mitunter der Vernunft und sind somit überflüssig geworden. Heute müssen wir keinen Politiker mehr wählen, der Stärke verspricht, sondern wir haben uns zwischen konkurrierenden Weltanschauungen zu entscheiden. Und für Frauen ist doch mittlerweile kein Partner mehr entscheidend, der die optimale Ergänzung der eigenen genetischen Ausstattung erwarten lässt, sondern jemand, der den schwierigen Balanceakt zwischen Vaterfigur, Versorger und Lebenspartner bewerkstelligt. Und so verhält es sich auch mit deinem Gefühl Gott, das nicht einmal aus einer Sinneswahrnehmung wie dem Riechen oder Hören herrührt: Gott ist überflüssig geworden. Sicher, unser Gehirn ist von der Evolution so strukturiert worden, dass wir nach Sinn suchen und überall dort Absichten vermuten, wo uns eine unmittelbare Einsicht fehlt. Aber unsere Erkenntnisse in

54

den Naturwissenschaften zeigen uns doch immer deutlicher, dass die Wahrheit nicht in Klöstern, sondern in der Natur, in grünen Wäldern, im blauen Meer, auf schneebedeckten Bergen zu finden ist. Vielleicht kann der Glaube an Gott oder den Weihnachtsmann Kinder glücklich machen, Erwachsene sollten aber ein Leben ohne übermenschliche Vaterfigur führen können.«

Emma vollzog mit ihrer linken Hand eine Wischbewegung, wie sie es immer tat, wenn ich ihr zu weit abzuschweifen schien. Dann hielt sie mir ihr rechtes Handgelenk vor die Augen.

»Was siehst du?«

Ich kniff die Augen kurz zusammen. »Deinen Arm? Mit einer Uhr um deinem Handgelenk. Ein altes Modell, das braune Lederband zeigt deutliche Verschleißspuren. Und ... die Zeiger sind stehengeblieben. Du solltest die Batterien wechseln.«

»Das ist nicht nur irgendeine Uhr, mein lieber Enkel. Konrad hat sie mir zu unserem ersten Hochzeitstag geschenkt, damals, vor vierunddreißig Jahren. Wir schwebten trotz unseres vorgerückten Alters damals natürlich auf Wolke sieben, lagen im Sommer unserer Liebe im Stadtpark am Mohnensee und lauschten eng miteinander verschlungen den im Wasser herumtollenden Kindern. Ach, wie uns der Wind zuzuflüstern schien, ›Alles ist gut, alles wird gut‹. Ein Sommer war das, frei von jeden Sorgen, voll Wärme und Zuversicht. Ich weiß noch, wie Konrad damals mein Gesicht mit seinen Händen umfasste und mich mit seinen graublauen Augen ganz versonnen anblickte. Er fragte mich, ob ich mir vorstellen könne, dass unser Glück jemals enden würde, ob ich mir vorstellen könnte, dass so etwas wie unsere Liebe endlich ist. Und nein, das konnte ich mir natürlich nicht vorstellen, also schüttelte ich meinen Kopf. Da griff er in seine rechte Hosentasche, eine braune Cordhose trug er, das weiß ich noch. Er griff also in diese Hosentasche und holte eben jene Armbanduhr mit braunem Leder, mit weiß-silbernem Zifferblatt und Quarzwerk hervor. Diese band er mir um mein Handgelenk, anschließend ergriff er meine Hände und schloss sie in seine: ›Diese Uhr möchte ich dir zu unserem Hochzeitstag schenken.‹

Selig lächelte ich, hatte ich doch bis dato nur eine Stimmgabeluhr, die heute kein Mensch mehr kennt und die noch wie eine Mücke summte, besessen. Hochmodern sollte ich nun also eine elektromechanische Uhr mit Schwingquarzen und Schrittschaltmotor und all sowas besitzen, mit elektronischem Quarzoszillator, aber ich schweife ab. Jedenfalls hüpfte mein Physikerherz vor Freude. Konrad musste mir meine Gedanken angesehen haben, ach, wie er es ja doch immer konnte. ›Vielleicht magst du denken, dass gerade ein Hausmeister einer Physikerin eine Freude bereiten will, indem er ihr so 'ne moderne Uhr, 'ne technische Spielerei schenkt. Doch so ist es nicht. Vielmehr schenkt ein über beide Ohren in seine Ehefrau vernarrter Ehemann ihr zum ersten Hochzeitstag eine Uhr, die zwei Liebende für immer verbinden soll.‹

Und er entblößte sein rechtes Handgelenk und, siehe da, er trug die gleiche Armbanduhr, das gleiche Modell. In was für Unkosten sich mein Ehemann für mich gestürzt hatte, wie lange er als Hausmeister für diese Uhren hatte arbeiten müssen. Und doch weinte ich nicht vor Glück, sondern es ergriff mich damals eine fürchterliche Angst. ›Aber Konrad, wieso eine Uhr? Was soll eine Uhr symbolisieren außer Vergänglichkeit, Unbeständigkeit? Ich möchte mit dir für den Rest meines Lebens zusammen sein ... ohne daran denken zu müssen, dass das alles irgendwann nicht mehr sein kann. Lass die Uhr doch einfach nur eine Uhr sein.‹

Doch mein Mann wackelte nur mit seinem Zeigefinger, wie es seine Eigenheit war. ›Was du als Physikerin wohl besser als jeder andere Mensch weißt, ist, wie wenig wir im Grunde über Zeit wissen. Aber was sogar ich sagen kann: Irgendwann ist jeder Sommer vorbei, die Jahreszeiten verändern sich. Und auch unser Sommer wird irgendwann, in vielen Jahren mal, zu Ende sein. Und irgendwann, wenn es ganz kalt geworden ist, ticken unsere Uhren nicht mehr, erst die eine, und dann, etwas später, auch die andere nicht mehr. Ist das Vergänglichkeit? Ja. Aber auch

Weiterentwicklung ... die Jahreszeiten kommen wieder, nicht genau gleich, sondern verändert. Kein Sommer gleicht dem anderen. Und wenn unsere Uhren eines Tages nicht mehr die Zeit anzeigen können, wenn sie beide nicht mehr ticken mögen ... wer sagt denn, dass sie nicht woanders zusammen weiterticken können? Wer sagt das, Emma?«

Emma hielt kurz inne und schaute mich mit offener Neugier an. »Wenn ich dir so eine Geschichte aus meinen jungen Jahren erzähle ... du kannst damit sicherlich wenig anfangen, oder?«

Fast entschuldigend hob ich die Schultern. »So leid es mir tut, aber bei aller Symbolik reden wir doch nur von einem Zeigerwerk, das dir nun nicht mehr die Zeit anzeigen kann. Welchen Nutzen bringt es, eine Uhr heute zu tragen, die ihre wesentliche Funktion verloren hat? Bewahre sie meinetwegen auf, in einer Schublade, in einem Safe, aber trage sie doch nicht Tag für Tag mit dir herum, Oma.«

Emma fuhr fort mit ihren Erinnerungen. »Unsere Uhren blieben am letzten glücklichen Tag stehen, den wir zusammen verbracht haben. Über zwei Jahre ist es nun schon her, wobei diese letzten Glücksmomente sicherlich zu meinen klarsten Erinnerungen gehören. Es war im Spätherbst. Konrads Alzheimer befand sich damals schon im fortgeschrittenen Stadium, sein Kurz- und auch sein Langzeitgedächtnis funktionierten immer schlechter – und doch war er noch dieser wunderbare Mann, den ich von Herzen liebte. Wir saßen wieder einmal auf der Holzbank am Mohnensee, fütterten Enten und blickten gen Sonnenuntergang. Vielleicht muss man es so sagen: Wir waren einfach nur ein altes Ehepaar, seit über dreißig Jahren verheiratet, das nichts weiter vom Leben wollte, als die Muße und Zeit, es gemeinsam genießen und spüren zu können. So saßen wir also auf der Holzbank und minutenlang sprach keiner von uns, wussten wir doch auch beide nicht, was wir hätten sagen können, ohne sofort in Tränen auszubrechen. Und dann ergriff Konrad mit einem Mal meine Hand, wie er es so gerne tat, streichelte sie sanft und gab ihr einen Kuss. Und dann sah er mich mit diesem schelmischen

Blick an, dieses Lausbubenhafte, Verspielte, das ich an ihm so liebte und das ich so lange nicht mehr gesehen hatte. Und er sagte zu mir, so klar, wie ich es danach nie wieder von ihm erlebt hatte: ›Weißt du, Emma ... meine Krankheit, dass ich dir damit zur Last fallen muss ... nein, wink nicht ab, das ist eine Last ... dieser ganze Alzheimermist ist scheiße, einfach scheiße. Alt werden ist scheiße. Aber mit dir hier und jetzt, alt und gebrechlich geworden, zu sitzen und auf ein gemeinsames Leben voll wunderbarer Erinnerungen, voll mit Kindern und Enkeln, zurückzublicken, das ist gut. Und ich kann mir einfach nicht vorstellen, dass ich das jemals ganz vergessen werde. Ich kann und will mir einfach nicht vorstellen, dass ich dich jemals anschauen könnte, ohne zu fühlen, was ich jetzt für dich fühle. Und weißt du was?« Ohne Probleme und Gebrechen stand er auf, zog seine Schuhe aus und griff wieder meine Hand, mich zu sich ziehend. »Wieso sollten wir beiden alten, verschrumpelten Menschen nicht selbst jetzt noch einmal ein bisschen Spaß haben dürfen?« Und so schnell, wie er damals noch konnte, eilte er zum See und sprang in voller Montur, mit Hemd, Cordhose und Sakko, hinein ins kühle Nass und jauchzte dabei wie ein kleiner Junge. Das hättest du sehen müssen, Martin, wie dieser achtzigjährige Mann im Wasser quietschfidel herumplantschte und mich zu sich herwinkte und herrief, ganz wie der junge Mann von einst... ganz so, als wäre die Zeit nie vergangen, als hätten die Zeiger der Uhr nicht tausende und abertausende Umdrehungen durchlebt.

Und natürlich folgte ich alte Frau ihm ins kalte Wasser, im Spätherbst ... in den Mohnsee, der ja, wie du weißt, voller Algen, Seerosen, Laichkraut, Sumpfknöterich und solchem Zeugs war. Und wie laut und schrill ich damals kicherte, wie ein Schulmädchen, das seinen ersten schüchternen Kuss erhalten hat. Und wie uns die Leute im Park, in ihren grauen und schwarzen Mänteln auf dem Weg zur Arbeit, fassungslos und mit versteinerter Miene anstarrten. Aber Martin .... wenn du die Liebe deines Lebens noch einmal, ein letztes Mal aufflammen siehst, wenn du sie noch einmal umarmen kannst, noch einmal in die klaren Augen deines Partners schauen kannst ... ja, mein Gott, dann stehst du eben mal durchnässt in einem ekelhaft schlickigen See und lässt dich von Unbekannten anstarren. Und genau dieser Moment in diesem See war es, der unsere beiden Uhren zum Stehen brachte. Sie waren nicht wasserdicht gewesen.«

Liebevoll streichelte Emma über ihre alte Armbanduhr und rieb mit ihren Handflächen kurz über ihre Augen. »Martin, diese Uhr zeigt anderen Menschen keine Zeit mehr an, da hast du recht. Das soll sie aber auch nicht. Mir, und nur mir, zeigt sie alles, was ich noch brauche. Sie zeigt mir die einzige Wahrheit, die für mich noch wichtig ist, denn sie erinnert mich an meinen Konrad. Sie erinnert mich an meinen Konrad, bevor ihn diese Krankheit aufgefressen hat. Ich danke Gott dafür, dass ich eine Liebe wie die zu Konrad erleben durfte. Du sprichst immer von Vernunft und schiebst Gefühle ab, als stünden sie der Vernunft entgegen. Das Gegenteil von Vernunft sind aber doch nicht Gefühle, sondern das Gegenteil ist der Wahnsinn, die Irrationalität. Als Konrad zum Ende hin nicht mehr wusste, wer ich war, wer er war, das war irrational. Als er seine Gefühle nicht mehr kannte, das war Wahnsinn. Aber was sind solche letzten Momente der Kälte schon mehr als ein paar einzelne Schneeflocken in einem Jahr voller frühlingshafter Frische, sommerlicher Wärme und herbstlicher Brisen? Nicht einen Tag würde ich mit Konrad missen wollen. Und ich wünsche mir wirklich, wirklich von Herzen, dass auch du es schaffst, eines Tages einen Sommer zu erleben, wie ich ihn erleben durfte. Denn dieses Gefühl von Wärme kann ich dir mit keiner Geschichte rational nahebringen, es ist schlichtweg unbeschreiblich ... es muss selbst erfahren werden. So wie es eben mit Gott ist.«

Mit diesen Worten meiner Großmutter schloss mein Traum. Als ungewöhnlich war er nicht zu bezeichnen. Dass sich diese vordergründig sicherlich rührseligen Erinnerungen den Weg in mein Bewusstsein gebahnt hatten, war wohl als ein psychischer

Genesungsprozess zu verstehen. Folglich notierte ich mir in meinem Traumtagebuch abschließend das Stichwort ›Trauerbewältigung‹ und hakte die Erinnerung an stehengebliebene Uhren und im See plantschende Großeltern ab.

Ein unerklärliches Ereignis?

D rei Tage waren seit dem Ableben meiner Großmutter vergangen. Inzwischen glaubte ich, meine Trauer über ihren Verlust mittels Selbstdisziplin, psychoanalytischer Methoden und rationalem Geist im Unterbewusstsein sicher vertäut zu haben. Nur noch ein letztes Kapitel des ohnehin schon zu dicken Buches der Trauerbewältigung galt es zu schreiben. Dieses musste natürlich von ihrem Aussegnungsgottesdienst handeln. Auf eben diesem befand ich mich heute Morgen, auch wenn ich ansonsten das Betreten von Kirchen und vor allem den Kontakt mit meiner restlichen Familie tunlichst vermied. Abseits von Eltern, Geschwistern, Onkeln, Tanten, Cousins und Cousinen blickte ich von meinem Platz in der hintersten Reihe aus stur nach vorne, wo sich Emmas offener Sarg im Altarbereich befand. Reichlicher Blumenschmuck und brennende, faustdicke Kerzen sollten der Feier einen würdevollen Charakter verleihen. Leises Flüstern schwirrte durch die Kirche, ab und an übertönt durch ein Husten, ein Räuspern oder vereinzelt auch ein Schluchzen. Der Rahmen schien Emma alles in allem angemessen, auch wenn ich es grundsätzlich als Gängelung empfand, von der abendländischen Kulturgeschichte abhängig zu sein. Wieso musste heute grundsätzlich schwarz getragen werden, wieso war die Stimmung in der Kirche bedrückt und traurig? In Ghana oder Südafrika wurde beispielsweise wesentlich fröhlicher und bunter gefeiert, auch der Umgang mit dem Leichnam war in Indonesien deutlich ungehemmter als hier. Menschen wurden eben unterschiedlich indoktriniert, dachte ich mir, und dank des Christentums war der Tod in meinem Kulturkreis tabuisiert.

Der Gottesdienst zog sich hin: Lieder, ein Friedensgruß, Gebete, eine Lesung, eine Predigt und ein Geleitwort galt es zu ertragen, ehe endlich die persönliche Verabschiedung von Emmas Leichnam anstand. Die Verabschiedung erfolgte generationenweise. Nachdem meine Geschwister nacheinander und bedächtigen Schrittes an Emmas Sarg herangetreten waren, zum Teil mit ihren Kindern an der Hand, lag es an mir, dieser Prozedur zu folgen. Mich über meine Platzwahl ärgernd, erhob ich mich von der knarrenden Kirchenbank und ging mit erhöhtem Pulsschlag und mit schweißnassen Händen die langen Meter zum Altar nach vorne, ohne dass ich von den anderen Angehörigen einen Blick zugeworfen bekam.
Am Sarg angekommen, ließ ich langsam meine Augen hinunter wandern. Da lag es also, das tote und steril wirkende Abbild meiner Großmutter. Wie zu erwarten, sah die Leiche Emma kaum noch ähnlich, stattdessen sorgten Schminke und die allgemeine Herrichtung für ein verfälschtes Bild der einst geliebten Person. Ich fragte mich ohnehin, warum sich meine Verwandten für eine offene Aufbahrung entschieden hatten. Wer sich von Emma hatte verabschieden wollen, hätte die letzten Monate ihres Dahinsiechens nutzen können. Auch wenn sie zuletzt noch deutlich verhärmter und ausgemergelter aussah, als es jetzt ihre Leiche vorspielte, so steckte doch zumindest noch Leben in ihr. Einem toten Körper seine Aufwartung zu machen, ergab hingegen keinen Sinn, genauso gut hätte man auch eine Emma ähnlich sehende Puppe in den Sarg legen können. Allerdings war ich auch nicht hergekommen, um mich ein weiteres Mal von Emma zu verabschieden, sondern um meine im Unterbewusstsein gärende Trauer über ihren Tod vollständig aufzuarbeiten. Im Kern

ging es um die Kontrolle über meine eigene Psyche, die ich zurückerlangen wollte, um so wieder effektiv meinen Alltag angehen zu können - frei von schwermütigen Gedanken und befremdlichen Träumen. So schloss ich also, am Sarg meiner Großmutter stehend, meine Augen und flüsterte nahezu unhörbar: »Leb wohl, Oma. Du hast mir so unglaublich viel bedeutet. Niemals werde ich dich vergessen können und wollen. Wenn es dich noch irgendwo gibt, hoffe ich, dass du zu mir herunterblickst. Und vor allem hoffe ich, dass du in mich hineinblickst und siehst, wie sehr ich dich geliebt habe, auch wenn ich dir das leider nie richtig sagen oder zeigen konnte.«

Ich spürte, wie mir das Blut in den Kopf schoss und mit einem Mal schien ich auch den Geschmack von Eisen im Mund zu haben. Besorgt auf Grund dieser vegetativen Störung wandte ich meine Augen von Emmas Leiche ab. Doch bevor ich mich auch nur einen Schritt vom Sarg wegbewegen konnte, fuhr mir der Schrecken durch alle Glieder und ich erstarrte augenblicklich. Direkt vor mir bäumte sich ein riesiges, mindestens zwei Meter hohes Ungetüm, umhüllt von einem zerfetzten Umhang, auf. Eine weite Kapuze verdeckte ihr Gesicht, nur noch ansatzweise war die unnatürlich bleiche, ja geradezu aschfahle Haut zu erkennen. Die Wangen wiesen Risse auf und schienen stückweise nur noch aus einzelnen Muskelsträngen zu bestehen. In der rechten Klaue hielt das Ungetüm eine gewaltige, rostige Sense, an deren Spitze Blut klebte. Ohne Zweifel stand vor mir der personifizierte Tod, der Sensenmann, wie ich ihn in meinem Traum bereits erlebt hatte, nur jetzt real und zum Greifen nah.

Das war unmöglich.

Wie Streichhölzer knickten meine Beine um, kraftlos sank ich zu Boden und schlug mit meinem Hinterkopf an Emmas aufgebahrten Sarg an. An der angestoßenen Stelle spürte ich warmes Blut. »Was willst du?«, wollte ich fragen, doch brachte ich nur unverständliches Gegurgel hervor. Der Tod blieb indes regungslos vor mir stehen und erschien wie ein grauenhaftes Gemälde. Einzig seine beiden pechschwarzen Kohlenaugen pulsierten nun.

In zuvor nie gefühlter Panik versuchte ich hochzuspringen und zu rennen, bis mich meine Beine nicht mehr trugen, doch zitterten diese nur unkontrolliert und entzogen sich meinem Willen. Nur sehr dumpf nahm ich die Stimmen meiner Verwandten wahr, wie sie aufgeregt durcheinander riefen. Helfen würden sie mir ohnehin nicht können, vermutlich nahmen sie nur ihre eigenen Beine in die Hand und rannten um ihr Leben. Die offensichtlichen Fragen, warum und woher dieses Monster vor mir kam, konnte ich mir nicht stellen, meine Vernunft gehorchte meinen Augen - und die sahen eine aus dem Nichts erschienene Manifestation des Todes, eben dieselbe, die Emma in meinem Traum gesehen hatte.

Doch schon verblassten zunehmend die Konturen des Unwesens, es schien sich wieder aufzulösen, sodass man bereits durch es hindurchsehen konnte. Sich seines Entschwindens bewusst werdend, schnellte der Tod ruckartig auf mich zu und seine vermoderte linke Klaue packte meinen Hals. So sehr ich es versuchte, konnte ich doch keine Gegenwehr leisten. Wie von Sinnen gurgelte und zappelte ich, Schaum trat aus meinem Mund. Die Klaue griff mir nun ins Gesicht, danach trachtend, mir die Augen aus ihren Höhlen herauszureißen. Ganz nah sah ich die zerfetzte Haut und das darunter hervorkommende schwarze Fleisch, doch griff die Klaue durch mich hindurch. Der Sensenmann löste sich auf. In einem letzten Akt des Grauens riss der Tod seinen Schlund auf und schrie, dass es durch Mark und Bein ging. Noch Bruchteile von Sekunden starrten mich seine funkelnden Kohlenaugen an, dann aber blieb nur noch das durch meine Adern jagende Grauen zurück.

»Martin? Komm wieder zu dir. Alles ist gut, wir sind ja bei dir.«

»Um Himmels Willen, ruft doch einen Arzt. Einen Arzt, verdammt!«

»Mama, Mama, was ist jetzt mit ihm? Wieso zuckt er so?«

»Der hat sich eingenässt. Guck mal, der hat sich tatsächlich eingenässt!«

Mehrfach blinzelte ich, ehe ich verstand, dass ich immer noch vor dem Sarg lag, mittlerweile mit einem Kissen unter meinem Kopf. Meine Verwandtschaft hatte sich um mich geschart und starrte mich wie tumbe Schafe an. Mein Bruder Hannes kniete neben mir und hatte die Hand auf meine Schulter gelegt. Zu dieser Peinlichkeit hinzu kamen meine Muskeln, die wie Feuer brannten, und mein schmerzender Hinterkopf, den ich mir angestoßen hatte. Und um dem Ganzen die Krone aufzusetzen, hatte ich tatsächlich eingenässt.

Alles ist erklärbar!

Nach meinem Zusammenbruch fand ich mich im Patientenzimmer jener Klinik wieder, in der Emma ihre letzten Wochen verlebt hatte. Theo nahm meinen Anfall sehr ernst und führte den ganzen Tag über eine Vielzahl an Untersuchungen durch. So trug ich gerade Elektroden am Kopf, mit denen meine Hirnströmungen gemessen werden sollten.

Ich zupfte ungeduldig an den Manschetten meines Hemdes herum. »Und was sagen meine Hirnströmungen aus? Bin ich nun plötzlich ein Epileptiker?«

Theo schaute mich besorgt an. »Das ist merkwürdig, der Computer zeigt kein Elektroenzephalogramm an, soll heißen, da werden keine Hirnströmungen gemessen.«

»Keine Hirnströmungen? Wieso? Stimmt etwas mit dem Computer oder den Elektroden nicht?«

»Nein, mit denen ist alles in Ordnung ...«

»Ah ... sehr witzig.«

Theo lachte schallend los, wie es eben seine Art war, und klopfte mir auf die Schulter. »Also wenn ich zusammenfassen darf: Kraft, Sensibilität, Reflexe, Gleichgewicht und Koordination scheinen bei dir vollkommen in Ordnung zu sein. Auch die Anamnese hat nichts ergeben, weder trat in deiner Familie schon einmal Epilepsie auf noch hast du selber jemals ein Schädel-Hirn-Trauma oder dergleichen erlitten. Elektroenzephalografie und Magnetresonanztomografie blieben ergebnislos, eine neurologische Störung liegt den Untersuchungen zufolge in keinster Weise vor.«

»Demnach hatte ich keinen epileptischen Anfall?«

Theo klopfte mir abermals auf die Schulter. »Genau. Allem Anschein nach hattest du einen psychogenen Krampfanfall, der auf einem emotionalen Konflikt basiert. Ich meine, der Anblick des toten Körpers einer geliebten Person setzt jedem zu und Menschen reagieren hierbei gänzlich unterschiedlich auf Stress. Vielleicht hast du auch einfach nur einen Schock erlitten.«

Ungläubig schüttelte ich den Kopf. »Aber ich habe keinen Stress verspürt. Es gibt wohl kaum einen Menschen, der seine Psyche derart penibel überwacht wie ich es tue. Sicher, einige Trauersymptome habe ich an mir wahrgenommen, doch habe ich alles getan, um meine emotionale Bindung zu meiner Großmutter aufzuarbeiten. Und wenn ich zum Sarg meiner toten Oma gehe, in den offenen Sarg blicke und dort tatsächlich meine tote Oma liegt, wieso sollte ich dann einen Schock bekommen? Wenn da jetzt ein Zwergkaninchen herausgehoppelt wäre, in Ordnung, diagnostiziere bei mir einen Schock. Aber so nicht. Meine körperliche Reaktion war ein einmaliger Vorfall, vielleicht hervorgerufen durch das Unwohlsein, von meinen ganzen Verwandten in einer emotionalen Situation beobachtet zu werden. Trauer alleine kann aber nicht der Auslöser gewesen sein, das hätte ich schon früher bemerkt.«

Theo sah mich eindringlich an, zuckte dann aber mit der Schulter. »Möglich, spielt aber auch keine Rolle. In jedem Fall würde ich dir dringend raten, dass du im Rahmen von psychotherapeutischen Gesprächen lernst, mit speziellen Stressbelastungen besser umzugehen, sodass solche Anfälle zukünftig vermieden werden können. So etwas ist keine Schande.«

»Du weißt aber schon, dass ich selbst Psychotherapeut bin?«, lachte ich.

»Na und? Ein Zahnarzt bohrt sich auch nicht selbst die Zähne.«

»Würde er aber, wenn Augen und Mund nicht so nahe beieinander lägen. Solche anatomischen Schranken gelten aber nicht für mich, meine Bohrungen finden im Innenleben statt.«

»Und wenn du dich einmal verbohrst?«

»Falls so etwas tatsächlich einmal passieren sollte ...« Ich schnaubte ungläubig. »..., dann würde ich entsprechende Lösungen finden. Davon abgesehen brauche ich nicht zu lernen, wie man die Trauer um geliebte Menschen bewältigt, da mir nie wieder ein Mensch so viel bedeuten wird wie meine Großmutter.«

»Sprach Martin zu seinem besten Freund. Vielen Dank. Und auch wenn du körperlich anscheinend wieder völlig gesund bist: Merkwürdig bleiben doch deine Träume vom Sensenmann, der Menschen die Augen herausreißen will. So etwas träumt man vielleicht einmal, wenn überhaupt, aber du meintest ja, dass er dir nun schon zum zweiten Mal erschienen sei.«

»Das ist völlig normal. Die Vorstellungen in unserem Unterbewusstsein folgen bestimmten Grundstrukturen, so genannten Archetypen. Diese sind unabhängig von meinen persönlichen Erfahrungen, dementsprechend haben sie nichts mit mir als Individuum zu tun. Stattdessen ist die Psyche von uns Menschen immer ähnlich gestrickt und so kommt es in unseren Träumen immer wieder zu ähnlichen Bildern. Wie oft greifen wir zum Beispiel auf das Bild der Mutter zurück? Im Christentum haben wir Maria, die Mutter Gottes, oder die heilige Mutter Kirche, bei den alten Griechen finden wir beispielsweise Hera oder Aphrodite. Nun, und der Tod ist auch so ein Archetypus, der sich mir im Bild des Sensenmannes präsentiert.«

»Es sei dir gedankt für die Belehrung, aber warum ausgerechnet der Sensenmann und was soll das Ganze mit den Augen?«

»Die Augen sollen doch der Sitz der Seele sein, wie man so schön sagt.«

»Ach, glaubt der feine Herr Atheist mit einem Mal etwa an die Seele?«

»Nein, aber der feine Herr Atheist weiß, dass seine Großmutter Emma dies tat. Vielleicht sind diese Wahnvorstellungen meine Art, mich mit ihr verbunden zu fühlen.«

»Normal scheint mir das aber immer noch nicht zu sein.«

»Glaube mir, ich werde das Problem angehen, aber ich sehe hier keinen Grund zur Beunruhigung. Als Arzt weißt du doch am besten, dass die Wahrnehmung von halluzinierten optischen Objekten bei einem epileptischen oder psychogenen Anfall nicht allzu ungewöhnlich ist.«

»Ja, sicher, möglich sind sie ... durch Hypoglykämie, Hypokalzämie, Hypoxie oder Hydratation könnten sie theoretisch jeden treffen.«

»Eben. Wusstest du, dass der Prophet Mohammed, als er seine angeblichen Gottesoffenbarungen erfahren hat, Quellen zufolge von einem Schütteln gepackt wurde und ihm Schweißtropfen auf der Stirn standen? Auch Paulus erlebte einen ähnlichen Anfall auf der Straße nach Damaskus. Wer weiß, vielleicht waren der große Prophet des Islams und der große Missionar des Christentums Epileptiker?«

»Okay, danke für die gewohnt despektierlichen Äußerungen gegenüber unseren Weltreligionen, aber was willst du mir damit sagen? Dass du, wenn du in einer anderen Zeit geboren worden wärst, jetzt womöglich der Gründer eines erfolgreichen Satankultes oder so wärst, der den Sensenmann anbetet?«

Wir lachten beide. »Da bin ich doch froh, stattdessen ein kleiner Psychotherapeut zu sein, dessen primäre Sehrinde im Hinterhauptslappen seines Hirns ihm einen Streich gespielt hat.«

»Bei dem ganzen Hirn, das du hast, war das vielleicht auch nur eine Frage der Zeit«, scherzte Theo weiter.

»Jedenfalls möchte ich nun gerne nach Hause, mich hinlegen.«

Theo nickte, packte seine Instrumente ein und begleitete mich zum Ausgang des Krankenhauses. Auf dem Flur hielt er noch einmal inne, drückte mir eine Packung Traubenzucker in die Hand und warf mir einen neugieren Blick zu: »Was ich vergessen hatte zu fragen: Wie lief die Verabredung mit Philine? Bahnt sich da etwas an?«

»Das kann ich dir schlecht sagen, aber wir werden uns wiedersehen. Und das, obwohl du mich der Frau netterweise als kühl kalkulierenden Pragmatiker angekündigt hast. Noch einmal herzlichen Dank dafür.«

»Was die Wahrheit ist, mein Freund. Und wenn es ein Wiedersehen gibt, wird es dir nicht geschadet haben.«

»Wir werden schauen, was sich entwickelt.«

Ich verabschiedete mich von meinem Freund mit der festen Absicht, meinen körperlichen Schwächeanfall möglichst schnell zu vergessen und zur Normalität zurückzukehren. Als ich mir eine Traubenzuckertablette in den Mund gesteckt hatte, spürte ich sofort die wohltuende Süßkraft der Glucose. Alles war erklärbar, dachte ich mir, alles war in Ordnung. Doch Restzweifel blieben.

Eine besondere Bindung

Drei Wochen waren seit der Beerdigung meiner Großmutter vergangen, ohne dass der Archetypus des Todes in meinen Träumen noch eine Rolle gespielt hatte. Meine Psyche schien sich demnach wieder stabilisiert zu haben und das Thema Trauerbewältigung konnte wohl endlich ad acta gelegt werden. Zum Nachlassgericht war ich nicht mitgekommen und ich hatte meinen Verwandten eröffnet, dass ich nach Möglichkeit aus den Erbangelegenheiten herausgehalten werden wollte. Dessen ungeachtet hatte mich der Postbote jedoch wenige Tage später mit einem kleinen Paket überrascht, in dem sich das einzige Erbe befunden hatte, das Emma mir wohl zugedacht hatte: Ihre defekte Armbanduhr, die ihr mein Stiefgroßvater Konrad einst geschenkt hatte. Auch wenn ich mich eines Lächelns nicht hatte erwehren können, hatte ich mich natürlich gefragt, was ich nun mit einer defekten Uhr anfangen solle. In meiner Unsicherheit hatte ich das Erinnerungsstück schließlich auf meinen Nachttisch neben mein Traumtagebuch gelegt.

Als ich am Freitagmorgen erwachte, fühlte ich mich, gleichwohl ich meine üblichen sieben Stunden Schlaf nicht überschritten hatte, ungewohnt munter. Der Weckton konnte für dieses körperliche Hochgefühl nicht verantwortlich sein, wurde ich doch mittlerweile statt durch metallenes Scheppern nun durch einen sich in der Lautstärke langsam steigernden Radiowecker aus dem Schlaf geholt. Durch das sanftere Wecken brauchte ich neuerdings in der Regel länger zum Aufstehen – doch irgendwie hatte ich genau hieran Gefallen gefunden. Der am heutigen Morgen kurioserweise verringerte Melatonin-Spiegel in meinem Körper war mit Sicherheit auch nicht auf die mich in meiner Praxis erwartenden Routineaufgaben zurückzuführen. So standen die üblichen Depressionen und jeweils eine Alkohol- und Cannabisabhängigkeit auf dem Programm, als eher unangenehme Hürde erwartete mich heute wieder einmal eine Borderline-Persönlichkeitsstörung. Da weder das Aufwachen an sich noch das mich erwartende Tagesprogramm für meinen Hallo-Wach-Effekt verantwortlich waren, so musste ich diesen wohl auf einen anderen Umstand zurückführen – heute Abend würden Philine und ich uns zum bereits vierten Mal wiedersehen.
Ich, Martin Baumann, Psychotherapeut und leidenschaftlich kühler Pragmatiker, hatte mittlerweile also unerwarteter Weise

Erfolg bei der Damenwelt und musste mich in den letzten Wochen mit völlig untypischen Fragen auseinandersetzen: Wenn ich ihre Hand nehme und sie wieder loslasse, würde sie dann wieder nach meiner Hand greifen? Würde sie mich berühren, wenn ich sie berühre? Und wenn ich ihr in die Augen schaue ... würden wir uns dann vielleicht endlich küssen?

Schritt für Schritt hatten Philine und ich die Treppe der Annäherung nach oben erklommen, auch wenn wir über das Händchenhalten noch nicht hinausgekommen waren. Aber ich würde Philine heute Abend wiedersehen und womöglich war es dann auch soweit und wir würden einander küssen. Ohnehin dachte ich in letzter Zeit ungewöhnlich häufig an körperliche Nähe, Berührungen, Intimitäten. Es ließ sich nicht leugnen, dass sich, seit ich diese Frau kannte, mein Hormoncocktail in meinem Körper definitiv verändert hatte. Mir damit einhergehender Gefahren bewusst, versuchte ich jegliche Veränderungen in meinem Alltag wie gewohnt von einer Metaebene aus kritisch zu reflektieren. Meine Aufzeichnungen wiesen allerdings nicht auf ernstzunehmende irrationale oder übertrieben gefühlsduselige Verhaltensparameter hin.

Sicherlich, auch meine Frühstücksroutine hatte sich leicht verändert. So nahm ich heute neben der portionierten Tasse Kaffee und dem trockenen Weizenbrötchen einen Joghurt mit Erdbeeren zu mir. Derartige Veränderungen im Alltag können durchaus sinnvoll sein, verhindern sie doch mit Monotonie oft einhergehende Langeweile und fehlende Aufmerksamkeit. Ich kam zu der Überzeugung, dass Philine mir gut tat.

Auf biochemischer Ebene, versteht sich.

Mein Hund Aristoteles, wie er jetzt offiziell hieß, erhielt heute Morgen übrigens einen Napf voll Trockenfutter mit Geflügel- und Getreidegeschmack.

Mir eine dunkelblaue Jeansjacke überziehend, verließ ich meine Wohnung und genoss das Wetter, das in den letzten drei Wochen umgeschlagen war. Die Schneedecke war abgetaut und es begann nun zu grünen. Nicht nur Schneeglöckchen, Haselnüsse und Weidenkätzchen, sondern auch beispielsweise die Stachelbeeren und Birnbäume blühten mittlerweile. Ja, sogar die ersten Flüge der Bienen und Schmetterlinge ließen sich schon beobachten. Als ich die langsam erwachende Gerberstraße entlang schlenderte, musterte ich die Backsteinfassaden zu meiner Linken und Rechten. Hatte ich diesen kahlen Steinen ansonsten nie etwas abgewinnen können, dachte ich mir jetzt, dass dieser traditionelle Baustoff aus gebranntem Ton doch durchaus auch seine Vorteile hatte. Ist Backstein nicht der erste von Menschenhand geschaffene Baustoff unserer Kulturgeschichte? Und doch erweckte er aus ästhetischer Sicht den Eindruck einer gewissen Zeitlosigkeit, der selbst der modernden Architektur gut zu Gesicht stand. Wichtigere Argumente für Backstein als die Ästhetik waren aber natürlich die hohe Energieeinsparung, der Kälte-, Hitze-, Schall- und Brandschutz, das gesunde Wohnklima, die Wertbeständigkeit und die Umweltfreundlichkeit. Womöglich, überlegte ich mir, würde ich mir, vielleicht mit Philine zusammen, auch einmal ein Haus mit Backsteinfassaden kaufen. Aber das war vielleicht eine unangebrachte Fantasterei. Ob ich mir nun das Haus mit Philine oder einer anderen potentiellen Partnerin kaufen würde, war ja im Grunde, zumindest zum gegenwärtigen Stand, einerlei. Aber an einem zweischaligen Verblendmauerwerk würde bei meinem phantasierten Traumhaus kein Weg vorbei führen, soviel war sicher.

Recht viele Menschen kamen mir heute auf dem Bürgersteig entgegen. Die meisten eilten mit starr nach unten gerichteten Blick in ihren schwarzen und dunkelgrauen Jacken und Mänteln vorbei, vereinzelt blitzte aber auch ein hellblauer Schal oder eine orangefarbene Mütze auf. Von den an mir vorbeifahrenden Autos blendete mich ein dunkelgrauer Passat durch das eingeschaltete Fernlicht, wobei der Fahrer auch nicht auf meine Handzeichen reagierte. Als der Pkw an mir vorbeifuhr, erkannte ich in ihm einen Mann ungefähr in meinem Alter, wie er sich aufgeregt gestikulierend mit auf der Rückbank befindlichen Kindern unterhielt. Na, der hat andere Probleme als das Fernlicht, dachte ich mir und ging gedankenlos weiter.

Auf der Höhe des Kiosks begegnete mir wie jeden Morgen die alte Frau mit ihrem Handwagen voll Werbeblättern. Ich warf ihr einen gemäßigt neugieren Blick zu. Nach wie vor wirkte ihre Mundpartie streng, regelrecht verhärmt, auch wenn zugegebenermaßen die Lachfältchen um ihre Augen einen durchaus freundlichen Eindruck erweckten. Unter ihrer grobmaschigen Strickjacke, die sie nie abzulegen schien, machte ich einen dunkelroten Fleck aus, der hoffentlich von Rotwein, vielleicht aber auch von Blut stammte. Ich grüßte, zum ersten Mal überhaupt und kaum vernehmlich. Überrascht blieb die alte Frau stehen und rief mir mit ihrer rauchigen Stimme »Guten Morgen, junger Mann« hinterher, während ich peinlich berührt weitereilte. Einen penetranten Gestank hatte ich bei ihr nicht ausmachen können, wohl aber eine leichte Alkoholnote.

Hinter dem Kiosk bog ich wie gewohnt nach links auf den Kieselweg, der mich durch den kleinen Park führte. Die Sträucher blühten bereits und auf einer der Holzbänke entdeckte ich eine Wollmütze, die wohl jemand vergessen haben musste. Als ob sie auf mich gewartet hatte, wetzte wieder die mir schon bekannte schwarze Katze über den Kieselweg, wobei mir auch kurz ihre weißen Pfoten und ihr grünes Halsband auffielen. Wie so oft hielt ich in der Mitte des Parks bei der nach wie vor als hässlich empfundenen Eiche inne. Warum meinten Jugendliche nur, irgendwelche Unflätigkeiten in diese verholzte Pflanze ritzen zu müssen? Wobei sich immerhin auch vereinzelt im Stamm verewigte Nettigkeiten fanden. So konnte ich beispielsweise zwei Herzen entdecken, die von einer vermutlich mittlerweile schon wieder verloschenen Liebe Zeugnis ablegten. An den begrünten Ästen der Eiche hingen wieder einmal zwei Schuhpaare, die ich nun aber erstmals näher betrachtete. Kopf schüttelnd stellte ich fest, dass sich unter den Schuhen ein durchaus noch tragbarer Markensportschuh befand. Als ich den Schuh näher besah, stellte ich fest, dass er mittels seiner Schnürsenkel mit einer doch eher weiblich aussehenden Sandalette verbunden worden war. Ich erahnte, dass sich hinter dieser regelmäßigen Schuhverschwendung wohl ein in der Stadt übliches Liebesritual verbarg. Ein Ritual, dessen Nutzen sich mir jedoch nach wie vor ganz und gar entzog, zumal die beiden Liebenden den Heimweg mit nur jeweils einem Schuh antreten mussten.

Interessanter erschien mir da schon der Mohnensee, der von mir bisher noch nie weiter beachtet worden war. Mit der Morgensonne im Hintergrund und dem Vogelgezwitscher in den Ohren erschien er mir doch mit einem Mal recht idyllisch, ja, im Grunde romantisch. Die Vorstellung, wie hier Emma und Konrad im Liebesrausch im Wasser herumplantschten, wischte ich allerdings beiseite. Stattdessen richtete ich meinen Fokus auf die Uferzone des Sees, der überaus dicht bewachsen war, wobei mir besonders die gelb blühenden Sumpfdotterblumen ins Auge stachen. Nun ja, irgendwann, bei noch angenehmeren Temperaturen, böte es sich sicherlich einmal an, Philine hierhin einzuladen.

Am Ende des Parks überquerte ich die Freudenstraße. Flüchtig nahm ich wahr, dass sich hier zwischen den ganzen belanglosen Graffitischmierereien auch vereinzelt recht ansprechende Darstellungen an den Hauswänden fanden. Besonders ins Auge fiel mir ein sehr künstlerisch verzierter Schriftzug mit der Phrase ›Carpe diem‹. Dazu hatte der Künstler die Schachfigur eines Bauern gesprayt, allerdings mit riesigen weißen Flügeln an beiden Seiten, als ob sich die Figur gleich in die Luft emporhöbe. Die Aussage, man solle den Tag nutzen und sich über das einem zugeteilte Schicksal erheben, fand ich durchaus interessant, gleichwohl selbstverständlich realitätsfremd. Am Ende sind wir Menschen ja doch alle an unsere Gene, unseren familiären Hintergrund und unsere biochemischen Prozesse gebunden.

In meiner Praxis angekommen, grüßte ich wie immer kurz angebunden meine Sekretärin Frau Heine. Da die rundliche Frau mir jedoch von einem Streit mit ihrem Mann um die Frage, in welchem Umfang man im Frühling denn noch heizen müsse, erzählte, hielt ich jedoch zumindest kurz inne. Ich klärte Frau Heine über mögliche Wärmeverluste und über die Dämmung von Heizungsrohren auf. Auch wies ich sie darauf hin, wie wichtig Stoßlüftung, insbesondere nach dem Duschen oder Kochen, sei. Dabei beschränkte ich mich im Gespräch aber selbstverständlich auf das Nötigste, sodass ich nach fünf, sechs, vielleicht auch zehn Minuten schließlich das Behandlungszimmer betreten konnte.

Die bei mir vorstellig werdenden Erkrankungen therapierte ich mit gewohnter Effizienz, einzig die von mir seit Winter behandelte Borderline-Persönlichkeitsstörung erwies sich nach wie vor als hartnäckig. Die entsprechende Patientin hieß übrigens Mia Murawski, eine auffallend dünne Zweiundzwanzigjährige, deren Familie polnischstämmig war. Trotzig saß Frau Murawksi im Schneidersitz auf meinem kostspieligen Patientensessel, bestehend aus einer soliden Kunststoffschale mit Kaltschaumpolsterung und Stoff aus Kammgarnwolle, und starrte mich herausfordernd an. Ich versuchte, das Gespräch in Gang zu bringen.

»Sie blinzeln zu wenig.«

»Wie bitte?«

»Frau Murawski, ich sagte, Sie blinzeln zu wenig. Durch einen verminderten Lidschlag kann die Tränenproduktion des Auges herabgesetzt werden, was schließlich zu einem trockenen Auge und somit zu Symptomen wie Jucken oder Brennen führen würde.«

Auf Frau Murawskis Stirn bildeten sich leichte Falten. »Herr Baumann ... jetzt sagen Sie mir bitte, dass ich nicht den langen Weg zu Ihrer Praxis angetreten bin, um mir von Ihnen sagen zu lassen, dass ich mehr blinzeln solle.«

Ich besann mich. »Entschuldigen Sie, selbstverständlich haben Sie recht, ich hätte nicht...«

»Es ist mein Körper, wissen Sie? Wenn ich meine Augen austrocknen lasse, dann ist das meine Entscheidung. Wenn ich feuerrote Haare oder einen Lippenpiercing trage, wenn ich meinen

Körper tätowieren lasse, ja, selbst wenn ich mir einen Finger abschneiden oder mir meine Organe entnehmen ließe, und selbst wenn ich mir die Pulsadern aufschneiden würde, dann hat mir da kein anderer Mensch reinzureden.«

Ich notierte mir etwas. Ein ungewöhnlich heftiger Gesprächseinstieg. Womöglich hatte ich schneller als gedacht und eher zufällig eine Art Dosenöffner zu tieferliegenden Konflikten gefunden. Jetzt galt es, nicht nachzulassen und durch gezielte Provokation weitere Gefühle der Patientin an die Oberfläche zu holen.

»Frau Murawksi, machen Sie es sich da nicht etwas zu einfach? Sie sind nicht nur sich selbst verpflichtet. Sie sind Teil einer Familie, einer Gemeinschaft, einer Gesellschaft. Egoismus ist hier nicht zielführend, ein jeder muss auch Rücksicht auf die Gefühle anderer nehmen und ...«

»Was wissen Sie denn von Gefühlen?«

»Jede Menge, deshalb bin ich ja auch von Beruf Psychotherapeut. Glauben Sie mir, ich habe eine Vielzahl von Emotionstheorien studiert ... ob nun behavioristische oder mentalistische Emotionstheorien, ob nun evolutionspsychologische, lernpsychologische oder kognitive Emotionstheorien, wie auch immer Sie Gefühle kategorisieren wollen, ich kenne mich aus, ich bin ein Experte für Gefühle. Deshalb sitzen Sie heute hier bei mir.«

»Ja, Sie sind ein Experte für Theorien. Und? Sehe ich beeindruckt aus? Ihr ganzes Wissen ist doch nichts wert, denn was ist Theorie ohne Praxis? Was nutzt alles Wissen ohne Anwendung?«

Ich griff zum Stift. Doch noch ehe ich mir etwas aufschreiben konnte, sprang die Patientin aus dem Sessel auf und schlug mir ruckartig meinen Notizblock aus der Hand.

Ich war angesichts Ihrer impulsiven Handlung kurzzeitig starr vor Schreck. »Mia ... ich meine, Frau Murawski ... Sie werden körperlich. Beruhigen Sie sich!«

Mia stand nun direkt vor mir und richtete den Zeigefinger drohend auf mich. »Und da haben wir es wieder! Ich soll mich beruhigen! Sie schreiben mir schon wieder vor, was mein Körper zu tun hat. ABER NUN KANN ICH MICH LEIDER NICHT

BERUHIGEN. Das Adrenalin jagt durch meine Adern. Ich spüre Unruhe, Schwere, Enge, Druck, Spannung, Leere, Brennen, Kälte, Übelkeit, Schwindel, Steifheit und jede Art von Schmerz und Sie sagen mir, ich solle das alles in Zaum halten. Alle sagten sie mir das, alle Psychodoktoren, ihr seid alle gleich, wie ihr da auf euren hohen Rössern sitzt und glaubt, uns etwas über unser Innenleben erzählen zu können. Ihr seid arrogant, warum nur seid ihr so arrogant?«

»Frau Murawski, ich bitte Sie abermals, sich zu mäßigen. Ich bin nicht arrogant, sondern ich möchte meinen Patienten helfen.«

»Helfen, helfen! All ihr Psychodoktoren wollt nur helfen! Aber wie könntet ihr das, ihr mit euren beschissenen Notizblöcken, wenn ihr doch selbst euer eigenes Innenleben verleumdet. Ihr verleumdet es, bis ihr irgendwann wahnsinnig werdet. Und Sie, Herr Baumann, sind der Schlimmste von allen. Den Stock so tief im Arsch, dass er aus dem Maul schon wieder herauskommt. Wie Sie da jetzt so sitzen, möchte ich Ihnen am liebsten einfach nur in Ihre arrogante Fresse schlagen. Sie haben sicherlich jedes Buch über jede Gefühlsregung gelesen, nicht wahr? Und nun glauben Sie, den Menschen zu kennen. Aber was haben Sie selbst schon gefühlt? Haben Sie eine Frau, die Sie über alles lieben, haben Sie eine Tochter, der Sie ein guter Vater sein wollen?«

Ich betätigte einen roten Knopf unter meinem Schreibtisch, der Frau Heine alarmieren würde. Die Situation war ganz offensichtlich eskaliert und die Patientin schien nicht mehr zu bremsen zu sein. Ich erhob mich aus meinem Sessel und baute mich vor Frau Murawski auf, wobei ich mindestens einen Kopf größer war als sie.

»Mein Privatleben, Frau Murawski, ist eben dieses: privat! Nicht meine Gefühle stehen zur Disposition, sondern Ihre. Nicht ich habe ein Problem, sondern Sie. Aber ich möchte Ihnen helfen, Ihr Problem, Ihre psychische Störung, zu beheben. Und wenn Sie das partout nicht wollen, wenn Sie mich lieber anschreien und beleidigen wollen, dann sage ich nur: Da ist die Tür. Und dann bin ich eben der x-te Psychotherapeut auf Ihrer Liste, der es nicht vermocht, Ihre Eiswand zu durchbrechen. Aber eines gebe ich Ihnen noch mit auf den Weg: Sie verurteilen Psychotherapeuten und scheren uns alle über einen Kamm, weil Ihnen nicht gefällt, dass wir mit Theorien arbeiten und dass wir nicht jeden Wahnsinn, jedes Hirngespinst nacherlebt und selbst empfunden haben. Aber machen Sie nicht genau das, was Sie uns vorwerfen? Sie gehen doch auch nur von einer Theorie aus ... der Theorie, dass wir ›Psychodoktoren‹, wie Sie sagen, Ihnen nicht helfen können. Aber wo ist da die Praxis? Geben Sie doch einem von uns wenigstens die Chance, Ihnen beizustehen. Eines kann ich Ihnen nämlich versprechen: Wenn Sie bereit sind, sich mir zu öffnen, dann werde ich mit aller Kraft und Energie für Sie kämpfen. Ich werde mich vom ganzen Herzen dafür einsetzen, dass Sie zukünftig ein gesundes Verhältnis zu anderen Menschen, vor allem aber zu sich selbst aufbauen können. Gemeinsam werden wir dann bei Ihnen emotionale Stabilität erreichen können.«

Mia Murawski trat einen Schritt zurück und wandte den Blick von mir ab. Nun etwas unsicher wirkend strich sie sich über ihre tätowierten Oberarme.

»Es ist unglaublich ... ich denke es ja schon die ganze Zeit, aber wie Sie jetzt da so stehen und mich anschauen ... die Art, wie Sie reden ... was Sie sagen ... Sie sind wirklich wie er, ähneln ihm ja schon fast bis aufs letzte Haar.«

Auch ich trat einen Schritt zurück und beruhigte mich.

»Von wem reden Sie?«

»Können Sie sich das nicht denken? Das müsste doch für Sie als Psychodoktor auf der Hand liegen, oder? Im Grunde wollen Sie doch seit unserer ersten Sitzung auf ihn hinaus.«

»Ich weiß nicht ... Ihr Vater?«

Mia blickte zu Boden und ich sah sie schlucken. »Wahrscheinlich ist es der Beruf, der euch so komisch macht«, murmelte sie.

»Ihr Vater war Psychotherapeut? Warum stand das in keiner Akte? Warum haben Sie mir das verschwiegen? Solche Informationen sind überaus bedeutsam.«

»Sie erinnern mich an ihn. Sehr sogar. Sie sind wie er.«

Die Tür zum Behandlungszimmer wurde aufgerissen und Frau Heine stürzte schnaubend und mit einem Tacker in ihrer rechten Hand herein.

»Entschuldigen Sie, Herr Baumann, ich hab nich' gesehen, dass Sie dieses Knopfdingens gedrückt haben, man hat so viel um die Ohren, wiss'n Sie? Is' alles in Ordnung? Soll ich die Polizei rufen oder so?«

Ich winkte ab. »Es ist alles in Ordnung, Brigitte. Frau Murawski und ich haben unsere Unstimmigkeiten gerade beendet, die Polizei wird nicht von Nöten sein und Sie brauchen die Patientin auch nicht ... festtackern.«

Ich lächelte und reichte Frau Murawski die Hand. »Nun gut, ich glaube, wir haben heute große Fortschritte erzielt. Dennoch scheint es mir ratsam, die Sitzung ausnahmsweise früher zu schließen.«

»Nach fünf Minuten ...«, hörte ich die Patientin murmeln.

»Zeit ist relativ. Beim nächsten Mal allerdings ...«

»Es gibt ein nächstes Mal?«, unterbrach sie mich hörbar überrascht. »Wir sehen uns wieder, obwohl ich Ihnen gedroht habe, Ihnen in die Fresse zu schlagen?«

Ich zuckte beiläufig mit der Schulter. »Selbstverständlich, schließlich wird es doch gerade erst interessant. Beim nächsten Mal würde ich dann endlich gerne mit Ihnen, falls möglich, in aller Ruhe und Gelassenheit über Ihren Vater sprechen.«

Die Patientin sah mich eindringlich an, ihr Blick sprang dabei zwischen meinen Augen jeweils hin und her.

»In Ordnung«, sagte sie schließlich.

»Wunderbar. Brigitte, seien Sie so nett, und begleiten Sie Frau Murawski nach draußen, um mit Ihr einen neuen Termin zu vereinbaren.«

Kopfschüttelnd begleitete Frau Heine die Patientin nach draußen.

»Brigitte ... so hat der mich ja noch nie genannt«, hörte ich sie noch murmeln.

Alte und neue Farben

Der Hasenhügel war eine nahe dem Stadtpark gelegene mittelgroße Erhebung, auf der sich vor allem im Sommer Jugendliche trafen, um hier heimlich Alkohol zu trinken, abends an der hierfür vorgesehenen Feuerstelle zu grillen oder auch erste schüchterne Küsse auszutauschen. Ich selbst war an diesem Ort zuvor noch nie gewesen, doch hatte mir meine greise Nachbarin, der ich die Spaziergänge mit meinem Hund aufgetragen hatte, von dem Hügel erzählt. Sie hatte mir zudem noch gesagt, dass es auf dem Hügel mitunter weitaus mehr Jugendliche als Hasen gebe, und es sich wohl bald durchsetzen werde, vom ›Teenagerhügel‹ zu sprechen.

Auch wenn mir der Gedanke, abends Pubertierenden zu begegnen, nicht zusagte, so kannte ich doch keinen anderen Ort, der das nötige Maß an Abgeschiedenheit und Romantik bot, um sich Philine weiter annähern zu können.

Und so beseelte am Abend dieses milden Märztages der helle Klang zweier aneinander gestoßener Weingläser bereits zum dritten Mal den Hasenhügel und die Weinflasche gehörte dementsprechend nur noch zum Altglas.

Meine ungewöhnliche Konfrontation mit der Patientin Frau Murawski war vergessen und meine Gedanken kreisten nur noch um das Hier und Jetzt. Seit nunmehr zwei Stunden saßen Philine und ich auf einer Parkbank auf dem Hasenhügel, während mein Berner Sennenhund Aristoteles mit allen Vieren von sich gestreckt vor uns lag.

Mittlerweile hatten wir beide gerötete Wangen, tauschten innige Blicke miteinander aus, redeten und lachten viel und wann immer es sich anbot, berührten wir uns an den Armen und Schultern. Vielleicht war der Teenagerhügel doch genau der richtige Ort für uns.

»Pass auf, also ich stand da als junge Referendarin das erste Mal alleine vor einer Schulklasse ...«, setzte Philine eine ihrer Schulanekdoten fort, »..., mit zittrigen Beinen, versteht sich, hatte mir im Studium doch niemand gesagt, was für eine wilde Meute von kleinen Satansbraten mich einmal erwarten würde. Thema der Stunde waren die unterschiedlichen Zustandsformen von Wasser und deren Temperaturbereiche.

Und zunächst verlief die Stunde auch richtig gut und die Kleinen waren begeistert dabei, die genauen Vorgänge beim Gefrier-, Schmelz- und Verdampfungspunkt zu protokollieren. Nur drei Jungs gab es, die sich eher im Hintergrund hielten und sich nicht so recht trauten, am Unterricht teilzunehmen. Damals, als junge und ambitionierte Lehrerin voller Ideale, wollte ich mir selbst jedoch beweisen, dass es mir gelingen würde, wirklich jedes meiner Schäfchen mit ins Boot zu holen. Also stellte ich mich selbstbewusst vor die Klasse und posaunte laut heraus: ›So, meine Lieben, jetzt möchte ich aber auch gerne die Schüchternen mit ins Bett holen.‹ Die Reaktion der Schüler auf den Versprecher kannst du dir bestimmt ausmalen. Die Schüler begannen zu johlen und zu brüllen.«

Ich zog eine Grimasse. »Kinder können da sicherlich überaus albern sein ... ich kann mir vorstellen, dass die Stunde da drohte, aus dem Ruder zu laufen?«

»Wenn es nur das wäre. Aber jetzt stell dir nur einmal vor, was die Kinder über mich zu Hause hätten erzählen können. Frau Mandelbaum, der sex teacher. So etwas wird nicht immer humorvoll aufgenommen. Ich musste also handeln, auch wenn ich nicht stolz auf das bin, was ich dann tat. Zum Ende der Stunde hin, als sich die Schüler einigermaßen wieder beruhigt hatten, wandte ich mich an Moritz, dem Klassenclown, der vielleicht auch nicht als die hellste Kerze auf der Torte beschrieben werden kann. Ich ermahnte ihn Augen zwinkernd, er solle, auch wenn es bestimmt überaus lustig wäre, bloß nicht auf die Idee kommen, mit seiner Zunge an einem der Eisklumpen zu lecken, da sie sonst festkleben könne. Was im Anschluss passiert ist, dürfte wohl klar sein. Um es auf den Punkt zu bringen ... als die Schüler den Klassenraum verließen, hatten sie so viel über die Eiszunge von Moritz zu lachen, dass mein Versprecher schon wieder in Vergessenheit geraten war.«

»Fräulein Mandelbaum! Haben Sie etwa umgekehrte Psychologie angewandt, um einen kleinen Jungen zu manipulieren und so Ihren Hals aus der Schlinge zu ziehen? Ich bin zutiefst beeindruckt.«

Wir lachten beide herzlich über diese Albernheit.

»Aber genug von mir, es ist auch ziemlich ungerecht, wenn nur ich mich hier zum Vollhorst mache. Dir ist sicher auch schon die eine oder andere Peinlichkeit widerfahren.«

Mit erwartungsvoll großen Augen schaute mich Philine an.

»Nein, kann ich nicht behaupten«, antwortete ich, was Philine mit einem Schnauben quittierte.

»Der seriöse Herr Baumann. Aber ... nenn es eine Eingebung von mir ... doch ich habe das Gefühl, dass es vielleicht nicht in deinem Berufsleben, dafür aber in der Liebe die eine oder andere Begebenheit gegeben haben könnte ...«

»Wie bitte?«

»Ach, komm schon. Wenn ich nur an unsere erste Verabredung denke ... wie du im Restaurant unbedingt das Alpha-Männchen darstellen wolltest, indem du halb stolpernd an mir vorbeigeeilt bist, um einen Tisch auszuwählen.«

Philine war aufgesprungen und ahmte die geschilderte Situation pantomimisch in äußerst übertriebener Weise nach. Zumindest hoffte ich, dass die Nachahmung übertrieben war ... ganz sicher war ich mir da nicht.

»Und wie du die ganze Zeit versucht hast, meine Körperhaltung widerzuspiegeln«, fuhr sie fort. »Kratzte ich mich am Kopf, kratztest du dich am Kopf. Überschlug ich die Beine, überschlugst du die Beine.«

»Das ist dir also aufgefallen?«, gab ich mich kleinlaut.

»Spätestens beim Nasenschnauben hast du es übertrieben«, lachte Philine und streichelte mir über den Arm. »Aber das macht dich doch nur sympathischer. Mein kleiner Tollpatsch.«

»Ehrlicherweise ist das nur die Spitze des Eisbergs. Wenn du wüsstest, was für absurde Gedanken mir bei unserer ersten Verabredung durch den Kopf gejagt sind.«

»Ich bin ganz Ohr.«

»Zum Beispiel habe ich darauf geachtet, dir beim Zuhören möglichst durchgehend aufs Nasenbein zu schauen.«

Philine griff sich an ihre Nase. »Auf den ollen Zinken hast du die ganze Zeit geschaut? Wieso habe ich das nicht mitgekriegt?«

»Das liegt daran, dass es physiologisch unmöglich ist, einem Menschen gleichzeitig in beide Augen zu schauen. Indem man ihm auf sein Nasenbein schaut, erweckt man aber das Gefühl, dass man dazu in der Lage wäre, der Blickkontakt wirkt dementsprechend intensiver. Das ist der Trick.«

»Nein, das ist verrückt. Wieso hast du es nicht wie alle anderen Männer gemacht und mir stattdessen bei jeder sich bietenden Gelegenheit auf die Brüste gestarrt?«

»Man muss sich ja noch steigern können ...«, antwortete ich, während mein Blick spielerisch langsam nach unten Richtung Ausschnitt wanderte. Mich sogleich für diese Anzüglichkeit schämend, spürte ich die Hitze in meinen Kopf steigen und ich starrte auf meine Füße.

Philine lachte. »Wie schüchtern er aber auch ist.« Ich grinste unsicher, doch Philine blieb hartnäckig. »Also, dann bist du nun an der Reihe. Was war eines deiner peinlichsten Erlebnisse bei einem Date? In welches Fettnäpfchen bist du schon getreten? Du kannst dir nicht den ganzen Abend nur meine Geschichten anhören!«

Ich konnte jedoch nur mit dem Kopf schütteln.

»Philine ... ich kann das nicht.«

»Was kannst du nicht?«

»Anekdoten erzählen. Zumindest nicht spontan. Da fehlt mir schlichtweg das richtige Maß zu ... was ist witzig, was ist peinlich, wo sind Grenzen zu setzen und was ist erzählenswert und welche Details werden eher verschwiegen? Diese ziellosen Plaudereien folgen keinen mir ersichtlichen Gesetzmäßigkeiten.«

82

»Und ob du das kannst. Bei all den Massen Hirn, die da in deinem Kopf herumwabern, bist du doch mehr als das. Martin, du bist doch mehr als eine bloße Ansammlung von Fakten, Daten und logischen Schlüssen. Du hast Erfahrungen gemacht, die dich geprägt haben und die dich als Menschen ausmachen. Jetzt fang auch einmal an, in diesem Erfahrungsschatz zu kramen.«

Es entstand zwischen uns beiden ein längeres Schweigen.

Der Himmel war heute Nacht kaum bewölkt und so sah ich kurzzeitig einen in der Hochatmosphäre verglühenden Meteoriten. Zwar hatte ich das Gefühl, dass ich Philine auf das Aufleuchten dieser Sternschnuppe hätte aufmerksam machen müssen, doch wischte ich diesen Gedanken schnell beiseite, waren Sternschnuppen für die meisten Menschen doch nur auf Grund des volkstümlichen Aberglaubens interessant. Nach einiger Zeit beobachteten wir beide nur noch den am Boden liegenden Hund Aristoteles, der zu schlafen schien und dessen linke Pfote zuckte. Und da fiel mir endlich eine annehmbare Anekdote ein.

»Also ich erinnere mich an eine Begebenheit, kaum ein Jahr her, da war ich mit dem Hund ...«

» Vergiss nicht, wir haben dem Hund einen Namen gegeben. Du meinst Aristoteles. «

»Genau. Also, da war ich mit Aristoteles im Park unterwegs.«

»Hast du mir nicht erzählt, dass du das Spazierengehen an eine ältere Dame in deiner Nachbarschaft sozusagen geoutsourced hast?«

»Das stimmt, doch war sie damals viral erkrankt. Jedenfalls begegnete mir damals eine attraktive junge Frau ungefähr in meinem Alter, die vom Hund ...«

»Aristoteles!«, wurde ich ermahnt.

»... die von Aristoteles angebellt wurde. Hieraufhin entschuldigte ich mich bei der jungen Frau für das Verhalten meines Tieres. Die Frau musterte mich, strich sich durch ihr Haar und näherte sich mir auf nicht mehr als einen Meter Abstand, was sicherlich eine schon eher intime Nähe bedeutete. ›Kein Problem. Hunde, die bellen, beißen schließlich nicht‹, hatte sie geantwortet und mich angelächelt. Dem widersprechend, erzählte ich ihr von den verschiedenen Stufen der Eskalationsleiter eines Hundes. Ich erklärte ihr, dass Warnlaute wie Bellen die Vorstufe zu einer drohenden Körperhaltung, dem Fixieren, Abschnappen und schließlich dem Beißen sein können. Die junge Frau guckte skeptisch, streichelte mir aber über den Oberarm und meinte, dass sie das ja nur so redensartlich dahergesagt habe. Außerdem habe sie Schokolade dabei, und mit Schokolade könne man doch mit jedem, selbst einem Hund, Freundschaft schließen. Auch da hatte ich den Kopf geschüttelt und einzuwenden gewusst, dass Kakao mitunter auf dem Stoff Theobromin basiere, der für Hunde ab ungefähr einer Menge von 100 Milligramm pro Kilo Körpergewicht als tödlich gelte. Die junge Frau ließ sich selbst da noch nicht entmutigen und gab stattdessen eher vor, von meinem Fachwissen beeindruckt zu sein. Sie regte sogar an, dass wir uns doch zusammen auf einen Kaffee treffen könnten, sodass ich ihr weitere Hilfestellungen zum Umgang mit Hunden geben könnte. Als ich ihr daraufhin aber entgegnete, dass hier Aufwand und Ertrag kaum in einem Verhältnis stünden und ich ihr stattdessen per Mail eine nützliche Link-Sammlung schicken könnte, wandte sie sich recht abrupt von mir ab und ging weiter.

Nun, ich weiß nicht, ob man diese Geschichte als Anekdote bezeichnen kann ... aber sie ist sicherlich bezeichnend für meinen Charakter. Ich bin mit vielen Gaben gesegnet, allen voran mein Intellekt, meine Vernunft ... und vielleicht spricht jetzt der Wein aus mir, doch die Fähigkeit, Menschen an mich zu binden ... wirklich und aufrichtig an mich zu binden, die besitze ich leider nicht. Das gilt für Freunde, das gilt für eine mögliche Partnerin ... ja, das gilt sogar für meine Familie.«

Mit einem letzten großen Schluck leerte ich mein Weinglas.

»Nein, ein Casanova bist du wohl nicht.« Philine schaute einige Sekunden nachdenklich zum Himmel und leerte schließlich auch ihr Weinglas. »Doch du hast andere Qualitäten. Qualitäten, die einer Frau vielleicht erst auf dem zweiten oder dritten Blick auffallen. Martin, das ist jetzt unsere fünfte Verabredung ... und jedes Mal beeindruckst und faszinierst du mich auf neue Weise. Hör mir jetzt gut zu: Ich mag dich. Ich mag dich wirklich.«

Etwas mühsam erhob sich Philine von der Parkbank. »Aber es ist spät und mir scheint, als ob sich die Welt gerade ein bisschen zu schnell dreht.«

»Sicher, der Alkohol wird aus deinem Blut in die Messfühler deines Innenohres gelangt sein.«

»Jedenfalls möchte ich jetzt gerne nach Hause gehen ...«

»Dann bedanke ich mich für den schönen Abend und hoffe auf ein baldiges Wiedersehen mit dir.«

»... und werde mich zu Fuß auf den Weg machen – durch die Dunkelheit ...«

»Wenn du magst, könnte ich dir meine Hochleistungs-LED-Stabtaschenlampe mit auf den Weg geben, ausgestattet mit dem Advanced Focus System, einem der weltbesten Reflektorsysteme, das ...«

»... und alleine durch den gefährlichen Stadtpark gehen, in dem hinter jedem Gebüsch gefährliche Gestalten auf mich lauern könnten ...«

»Also, die Taschenlampe besitzt auch ein schlagfestes und schockresistentes Aluminiumgehäuse, damit könntest du sicherlich ...«

»... und ich werde mich in Gefahr begeben und daran denken, wie sehr ich jetzt einen großen, starken Beschützer und seinen Hund an meiner Seite hätte ... einen Gentleman, der es nicht zulässt, dass eine kleine und schutzlose Frau, wie ich es bin, ganz alleine ...«

»Ach ... ehm, dürfen Aristoteles und ich dich vielleicht nach Hause begleiten? Es wäre mir ... es wäre uns eine Freude.«

»Aber gerne doch.«

Ich ließ zuerst Philine den Hasenhügel über die nahegelegene Treppe herabsteigen und blieb kurz unter dem Vorwand, mir die Schuhe noch zubinden zu wollen, hinter ihr zurück. Diesen kurzen Augenblick des Unbeobachtetseins nutzte ich, um mir selbst mit meiner Hochleistungs-LED-Stabtaschenlampe eine Art

Kopfnuss zu geben. Ich Idiot! Denke an den Wunsch der Frau, einen Beschützer für ihren potentiellen Nachwuchs zu finden. Was war ich doch manchmal blind für die einfachsten Dinge, was hatte ich doch manchmal für ein dickes Brett vor Augen! Ein Brett, das schon aus Stieleiche, Rotbuche oder gar Bongossi bestehen musste, eine geringere Rohdichte schien mir für mein Brett nicht mehr hinreichend zu sein.

Aristoteles bellte, also eilte ich ihm und Philine hinterher.

Bei immer noch angenehm milden Temperaturen schlenderten wir also im Dunkeln vom Hasenhügel aus in Richtung des bei Nacht sicherlich nicht ungefährlichen Stadtparks. Hatte ich zunächst meine Hand vorsichtig in schwingenden, periodischen Bewegungen der Hand Philines angenähert, kam es schließlich, als wir beim Park angekommen waren, zum ersten Händchenhalten ... wobei es Philine war, die schließlich die entscheidende Initiative ergriff. Dafür hielt ich meine Hand oben, um soziale Dominanz auszustrahlen, vor allem aber auch, um eine Schutzgeste zum Ausdruck zu bringen und Philine hinsichtlich ihrer Befürchtungen eines nächtlichen Überfalls zu beruhigen. Dass auch ich das Halten ihrer Hand als überaus angenehm, bildlich gesprochen gar als beflügelnd empfand, war zu erwarten, schließlich vermittelten uns schon unsere Mütter im Kindesalter durch Berührungen mit der Hand Sicherheit. Dem konnte sich auch ein Psychotherapeut nicht entziehen. Trotzdem würde das Halten fremder Hände für mich natürlich eine Ausnahme bleiben – für Romantik hatten Bakterien schließlich wenig übrig.

Unser Spaziergang durch den Stadtpark erwies sich als weniger unheimlich als gedacht. Der Parkweg wurde dank eines vom Stadtrat beschlossenen neuen Beleuchtungskonzepts durch Altstadtlaternen mit LED-Birnen ausreichend erhellt, die mit Hochdruck-Quecksilberdampflampen betriebenen Laternen waren hier zum Glück nicht mehr zu finden. Effizienz hatte hier gesiegt.

Auch abseits des Weges fanden sich dank des eher grellen LED-Lichts regelrechte Lichtkegel, die unter anderem einen Obelisken auf der anderen Seite des Mohnensees gut sichtbar werden ließen. Sicherlich eine unnötige Spielerei, die aber auf Grund des geringen Stromverbrauchs der modernen Beleuchtungsmittel zu tolerieren war.

Während ich eher schnellen Schrittes durch den Park eilen wollte, zog mich Philine plötzlich ab vom Weg, es ging am Drehkarussell vorbei direkt ans Ufer des Mohnensees. Wir befanden uns nun abseits der Straßenlaternen, doch der Mond hatte heute Nacht die Stellung des zweiten Viertels erreicht, ein Stadium, das zwischen zunehmendem Halbmond und Vollmond einzuordnen war. Dementsprechend konnte ich im Mondlicht Philines Konturen noch recht gut erkennen.

Philine schlang ihre Arme um meine Hüfte und so standen wir samt Aristoteles minutenlang einfach nur da und blickten in die zunehmende Dunkelheit.

»Philine, ich weiß nicht so recht ...«, setzte ich schließlich an.

»Sag mir einfach, was du hörst.«

»Na, was soll ich schon hören ... das Plätschern des Wassers, das Quaken der Seefrösche, das Rauschen des Windes, ein Schrillen, vermutlich von Singzikaden stammend ... und vorhin hörte ich den Gesang eines Sperlingsvogels, allem Anschein nach ein Nachtigall-Männchen, der sich auf diese Weise erhofft, eine Brutpartnerin anzulocken.

»Und was riechst du alles?«

»Zunächst sticht mir da ein gewisser Fäulnisgeruch in die Nase, der darauf schließen lässt, dass am Uferbereich bakterielle Zersetzungsprozesse stattfinden, da sich hier Moder angesammelt hat und Wasservögel wie Gänse und Enten ihren Kot hinterlassen haben. Wenn du es noch genauer wissen möchtest, rieche ich auch Seegras, meine aber darüber hinaus, selbst hier am Wasser noch eine gewisse Duftnote des Flieders und der Hyazinthen wahrnehmen zu können.«

»Beeindruckend. Und jetzt sag mir noch, was du gerade fühlst.«

»Was ich ... was soll ich denn ... wieso fragst du mich das?«

»Ich kenne keinen Menschen, der selbst nach zwei Gläsern Wein seine Umgebung so präzise wahrnimmt und analysiert, wie du es tust. Weißt du, was ich mitgekriegt habe? Dass es hier irgendwie total leise ist und ganz schön modrig riecht. Aber meine Gefühle fahren im Moment Achterbahn, und das deinetwegen. Du bist anders als jeder andere Mann, den ich bisher kennengelernt habe, und ich finde dich wahnsinnig interessant. Niemals hätte ich auch nur erahnt, was für ein Mann mich erwartet, als ich mich auf Theos Vorschlag für ein Blind Date eingelassen habe. Und ich weiß nicht, du schaust mich immer wieder in dem einen Moment so schüchtern interessiert, fast schon schwärmerisch an, nur um dann im nächsten Moment über Immobilienrendite und Kapitalanlagen zu reden ... oder über den Vorteil von Wärmepumpentrocknern gegenüber Kondensationstrocknern ... oder weiß der Geier über was. Womöglich bin ich jetzt doof, aber da habe ich mich gefragt, ob du vielleicht so viel um dich drum herum wahrnimmst, dass du dabei ganz vergisst, auf das, was in dir selbst passiert, zu hören. Also ... sag mir doch einfach ... was fühlst du gerade?«

Ich öffnete den Reißverschluss meiner Jacke ein wenig, da mir trotz der späten Uhrzeit mit einem Mal recht warm wurde.

»Wenn du es unbedingt wissen möchtest ... zunächst einmal fühle ich jetzt ein ziemliches Unbehagen.«

»Aber warum?«

»Über die Gefühle von anderen Menschen zu reden, sie zu analysieren, das gehört zu meinem Beruf. Meine eigenen Empfindungen ... also, sie sind selbstverständlich vorhanden, aber sie zum Thema zu machen, erscheint mir eher unnötig, weiß ich doch sehr gut, mit diesen umzugehen.« Da Philine mich weiter fordernd anzublicken schien, fuhr ich schnell fort. »Aber in Ordnung ... wenn du schon konkret nachfragst, will ich dir auch die Wahrheit sagen. Ich fühle auch deshalb ein Unbehagen, weil wir uns hier nicht an irgendeinem See befinden, sondern an dem Ort, an dem meine verstorbene Oma Emma und ihr verstorbener Ehemann Konrad etwas überspitzt formuliert gemeinsam Anfang und Ende ihrer Liebe erlebt haben. Das mag jetzt keine Rolle spielen ...«

»Es spielt eine Rolle«, unterbrach mich Philine. »Nur ist das nicht eigentlich etwas Schönes?«

»Das ist es«, stimmte ich zu. »Nur musst du wissen, dass ich meine Großmutter als sehr empfindsamen Menschen kennengelernt habe, die von großer Liebe, großen Gefühlen und allerlei großartigen, phantastischen Dingen gesprochen hat. Und ich habe das immer abgeblockt, weil ich ... na, weil ich eben vernünftig, rational, dem Boden verhaftet sein wollte ... will. Jetzt genau dort zu stehen, wo Emma vor Jahren gestanden haben mag ... und dann noch ... so ... eine starke Zuneigung zu jemandem zu empfinden, wie sie es empfunden hat, Schmetterlinge im Bauch zu spüren ... nie hätte ich gedacht, dass es hierzu kommt.«

»Bereust du es, hier zu sein?«

»Nein!«, entfuhr es mir. »Ich würde mit Sicherheit gerade nirgendwo anders sein wollen als hier bei dir.«

Ich lächelte und strich Philine über die Schultern, nicht so recht wissend, was ich jetzt tun sollte. Trotz Dunkelheit sah ich, wie sie zurücklächelte. Eine Sekunde, vielleicht zwei, verstrichen, ehe sie noch etwas näher an mich heranrückte und mir schließlich einen Satz sagte, den ich nie wieder würde vergessen können.

»Martin ... nun komm aber auch endlich mal aus dem Quark!«

Aus dem Quark kommen? Aus dem Quark kommen! So merkwürdig es klingen mochte, doch hier traf Philine genau den richtigen Ton. Nun endlich genau wissend, was zu tun war, zog ich Philine zärtlich-fordernd zu mir heran, nahm ihr Gesicht in meine Hände, umfasste ihre Wangen und berührte ihre Lippen vorsichtig mit den meinen. Ein Normalkuss dauert, so sagen Statistiker - vor der Ehe ungefähr zehn Sekunden, danach zunehmend kürzer. Unser Kuss war aber nicht normal, konnte sich nicht mit einem Mittelwert messen lassen, ja, er war überhaupt nicht der Arithmetik zugänglich. Oder er war es selbstverständlich schon, nur was sollte eine Zahl über mein Empfinden gerade aussagen können? Mein Herz raste, Endorphine jagten durch meine Adern. Zeit, Zeit war nur noch eine Unbekannte, eine für mich nicht mehr wahrnehmbare Größe. Eng miteinander verschlungen standen wir da und ich küsste ihren Hals, strich ihr durch ihre langen dunklen Haare, ach, ich wusste gar nicht, was ich alles tat.

Aber alles, was ich jetzt empfand, war nur Biochemie, daran hatte ich mich in diesem Moment natürlich zu erinnern. Ein Sturm der Gefühle, ausgelöst durch einen geschickt gemixten Hormoncocktail. Die intime Liebe zwischen zwei Menschen – bloß eine evolutionär nützliche Illusion, um die Fortpflanzung zu sichern. Romantik gab es nicht im Herzen, sondern sie fand in unserem Gehirn statt. Das, was ich jetzt empfand, dieses Gefühl, Philine vom Herzen angetan zu sein, war nur ein subjektives Erleben.

Andererseits musste doch auch die Frage erlaubt sein, welchen Wert all diese Erkenntnisse hatten. Wir nahmen unsere Welt doch eh jeder auf seine eigene Weise wahr, was gab es denn dann anderes als das subjektive Erleben?

Irgendwann lösten Philine und ich uns wieder voneinander, auch wenn mich ihr Duft weiterhin kaum klare Gedanken fassen ließ. Beide lächelten wir selig und schienen, uns ganz den Schmetterlingen hingebend, den Weg bis zu Philines Wohnungstür regelrecht zu schweben. Dort küssten wir uns noch lange, doch auch wenn das männliche Sexualhormon Testosteron in mir brodelte, versuchte ich nicht, sie zu überreden, mich noch mit in die Wohnung zu nehmen. Denn ganz gleich, was ich mir in meinen Gedanken schon mit dieser einzigarten Frau mannigfach ausgemalt hatte, war dies doch alles nichts im Vergleich zur heutigen, realen Frühlingsnacht, die in ihrer unschuldigen Reinheit alle meine Erwartungen übertroffen hatte und keiner weiteren Steigerung mehr bedurfte.

Gerade, als ich mich verabschieden wollte, kniff Philine ihre Augenbrauen zusammen und hielt mich am Ärmel meiner Jacke fest.

»Warte mal. Das ist merkwürdig.«

»Wie jetzt? Was ist merkwürdig? Meinst du den Kuss gerade? Waren die Lippen zu weit geöffnet?«

Lachend schüttelte sie ihren Kopf. »Nein, du Blödmann. Nur deine Augenfarbe ... ich hätte schwören können, dass du grüne Augen hast. Doch im Moment sehen sie ganz und gar mausgrau aus. Mit dunkelgrauem Rand.«

Ich antwortete angesichts dieser Leichtgläubigkeit etwas gereizt. »Unsinn, da musst du dich täuschen. Die Augenfarbe ist durch den Pigmentgehalt des Irisgewebes vorgegeben und verändert sich im Erwachsenenalter nicht mehr. Wir stehen nachts unter den Außenwandleuchten deiner Wohnungstür, da wird der Lichteinfall etwas ungünstig sein.«

»Wir könnten ja deine Taschenlampe nutzen ...«

»..., um meinen Augen eine photochemische Störung zuzufügen? Nein, es ist alles in Ordnung. Du weißt doch, nachts sind alle Katzen grau ... das gilt dann wohl auch für die Augen. Alles ist gut.«

Philine zuckte mit den Achseln, wir umarmten uns noch einmal und verabschiedeten uns abermals, aber nicht ohne das feste Versprechen, sich möglichst bald wiederzusehen.

Und so kehrte ich heim.

Als ich schließlich spät nachts wieder in meinen eigenen vier Wänden angekommen war, trieb mich jedoch die irrsinnige Vorstellung, etwas könnte mit meinen Augen nicht in Ordnung sein, wider aller Vernunft weiter um. Und so warf ich eher beiläufig einen Blick in meinen Badezimmerspiegel. Hierauf folgte ein zweiter Blick, dem sich ein halbstündiges Anstarren meines Abbildes anschloss, welches mir die reflektierende Glasfläche höhnisch vorhielt. Nach und nach wurde aus der belächelten und nicht ernst genommenen Beobachtung Philines eine unumstößliche Gewissheit, an der nicht mehr mit vermeintlich schlechten Lichtverhältnissen zu rütteln war: Die Farbe meiner Iris hatte sich zu mausgrau hin verändert. Nun mochte man einwenden, dass die Iris doch letztendlich nur ein Werkzeug innerhalb des Sehorgans war, das den Lichteinfall im Auge regulierte, dessen Farbe aber, sofern bei der Polizei keine Täterbeschreibung erforderlich war, nicht memoriert werden brauchte. Dennoch lachte ich laut und hysterisch und mit Tränen in den Augen, als ich mit meiner Stabtaschenlampe den Badezimmerspiegel zertrümmerte. Verzweifelt sackte ich auf dem Boden des Badezimmers zusammen und umarmte Trost suchend meinen heraneilenden Hund Aristoteles.

Ausgerechnet mausgrau.

Die Augen meiner Oma Emma waren ebenfalls mausgrau gewesen.

Und in der Nacht, in der ich kein Auge mehr zutun mochte, stellte ich mir nur noch eine Frage: Was passierte mit mir?

Versalzene Kekse

Um meinen Gefühlsausbruch von gestern Nacht, der zu einem von mir zertrümmerten Badezimmerspiegel führte, erklären zu können, bedurfte es nur eines kurzen Blickes in die Literaturgeschichte. Die Nacht war schon in der Epoche der Romantik ein typisches Motiv für das Verschwimmen von Grenzen gewesen. Romantisch verklärte Geister glaubten, dass in der Nacht die Sinne für fantastische Traumwahrnehmungen geschärft wurden, da schließlich die Geräusche des Alltags verstummt seien.

Genau genommen war die Literatur selbst ja schon eine Art Brutkasten für fantastische Träumereien, weshalb ich von dieser in aller Regel Abstand zu halten pflegte, wollte ich doch keine realitätsfernen Gedanken in meinem Kopf heranwachsen sehen. Der für die Literaturepoche der Romantik zentrale Gedanke, dass

sich in der Nacht das Unbewusste mehr Raum verschaffen konnte, weil die Sonne als Licht der Vernunft untergegangen war,
erschien mir zu diesem Zeitpunkt aber durchaus plausibel.

In meinem Unterbewusstsein gärten immer noch rührselige Erinnerungen an meine verstorbene Großmutter, die auf einen
schwachen Moment in meiner Wahrnehmung warteten, um ihre
Fäulnisgase aufsteigen zu lassen. Eine solche Gelegenheit bot sich
gestern Nacht, als ich die Veränderung meiner Irisfarbe bemerkte, eine Anomalie, die es so schnell wie möglich zu erklären galt.

So ließ ich am Montagmorgen Frau Heine meine Termine absa-
gen. Statt zu arbeiten, nutzte ich den Tag, um mir von Ärzten
auf alle nur erdenkliche Art und Weise meine körperliche Ge-
sundheit bescheinigen zu lassen.

Wie nicht anders zu erwarten, versuchten die Ärzte, meine veränderte Augenfarbe mit halbgaren Theorien zu plausibilisieren –
und wie gerne hätte ich ihnen Glauben geschenkt.

»Herr Baumann, womöglich könnte eine Entzündung zu einer
Abnahme der Pigmentierung geführt und somit Ihre Augen
aufgehellt haben.«

Interessante These – nur stellte mausgrau kaum eine Aufhellung
dar.

»Herr Baumann, womöglich besitzen Sie eine derart helle Re-
genbogenhaut, dass diese bei Aufregung dunkler erscheint, da
Ihre dahinterliegenden Muskeln besonders stark durchblutet
werden. Sind Sie gerade aufgeregt?«

Ja, war ich, doch wen wunderte es, wenn man sich solch einen
geistigen Dünnpfiff anhören musste.

»Herr Baumann, Sie sollten wissen, dass Glaukommittel zu einer
stärkeren Pigmentierung der Iris führen können.«

Wohl wahr, nur nehme ich keine Augentropfen, aber vielen
Dank für den Hinweis.

Je mehr Thesen ich von den Ärzten zu hören bekam, die mich
irgendwo zwischen todkrank und kerngesund einordneten, desto
klarer wurde mir, dass es hier schlichtweg nicht viel zu erklären
gab. Und so wählte eine Augenärztin wohl am späten Nachmit-

tag die richtigen Schlussworte, als sie mir auf die Schulter klopfte und sagte, dass mir mausgraue Augen doch durchaus gut zu Gesicht stünden. Auch mein Freund Theo wusste nur noch in seiner gewohnt derben Weise zu ergänzen, dass eine veränderte Augenfarbe immer noch besser sei, als mit psychogenen Schock wie ein Fisch am Boden zu zappeln. Aber dass hinter seiner eigentümlichen Bemerkung doch auch eine gewisse Sorge durchschimmerte, entging mir nicht.

Ganz offensichtlich besorgt zeigte sich hingegen Philine, die ich am Abend anrief und der ich von meiner Safari durch die bunte Welt der Fachmediziner berichtete. Immer wieder fragte sie mich eindringlich, ob denn nicht beispielsweise ein Gehirntumor für die Veränderung der Irisfarbe verantwortlich sein könnte. Ganz offensichtlich hatte die junge Frau bereits starke Gefühle für mich entwickelt, was für gewöhnlich der allerspäteste Zeitpunkt war, bei dem ich mich von einer Frau zu distanzieren pflegte. Im Falle Philines wollte ich davon jedoch vorerst absehen, hatte ich doch zunächst andere Sorgen, die mich umtrieben.

Mein Unterbewusstsein schien durch Erinnerungen an Emma seit Neuestem wieder hohe Wellen zu schlagen und längst verdrängt geglaubte Erinnerungen an die Oberfläche zu spülen. In all diesen Erinnerungen stand auf der einen Seite Emma, die mir aufzuzeigen versuchte, wie vielfältig und facettenreich das Leben doch sein konnte, wenn man sich nur für seine Möglichkeiten öffnete. Und auf der anderen Seite stand ich, der gegen Glauben, Weltreisen, Fantasterei und unnötige Risiken argumentierte. Vielleicht war es insgesamt auch nur eine Frage, die mich nach dem Tod meiner Großmutter nicht zur Ruhe kommen ließ: Warum hatten Emma und ich überhaupt so viel Zeit miteinander verbracht, wenn wir doch so unterschiedliche Menschen waren? Warum war diese alte Frau die einzige, die mir aus meiner Familie etwas bedeutete?

Ich beschloss, hierauf Antworten zu finden. Noch am Montagabend, gleich nach dem Telefonat mit Philine, fuhr ich zur ortsansässigen Seniorenresidenz, in der sich eine gewisse Frau Mara Gleisenach mittlerweile befinden sollte. Die verwitwete, über neunzig Jahre alte Frau war in den letzten Jahren Emmas einzige Bezugsperson außerhalb der Familie gewesen, doch hatte ich bisher immer den Kontakt mit ihr vermieden, da sie dem Vernehmen nach eine sehr religiöse Person war. Es erschien mir auch jetzt noch fraglich, inwiefern mir von Demenz durchtränkte Anekdoten über meine Großmutter weiterhelfen konnten. Andererseits verspürte ich aber das Bedürfnis, mit jemandem, der sie gut kannte, über Emma zu sprechen. Und traurigerweise erschien mir hier Frau Gleisenach als Gesprächspartnerin annehmbarer als meine Familie.

Als ich in der Seniorenresidenz ankam, beschrieb mir eine korpulente, griesgrämige Mittfünfzigerin an der Rezeption kurz den Weg zum Zimmer von Frau Gleisenach. »Den Flur hier gleich runter, dann links bis zum Ende, dann noch einmal links und dann finden Sie das Zimmer auf der rechten Seite, Zimmernummer 142. Und stören Sie die anderen Gäste nicht.«
Das Wort ›Gäste‹ hallte in meinem Gehör noch nach, als ich die Flure entlang schlich und das Grauen an allen Seiten beobachtete. Ein runzliger Mann im Rollstuhl schlug seinen Plastikbecher im monotonen Rhythmus immer und immer wieder gegen den Heizkörper - klong, klong, klong. Töne, die ich so schnell sicherlich nicht vergessen würde.
Nur wenige Meter weiter sah ich durch eine offen stehende Zimmertür eine Frau mit zerzausten Locken apathisch in ihrem Bett liegen und mit brüchiger Stimme in rhythmischen Abständen nach Hilfe krächzen, ohne dass ihr jemand Beachtung schenkte. Pfleger eilten an mir vorbei den Gang entlang, ohne die Frau auch nur eines Blickes zu würdigen.
Etwas verunsichert ging auch ich weiter. Aus dem übernächsten Zimmer wehte mir ein bestialischer Gestank entgegen, sodass ich mich kurz auf meinen Knien aufstützen und stoßartig durch den Mund atmen musste, um mich nicht zu übergeben.

Schon hörte ich ein entnervtes »Och ne, nicht schon wieder«, gefolgt von zwei Pflegerinnen, die darum stritten, wer sich dieses Mal des Blutdurchfalls der Patientin annehmen durfte. Als das Strohhalmziehen beendet war, echauffierte sich die Verliererin lautstark darüber, warum denn auch schon wieder ein Vollidiot der Patientin Fleisch zu essen gegeben hatte und dass derjenige doch beim nächsten Mal gerne selbst die Scheiße wegputzen dürfe, um aus seinen Fehlern zu lernen. Dabei schaute mich die Pflegerin auffordernd an, als erwarte sie von mir Zustimmung.

Ich eilte weiter - und erlebte nur einen Gang weiter den nächsten Akt in diesem Irrenhaus. Zu meiner Linken sah ich zwei ältere Frauen, wie sie einander an den Haaren zerrten und sich wohl der Fernbedienung wegen anschrien. Zu meiner Rechten wiederum lag ein Kleinwüchsiger unbestimmbaren Alters mit übergroßer Hornbrille auf dem Boden neben seinem Bett - in der rechten Hand einen Spielzeughubschrauber haltend und mit seinen flatternden Lippen Propellergeräusche nachahmend.

Es waren Momente wie diese, die mich an der schönen neuen Welt der modernen Medizin zweifeln ließen. Immer weiter, hieß die Maxime, irgendwie musste der Motor am Laufen gehalten werden. Doch vergaß man vielleicht, dass das Leben mehr war als ein schlagendes Herz, wie ein Fahrzeug mehr war als ein laufender Motor.

Hart gefragt: Wofür lebten diese Patienten eigentlich noch und quälten ihre Pfleger mit täglichem Blutdurchfall und dementem Gerede? Lebten sie für ihre Angehörigen? Um eine schöne Erinnerung für ihre Enkel zu werden? So leid es mir tat - doch ich sah hier weit und breit keine Angehörigen. Und ich konnte mir ehrlich gesagt auch nicht vorstellen, dass sich noch jemand für die Alten hier aufrichtig interessierte. Vielleicht noch ein Anstandsbesuch, wie ich selbst Emma zumindest einmal noch an ihrem Krankenbett aufgesucht hatte, mehr angeekelt als erfreut.

Die Kirche sprach ja gerne von der Gnade Gottes - die einzige Gnade, die ich mir an einem Ort wie diesen noch vorstellen konnte, war es, die richtige neurodegenerative Erkrankung zu bekommen, sodass man von seinem Dahinsiechen schließlich wenig bis gar nichts mehr mitbekam. Wenn sich niemand mehr an einen erinnern wollte, dann blieb einem selbst doch nur noch das Vergessen.

Mit gesenktem Haupt gelangte ich schließlich in einen der zahllosen bilderlosen, eintönig weißen Flure, in dem ich auf der rechten Seite wie beschrieben das Zimmer 142 fand. Ich klopfte, ohne dass eine Reaktion erfolgte, aber wer wusste schon, wie gut Frau Gleisenach noch zu hören vermochte - und wie klar sie noch bei Verstand war. Die Zimmertür war jedenfalls nicht abgeschlossen. Beim Betreten des Zimmers wurde ich sogleich von einer wabernden Hitze umschlungen, die Luft war trocken und staubig. Neben der offensichtlich auf höchster Stufe laufenden Heizung hatte sich die alte Frau noch einen Heizlüfter aus Keramik aufgestellt. Reflexartig begann ich sofort, mein Hemd aufzuknöpfen, während sich schon erste Schweißtropfen auf meiner Stirn bildeten. Da ich Frau Gleisenach nicht entdecken konnte, musterte ich zunächst ihr Zimmer mit sich zunehmend verfinsternder Miene.
Stapelweise lagen alte Kirchenzeitschriften oder Tageszeitungen im Zimmer zerstreut, manche waren noch aufgeschlagen und wiesen zahlreiche Markierungen auf. An den Wänden hingen unter anderem ein Jesuskreuz, ein Gemälde von Franziskus von Assisi sowie eines vom Kirchenvater Augustinus von Hippo. Auf der sich neben dem Bett befindlichen Nachtkommode entdeckte ich gleich zwei Bibeln, eine davon offenbar in Altgriechisch geschrieben. Verwundert fiel mein Blick schließlich auf das Fensterbrett, auf dem sich zwei geöffnete Katzenfutterdosen befanden, gleichwohl ich mir recht sicher war, dass die Tierhaltung in diesem Altersheim verboten war. Katzen konnte ich auch beileibe nicht entdecken. Dieses Zimmer war wahrlich kein Platz für mich und in diesem Moment ärgerte ich mich über meinen Aktionismus, der mich hierher geführt hatte. Jetzt noch einen Rückzieher zu machen, erschien mir allerdings zu spät.

»Ist hier denn niemand?«, fragte ich vorsichtig und wischte mir mit dem Armrücken den Schweiß von der Stirn.

Die Antwort ließ nicht lange auf sich warten. Gleichsam aus dem Nichts kam eine runzlige, kleine Frau hinter einem Stapel Zeitungen hervor auf mich zugestürmt und schüttelte mir ohne Umschweife enthusiastisch die Hand.

»Ah, entschuldigen Sie, entschuldigen Sie, ich habe Sie gar nicht gehört. Ich war im Gebet vertieft, wissen Sie? Man muss mit unserem Herrn sprechen, nicht wahr? Guten Abend, der junge Mann! Ignorieren Sie bitte die Unordnung hier, ich habe heute gar keinen Besuch erwartet, wissen Sie? Mara Gleisenach mein Name. Sie suchen doch mich oder haben Sie sich vielleicht im Zimmer geirrt? Wollten Sie vielleicht zu Frau Müller? Die ist nämlich noch ein Zimmer weiter, ein Zimmer weiter, der junge Mann!«

Ich hob beschwichtigend die Hand. »Nein, ich wollte zu Ihnen, aber ich entschuldige mich, falls ich Sie in irgendeiner Form überrumpelt haben sollte. Es hätte sich sicherlich gehört, vorher anzurufen, nur bin ich heute Abend, ganz gegen meine Natur, einer spontanen Eingebung gefolgt und – na ja, es ging irgendwie alles heute sehr schnell. Ich heiße Martin Baumann und bin ein Enkel von Emma, die Sie ja sicherlich kennen.«

Das ohnehin schon beängstigend freundliche Gesicht von Frau Gleisenach hellte nun noch weiter auf, sie schien mich tatsächlich zuordnen zu können.

»Ach, der Martin! Martin Baumann, nicht wahr? Ja, natürlich kenne ich dich! Ach, wie schön, da hüpft mein altes Herz! Da ist doch tatsächlich der Enkel von meiner Emma hier, wer hätte das denn noch gedacht!«, frohlockte sie, stemmte sogleich aber auch ihre Hände in die Hüfte. »Aber die Tür schließen wir doch bitte wieder, ja? Die gute Wärme soll uns doch erhalten bleiben, das verstehst du doch, oder? Und mach es dir hier gemütlich, fühl dich wohl. Hier, setz dich doch, na komm, setz dich.«

Mit einem unguten Gefühl in der Magengegend schloss ich die Tür, ließ mich auf dem angebotenen Hocker nieder und beobachtete diesen neunzigjährigen Wirbelwind. Allenfalls ein Meter fünfzig groß, zudem spindeldürr, strahlte mich Frau Gleisenach mit einem überbreiten Grinsen und eulenartigen Augen an, ohne dabei auch nur eine Sekunde ruhig stehenbleiben zu können. Zunächst nervös von einem Fuß auf den anderen tippelnd, stürzte sie plötzlich zu einem Schrank und holte eine Dose wohl selbstgebackener Kekse hervor, die sie mir aufdrängte.

»Nimm schon, iss, fühl dich wohl.«

Ein Widerspruch schien hier nicht im Rahmen des Möglichen zu sein und so knabberte ich gehorsam an einem der dunkelbraunen Kekse, die ich als eigenartig salzig empfand. Während ich noch am Kauen war, legte Frau Gleisenach plötzlich ihre runzlige Hand auf mein Knie, eine Intimität, die mich zusammenzucken ließ.

»Der Enkel von Emma, der Martin, ich glaube es ja nicht, wie verrückt, nicht wahr? Hach, das ist schön! Nun, mein Junge, dann erzähl doch, erzähl nur. Wie kommt es, dass du mich besuchst? Was ist der Anlass? Denn weißt du, an einem Ort wie diesen bekommt man nicht mehr viel Besuch, schon gar nicht von so jungem Volk, einem so jungen Hüpfer, nicht wahr?«

Ich begann mich zu fragen, ob Frau Gleisenach wirklich bewusst war, dass ich ein zweiunddreißigjähriger Mann und kein zwölfjähriger Lausebub war.

»Ich wollte ...«, setzte ich an, wurde aber gleich wieder unterbrochen.

»Ach, das mit der Emma, mit deiner lieben Oma, ist schon sehr traurig, nicht wahr? Sie war ja eine gute Freundin von mir, ach, was hatten wir in den letzten Jahren tolle Gespräche geführt. Wirklich schade, dass sie nicht mehr unter uns weilt. Kam ja jeden Donnerstag zum Kuchen vorbei, weißt du? Also nicht nur donnerstags, auch am Wochenende und überhaupt, wir haben uns schon oft gesehen. Eine tolle Frau war das. Aber entschuldige meine Trauer, Martin, mein Junge.« Sie lachte schrill und entblößte zahlreiche Goldkronen. »Was bin ich doch egoistisch, rede hier nur davon, wie sie mir fehlt. Der Tod war doch genau ihr Wunsch, kann uns ja nicht verwundern, nach so einem erfüllten Leben, nicht wahr? Und jetzt befindet sie sich an einem besseren Ort, Gott hat sie zu sich genommen, zu sich ins Paradies, was Besseres könnte sich kein Mensch erhoffen, das wissen wir ja, nicht wahr? Und was sollte ich auch trauern? Schließlich werde ich sie ohnehin bald wiedersehen, allzu viele Jahre werden mir wohl nicht mehr gegeben sein, und irgendwann möchte man ja auch nicht mehr. Doch du bist so still, erzähl doch, was dich hergeführt hat, Martin. Erzähl nur.«

»Also, Frau Gleisenach, vielen Dank zunächst, dass Sie mich...«

»Ach, lass doch das Siezen, ich bitte dich. Und nenn mich Mara. Ja, ja, nenn mich Mara«, fiel mir Frau Gleisenach erneut ins Wort. Zweifellos schien der alten Frau an einer gewissen Distanzlosigkeit sehr gelegen zu sein.

Um nicht erneut unterbrochen zu werden, sprach ich nun mit deutlich mehr Nachdruck und lehnte mich dabei etwas zu ihr vor.

»Vielen Dank jedenfalls, dass du mich so spontan empfangen hast. Ich weiß, dass du Emma hier in diesem Altersheim sehr nah gestanden hast. Offen gesagt warst du ihr in ihren letzten Jahren deutlich näher als ich, besucht habe ich sie hier schließlich nie, sondern sie nur wenige Male angerufen. Ein Altersheim wie das hier, ein Siechenheim oder meinetwegen eine Seniorenresidenz, wie auch immer man den Ort hier bezeichnen möchte, war nie ein Platz, an dem ich sein wollte. Mit dir hingegen, erzählte mir Emma gerne am Telefon, konnte sie stets über Gott und die Welt reden.«

»Aber mehr über Gott als über die Welt, weißt du?«, lachte Frau Gleisenach. »Na, schau, mein Junge, ich bin alt, vielleicht auch uralt. Was interessiert mich noch die Welt hier? Wenn man mit einem Bein im Grab steht, dann interessiert einen nur noch, wie es danach weitergehen könnte, verstehst du? Wozu sich noch mit Dingen beschäftigen, die eh irgendwann zu Staub verfallen? Nein, nein, ich habe mich jetzt ganz unserem Herrn verpflichtet, der Herr wird mich ja bald zu sich rufen, nicht wahr?«

»Nun, Emma wird dir hierzu sicherlich nichts erzählt haben, aber ich bin anders als sie wahrlich kein religiöser Mensch und vielleicht könnten wir ...«

Wieder lachte die kleine, runzlige Frau. »Oh, Emma hat mir mehr über dich erzählt, als dir vermutlich bewusst ist. Manchmal hatte ich den Eindruck, dass sie nur einen Enkel besaß. Ach, was muss sie dich geliebt haben, immer nur hieß es Martin hier, Martin da. Und wenn du dann doch einmal angerufen hattest, stand die Welt für sie Kopf. Ihr Enkel hatte angerufen, ach, und was war das wieder für ein tolles Gespräch gewesen. Ihr kluger Enkel Martin, nicht wahr? Oh, wie sie dich geliebt hat. Kann uns auch nicht verwundern, erkannte sich ja selbst in dir wieder.«

Ungläubig schnaubte ich. »In dem Punkt muss ich dir leider widersprechen. Ja, es ist richtig, dass wir, Emma und ich, einander sehr mochten, keine Frage. Bevor sie in dieses ... also, bevor sie hierher kam, hatten wir viel Zeit miteinander verbracht. Doch unsere Sympathie füreinander beruhte dabei nicht auf Ähnlichkeit, vielmehr schienen sich unsere Gegensätze anzuziehen. Sie gefühlsbetont, ich vernunftgeleitet. Sie religiös, ich der Atheist. Sie die Abenteuerlustige mit Blick in die Ferne, ich der auf Sicherheit Bedachte mit Blick auf den Boden. Was uns zusammenhielt, waren die intelligenten Gespräche, die wir führen konnten. Wir wussten einander zu ergänzen und einander herauszufordern. Und als ihr Verstand seine Schärfe nach und nach verlor, wurde auch unser Kontakt zueinander weniger, so kühl das jetzt auch klingen mag. Wir hatten einander nichts mehr zu geben.«

Mara neigte den Kopf, sagte aber zunächst nichts. Stattdessen nahm sie sich einen ihrer Salzkekse, brach ihn entzwei und roch an ihm - ehe sie von einer Hälfte allenfalls eine winzigkleine Ecke einer Maus ähnlich abnagte. Ganz bei Sinnen schien mir diese Frau wahrlich nicht zu sein, aber wer konnte das angesichts der vorherrschenden Temperaturen auch schon sein?

Mara tätschelte abermals mein Knie. »Zwei völlig unterschiedliche Menschen sollt ihr also gewesen sein? Nein, nein, da hast du deine gute Oma, Gott habe sie selig, aber ein bisschen falsch eingeschätzt, nicht wahr? Ach, was rede ich alte Frau nur, bitte verzeih mir, mein lieber Martin.« Sie hielt sich aus meiner Sicht etwas zu theatralisch die Hände vor den faltigen Mund, als hätte sie Unaussprechliches gesagt. »Emma hat dir ja leider nie ganze Wahrheiten von sich erzählt, nicht wahr? Ich meine, sie liebte ja ihren Enkel, aber hat ja doch manches aus ihrer Vergangenheit ein wenig im Halbdunkeln gelassen. Na, was soll man sagen, schon immer war sie eine sehr eigene Frau gewesen, in manchen Dingen vielleicht auch zu eigen, wie du vielleicht weißt? Nach allem, was sie mir über dich erzählt hat, wart ihr nicht so gegensätzlich, oh nein, nicht verschieden, ganz und gar nicht.« Sie hielt die beiden Hälften ihres Salzkekses demonstrativ aneinander – hätte diese winzigkleine, von ihr abgenagte Ecke nicht gefehlt, hätten diese Hälften perfekt zueinander gepasst. »Nach allem, was ich bescheidene alte Frau so weiß, wart ihr euch sogar überaus ähnlich. So hat es mir deine Oma jedenfalls erklärt.«

Die Hitze im Raum stieß mir immer unangenehmer auf und mein schweißdurchtränktes Hemd begann an meinem Körper festzukleben. Würde man Wasser mit Zitrusdüften mischen und auf heiße Steine kippen, hätte man in diesem Zimmer tatsächlich eine Saunalandschaft erschaffen können, dachte ich verbittert.

»Mara, es ist wirklich unerträglich heiß hier drinnen. Könnten wir denn nicht zumindest den Heizlüfter ausstellen?«

Die alte Frau winkte energisch ab. »Nein, nein, mein Junge, wohin kämen wir denn, aber nein, es hat genau die richtige Temperatur hier drinnen, der Heizlüfter bleibt doch mal bitte an, aber unbedingt. Lass uns lieber reden, ja, über deine Oma und über dich. Deswegen bist du ja hier, nicht wahr? Also deine Emma, bei der waren wir stehengeblieben, das wusstest du wahrscheinlich gar nicht, die hat auch eine lange Zeit nicht an Gott geglaubt, so wie du.«

Eher uninteressiert zuckte ich mit der Schulter. »Sie hatte schon mehrfach angedeutet, dass sie nicht genau wusste, woher ihr Glaube an Gott kam. War ja auch ungewöhnlich, eine tiefreligiöse Physikerin. Genauso ungewöhnlich war es, dass Emma als vielfache Mutter ihre Ehe irgendwann auflöste und Konrad heiratete. Oder dass sie sich Zeit ihres Lebens von einem waghalsigen Abenteuer ins nächste stürzte. Aber so war Emma eben, ihre unstete Lebensart zeichnete sie aus. Sie besuchte die großen Städte dieser Welt, badete nachts im Mondschein und versuchte sich trotz Höhenangst am Bergsteigen. Die fernsten und exotischsten Orte sah sie mit ihren eigenen Augen, tauchte in der Südsee zwischen Korallenriffen und ritt in Indien auf einem Elefanten. Was ihr in den Sinn kam, das wagte sie auch - sie verstand es, das Leben bei den Hörnern zu greifen, wie sie es selbst gerne formuliert hatte.«

»Ja, ja, ein spannendes Leben, von dem sie dir erzählt hat, nicht wahr, mein lieber Junge? Ein Leben, doch so vielfältig wie ein von der Wiese gepflückter Blumenstrauß, habe ich nicht recht?« Ich nickte.

»Möchte man da nicht mit ihr tauschen, bei all diesen Abenteuern?«

»Nein, so wie sie könnte ich nicht sein. Einfach in den Tag hineinleben, ohne Sorge um den nächsten Morgen. Ich bin jemand, der Kosten und Nutzen abwägt, der keinen Schritt macht, ohne die nächsten drei zu planen, und das wusste Emma auch.«

»Ja, das wusste sie, oh ja ...«, bekräftigte Mara und sah mich eindringlich mit ihren trüben Augen an.

Ihr Blick wanderte schließlich von mir weg über ihren Stapel Kirchenzeitschriften und das Gemälde vom Kirchenvater Augustinus hin zu den beiden auf ihrer Nachtkommode befindlichen Bibeln. Man musste kein Psychotherapeut sein, um zu erkennen, dass sie etwas doch merklich zu bedrücken schien, und das war vermutlich nicht die mittlerweile beißende Hitze.

»Du bist nachdenklich?«, spiegelte ich Maras offensichtlichen Gemütszustand wider, eines der einfachsten Mittel der Gesprächsführung.

»Nun, ja, nein, sicher doch. Ach, mein lieber Martin ... sie hatte doch ihre Gründe, die gute Emma. Aber christlich, christlich war das wohl nicht, dem Enkel stets nur die halben Wahrheiten zu erzählen. «

Nun doch interessiert rückte ich noch näher als ohnehin schon an Mara heran. »Da musst du schon deutlicher werden.«

Unsicher wirkend begann Mara an den Rüschen entlang des Kragens ihrer Bluse zu spielen, während ihr rechter Fuß beständig auf und ab wippte. Ungeachtet ihres fortwährenden Bewegungsdrangs schien sie jetzt deutlich nervös zu sein.

»Also warmherzig, oh ja, warmherzig war deine Oma Emma natürlich, keine Frage. Sehr warmherzig, nicht wahr? Aber ich glaube, die wenigsten Menschen werden so alt wie deine Oma oder ich, ohne dass sie lernen, sich auch einmal zurückzunehmen. Verstehst du? Es gibt so vieles, was wir ausprobieren können, Gottes Schöpfung ist ja groß und vielfältig, wie du weißt. Aber manchmal muss man es eben auch gut sein lassen. Du hast es ja selbst gesagt, mein Lieber. Kosten und Nutzen abwägen, genau, das hat Emma getan, war ja auch nur richtig so, nicht wahr?«

Ich blieb hartnäckig. »Was möchtest du mir sagen? Dass Emma nicht so abenteuerlustig und kompromisslos war, wie ich sie aus ihren Erzählungen kenne?«

Mara sprang auf und ging unruhig im Raum umher. Ihr behagte es anscheinend nicht, was sie mir über Emma zu sagen hatte. »Wer ist abenteuerlustig, wer nicht, hängt das nicht immer von der Perspektive ab? Die gute Emma, deine liebe Oma, die ist vielleicht nicht viel herumgekommen, das hat sie dir nicht ganz richtig erzählt, aber viel gesehen von der Welt hat sie schon. Tolle Städte hat sie gesehen, oh, das kannst du mir aber glauben, mein Lieber. Sie war nicht da, aber gesehen, doch, doch, gesehen hat sie tolle Orte. Hier, schau, ich habe einiges aufbewahrt, habe ich von ihr vererbt bekommen. Komm nur, schau!«

Mich zu ihr winkend, verschwanden die ein Meter fünfzig auch sogleich hinter einem Stapel Kirchenzeitschriften.

Mit leichtem Schwindel erhob ich mich, folgte der alten Frau und fand mich so vor einem Haufen lieblos auf dem Boden abgelegter, zerfledderter Reiseführer und Reiseprospekte wieder. Einige Sekunden lang schwiegen wir und der Schweiß tropfte von meiner Stirn auf einen der Prospekte herab. ›Die schöne Welt Indiens‹ stand auf ihm in großen Lettern geschrieben.

»Das soll doch jetzt ein Scherz sein, oder? Emmas Reisen waren nicht echt? Sie hat nur bescheuerte Reiseführer gelesen?«, fragte ich schließlich, mehr zu mir selbst flüsternd.

Konnte das wahr sein?

War das alles, was von den Abenteuern Emmas übrig blieb?

Mara antwortete nicht direkt, räusperte sich aber vielsagend.

Ich lachte verunsichert. »Das hat mir meine Oma in ihren Darstellungen von unbändiger Reiselust dann wohl verschwiegen. Die tolle Reise durch Indien fand dementsprechend wohl beim Lesen ihres Prospekts in der Badewanne statt? Und der märchenhafte Ritt auf einem indischen Elefanten war in Wirklichkeit was? Das Sitzen auf einem Schaukelpferd?«

»Nein, ganz so ja nun doch nicht, füge deiner Oma da doch bitte kein Unrecht zu, mein lieber Junge. Deine Oma, Gott habe sie selig, war durchaus auf einem Elefanten geritten, einem indischen Elefanten sogar, doch, das war schon so gewesen, damals im Tierpark Wunseltorf.«

Im Tierpark Wunseltorf! Omas Indienreise war in Wirklichkeit ein beschissener Tierparkbesuch! Ich schrie unartikuliert auf und ging unter Schmerzen und gegen die im Raum stehende Hitze ankämpfend auf das an der Wand hängende Kreuz zu. Zunehmend hitziger redete ich auf Mara ein, fragte sie, wirsch mit meiner Hand auf das Kreuz zeigend, ob es denn im Sinne Jesu sei, seinen Enkel zu belügen. Wie konnte sich Emma geradezu heuchlerisch als die wagemutige Abenteurerin darstellen, wenn sie doch in Wirklichkeit genauso ein Schreibtischmensch und Theoretiker wie ich gewesen war? An meinen immer wilderen Gedanken bemerkte ich, wie das Blut in meinen Adern kochte und wie ich Zurückhaltung und Maß zu verlieren schien. Mara wurde indes zunehmend mutloser und verteidigte meine Großmutter nur noch schwächlich und ohne Überzeugung. Ich solle doch bitte bedenken, dass Emma nicht gelogen habe, um selbst einen Vorteil daraus zu ziehen, sondern um ihrem Enkel eine Freude zu bereiten und mir die ach so tollen Möglichkeiten des Lebens aufzuzeigen. Außerdem solle ich doch ein wenig Verständnis für Emmas Lebenssituation aufbringen: Sie hatte doch aus ihrer ersten Ehe ihre Kinder zu umsorgen und in den späteren Jahren mit Konrad auch noch einen neuen Lebenspartner an ihrer Seite. Wann hätte sie denn bitte bei all diesen Verpflichtungen und neuen Lebenssituationen auch noch phantastische Reisen unternehmen sollen? Man müsse doch die Kirche im Dorf lassen.

»Was interessiert mich irgendeine Kirche in irgendeinem Dorf?« Ich wischte Maras halbgaren Versuche, die Lügen meiner Großmutter zu rechtfertigen, mit einer harschen Handbewegung beiseite und schlug dabei eine ihrer Kirchenzeitschriften von einem der zahlreichen Stapel herunter.

War mir egal.

Niemand belügt mich! Auch nicht meine Oma! Und ich leichtgläubiges Schaf hatte all die Jahre jede ihrer Lügen aufgesogen wie ein Schwamm das Wasser, dazu bereit, mein Bild von Emma zu romantisieren und zu idealisieren. Doch das war nun vorbei! Lebe wohl, Emma!

Du hast mich belogen und mir ein Leben vorgegaukelt, das es so nie gab. Du warst mir damit keine Hilfe und keine Stütze, sondern nur ein Trugbild, eine Illusion. So wie es Gott und deine Religion ist. So wie es meine Angst vor dem alles verschlingenden Tod ist. Denn am Ende gibt es nur eines, was zählt: das wirkliche und echte Leben. Und es gibt nur eines, womit wir dieses meistern können: Mit unserer Vernunft. Und Vernunft meint ehrliches Denken und ehrliches Handeln. Wann kapiert meine Familie das endlich?

»Frau Gleisenach, ein Letztes noch. Und hören Sie mir bitte ganz genau zu, denn das ist jetzt ungeheuer wichtig für mich. Ich würde gerne Folgendes von Ihnen wissen: Wenn nun all das, was ich an Emma bewunderte, falsch war ... wenn all das, was sie mir an Phantastischem und Erstrebenswertem erzählte, lediglich ihrer blühenden Phantasie entsprang - gehe ich dann recht in der Annahme, dass ...« Unwillkürlich musste ich schlucken. »... auch Emmas letztes Schwimmen im Mohnensee mit Konrad nichts weiter als Lug und Trug war? Das romantische Baden und die innige Umarmung bei Mondschein nur eine kitschige Vorstellung? Die letzte bedeutsame gemeinsame Erinnerung, bevor mein Stief-Großvater seinen Verstand verloren hat, nur ein Auswuchs der Phantasie? Wurde selbst diese Geschichte verfälscht?«

Mara senkte mutlos den Kopf und rieb sich ihre müden Augen.

»Nun, Martin, mein Junge, ich kann dir nur sagen, dass man doch nicht alles auf die Goldwaage legen sollte, das geht doch nicht, so ist das Leben doch nicht. Im Wasser, ja, da waren sie schon, oh doch, das schon. Na ja, ganz kurz zumindest, vielleicht auch nur bis zu den Knöcheln, nass war es zumindest, ehe die gute Emma ihren frierenden Mann aus dem Wasser geholt hatte. Na, man musste eben aufpassen, Baden im Herbst, geht ja nicht, schließlich bestand ja die Gefahr einer Blasenentzündung, nicht wahr? Konrad war zu der Zeit gesundheitlich ohnehin schon angeschlagen und im Kopf auch nicht mehr so ganz da, traurig, wirklich. War er sich damals überhaupt noch im Klaren, dass er sich unterkühlen konnte, na, wer wusste das schon noch? Der arme Konrad, war ein guter Mann gewesen. So ein Risiko konnte man da natürlich nicht eingehen, ganz verständlich, weißt du? Aber Martin, bitte, ich weiß, dass du sauer bist, wütend auf deine Oma. Aber tue der lieben Emma, Gott habe sie selig, doch bitte kein Unrecht. Ausgeschmückt hat sie vielleicht die eine oder andere Geschichte, aber da kann man doch nicht gleich von Lügen sprechen, nein, nein, gelogen hat die gute

Emma doch nicht. Ne, das geht zu weit, so sollten wir nicht über Verstorbene und schon gar nicht über eine gute Christin sprechen, nicht wahr? Möchtest du noch einen Keks? Du siehst hungrig aus, mein Lieber. Nimm ruhig, lass sie dir schmecken.«

Ich lehnte bestimmt ab, wollte mich auch nicht mehr setzen. Stattdessen knöpfte ich mein Hemd noch weiter auf, sodass mein vor Schweiß glänzendes Brusthaar zum Vorschein kam. Enttäuscht und wütend zugleich wandte ich mich von Mara ab und ging auf die Wohnungstür zu, bereit, zu gehen.

Sinnlos war mein Besuch hier zumindest nicht gewesen. Zwischen Keksen und ziellosem Gerede hatte diese kleine, anstrengende alte Frau mir doch zumindest auch eine Antwort auf eine Frage geben können, von der ich mir gar nicht im Klaren war, sie mir überhaupt gestellt zu haben. Diese Frage lautete: Wer war meine Oma Emma, deren Tod mich so sehr mitgenommen hatte, eigentlich wirklich? Und die ernüchternde Auflösung lautete: Eine Lügnerin.

Vielleicht war sie eine Lügnerin aus krankhaften Gründen. Oder sie litt unter Depressionen und versuchte durch irgendwelche abenteuerlichen Geschichten ihrem Leben einen neuen Anstrich zu verleihen. Oder sie war einfach nur eine Aufschneiderin. Das spielte keine Rolle mehr.

Meine rechte Hand hatte bereits den Türgriff umklammert, bereit, diese Brutstätte der Lügen und Verspiegelungen zu verlassen und frischer Luft und Klarheit wieder Raum zu geben. Doch bevor ich das Zimmer verlassen konnte, rief mir Mara noch etwas hinterher und ich hielt inne.

»Eigentlich hast du nur Angst, mein Junge, nicht wahr?«

Verächtlich lachte ich auf. »Ich und Angst? Wovor sollte ich denn bitte Angst haben?«

»Davor, dein Leben zu portionieren, zu rationalisieren, es zu entzaubern und zu vergeuden. Du hast Angst davor, so wie deine Großmutter zu werden. Und weißt du was? Genau davor hatte Emma auch Angst. Um mehr ging es ihr nicht.«

Mein Herz krampfte sich zusammen und meine immer noch die Türklinke umfassende Hand zitterte.

»Was willst du mir sagen?« - «Ich denke, das weißt du schon lange sehr genau.« - »Gar nichts weiß ich.« - »Nein, falsch. Alles weißt du bereits. Nur spüren willst du immer noch nichts. « - »Unsinn. Nur, weil ich nicht nach der großen Liebe suche?« - »Stattdessen auf der Suche nach einer Ergänzung zur perfekten kapitalistischen Verwertungskette, nicht wahr.« - »Weil ich keinen Kontakt zu meiner Familie habe? - »Stattdessen unerwünschte Pflichtbesuche bei dir fremd gewordenen Blutsverwandten, nicht wahr.« - »Weil ich meinem beschissenen Hund keinen Namen geben will?« - »Stattdessen eine Alarmanlage mit Herzschlag, nicht wahr.« - »Weil ich keiner dieser Genussmenschen bin, die sich an Speisen, Kunst und Literatur ergötzen können?« - »Stattdessen Kalorien zählen und sich durch Sachtexte quälen, nicht wahr.«

Es war ein merkwürdiges Zwiegespräch, das ich hier führte, und ohne mich von der Tür abzuwenden fragte ich mich, ob ich diese Unterhaltung wirklich noch mit einer alten Freundin Emmas oder am Ende mittlerweile mit mir selbst führte. Doch ich blieb wie angewurzelt stehen.

»Was sollen diese Spielchen? Wie gut glaubst du mich zu kennen? Sag mir doch einfach frei heraus, was du sagen willst.«

»Martin Baumann - ein echter Baumann bist du, wahrlich, keine Frage. Baust, konstruierst, ordnest neu an, doch denkst du nur in geraden Linien und Formen, Jahr um Jahr, Tag um Tag. Ein Spielball deiner Gesellschaft bist du geworden, mein Junge, ein Sklave deines Verstandes.« Maras Stimme klang verzerrt und schien ortsungebunden im Raum umherzuschwirren - insofern es denn tatsächlich noch Mara war, die hier mit mir sprach. Ihre Worte gingen mir jedoch durch Mark und Bein.

Halb ohnmächtig schlug ich mit meiner Stirn hart gegen die Zimmertür an und schloss ermattet die Augen.

Die zunehmend ins Groteske verzerrte Stimme fuhr fort: »Ach, Martin, wir reden und reden, so viel Gerede, und jetzt rennt uns die Zeit davon - begreif es endlich oder es wird zu spät sein. Deine Oma Emma ist keine Lügnerin - sie ist dein Mahnmal. Denn sie war wie du, verloren in ihren Hirnwindungen. Führte mit Wolfgang eine Vernunftehe, beide experimentelle Physiker, lebten in einer dem Anschein nach harmonischen Mittelstandsehe - nur ohne einen Funken Liebe zueinander. Beide gingen recht schnell ihre eigenen Wege, keine Umarmung, kaum einmal ein freundliches Wort, teilten sich schließlich nicht einmal das Ehebett. Fernweh, Reiselust, Abenteuer oder auch nur Phantasien hatte sie sich untersagt. Emma funktionierte schlichtweg, wie ein Uhrwerk, ziellos, scheinbar endlos.«

Ich versuchte mich mit aller Macht auf Maras immer unähnlicher werdende Stimme zu konzentrieren, vernahm aber zugleich auch ein Zischeln, noch weit entfernt.

»Ihr Ehemann Wolfgang war da, weil man als Frau eben nicht alleine leben mochte. Ein notwendiges Übel. Und irgendwann, nach Jahrzehnten trostlosen Dahinvegetierens in einer freudlosen Ehe, passierte es dann schließlich, zu einem Zeitpunkt, als Emma schon um die fünfzig Jahre alt war und auf keine Zukunft mehr zu hoffen gewagt hatte.«

»Konrad«, hauchte ich und sank langsam, immer noch mit dem Kopf an der Tür, zu Boden.

Zu dem Zischeln hatten sich mittlerweile Krabbelgeräusche gemischt, als ob tausende und abertausende kleiner Beinchen über den Boden tappelten.

»Ganz genau. Konrad tauchte auf der Bildfläche auf. Die Liebe, nicht wahr? Und es war schon verrückt, dass sich deine Oma, diese gebildete, hoch angesehene Frau gerade in diesen, ich sag es einfach mal so frei, Müßiggänger mit seinen stechend blauen Augen Hals über Kopf verliebte. Der nie sesshaft werden wollte und sich auch beruflich nie festlegen konnte. War verrückt, oh doch, das war er wahrlich. In dem einen Monat kellnerte er oder jobbte als Hausmeister, im nächsten Monat konnte er schon wieder am anderen Ende des Landes mit einem alten Gasofen am Marktplatz stehen und Pizzen verkaufen. Aber, ach, wir wissen es ja, Plus und Minus ziehen sich an, wissen wir doch nur zu gut.«

Der Schweiß tropfte mir ungehemmt von der Stirn.

»Mag sein«, murmelte ich.

»Spät, aber eben nicht zu spät, schwamm sich die gute Emma endlich frei. Erlebte durch Konrad eine Wiedergeburt. Fing an, sich mit Gott zu beschäftigen, bereute ihr früheres Leben, dieses Dahinvegetieren in Schwarz und Weiß. Und du, Martin, den sie über alles liebte, du erinnertest sie an das Leben, was sie hinter sich lassen wollte. Sie sah, dass du so verloren bist, wie sie es einst war. Und alles, was sie wollte, war, dich zu retten. Deine Seele zu retten.«

Das Zischeln der sich mir nähernden Spinnenwesen war nicht mehr zu überhören. Schon begannen sie sich zu einem Klangteppich zu verweben: »Wir kündigen ihn an, wir kündigen den Tod an.«

Wenige Sekunden noch, und sie würden hier sein. Und dann würde auch ER hier sein. Maras Stimme drohte mir zu entgleiten.

»Wie ... wieso retten?«, hauchte ich am Boden liegend.

»Sie wollte für dich das sein, was Konrad für sie gewesen war. Ein Neuanfang. Daher ihre Lügen - aus Liebe zu dir. Martin, versteh es endlich, bitte! Was sie wollte, war, dir die Kraft geben, dich zu verändern. Du musst dich verändern. Aber was sie dir gab, war nicht genug ... nicht genug ... und nun ... leb wohl, mein Junge.«

Maras Stimme verebbte vollends.

Was passierte hier?

Ich spürte etwas Böses nahen, ganz real und doch unvorstellbar. Von Grauen erfüllt versuchte ich mit zittrigen Gliedmaßen am Boden liegend den Türgriff zu erreichen, doch entglitt er meinen schweißnassen Händen. An eine Flucht war nicht mehr zu denken. Schon kamen Spinnenwesen mit funkelnden Kohleaugen unter dem Türschlitz hervorgekrochen und umrankten meine Arme und Beine. In panischer Hilflosigkeit wandte ich mich von der Tür ab und blickte wieder in den sich verfinsternden Raum hinein. Die alte Mara Gleisenach sah ich in ihrem Sessel versunken sitzend, die runzligen Hände zur Linken und Rechten herabbaumelnd, die Augen halb geöffnet, ihren Mund bis zum Zäpfchen weit auf gerissen. Sie schien tot. Aus allen Ecken und aus den Zeitschriftenstapeln schossen die furchtbaren Achtbeiner hervor und färbten den Raum in mattgrau und schwarz. Farben, die den Raum zu verschlingen schienen. Meine Augen, in die Schweiß hineingetropft waren, brannten lichterloh und ich begann sie in meiner Panik wie wild zu reiben. Als ich sie wieder öffnete, mochte ich ihnen kaum trauen. Abermals sah ich den Tod, den grausigen Sensenmann, wie er hinter der in sich zusammengesackten Mara stand und mich mit seinen funkelnden Kohlenaugen gierig anstarrte. Ein Schauer jagte mir trotz der Hitze über den Rücken. Sein bleiches Antlitz wurde von einer Kapuze verdunkelt, doch vermochte ich noch seine spröden, eingerissenen Lippen zu erkennen, die zu einer festen Grimasse erstarrt waren. Was ich hier sah, war mehr als nur eine Illusion. Was hier passierte, war schlichtweg unerklärlich, unnatürlich, unvernünftig. Der wahrhaftige Tod war gekommen, um mich zu holen, mich zu verschlingen und ins Dunkel zu reißen.

Ich konnte es nicht mehr leugnen: Die Welt war in diesem Moment endgültig aus den Fugen geraten und konnte auch nicht mit dem nächsten Lidschlag wieder zurechtgerückt werden. Langsam, sich seiner Beute nur allzu gewiss, schritt diese monströse Gestalt des Sensenmannes auf mich zu, scheinbar auf den Spinnenwesen schwebend. Und was für ein Bild der Angst das war! Die zur Linken und Rechten aufgetürmten Stapel von Kirchenzeitschriften brachen in sich zusammen, die Nachtkommode mitsamt der auf ihr befindlichen Bibeln stürzte um, das an der Wand befindliche Kruzifix fiel vom Haken. Hier war kein Platz mehr für Gott und Liebe, einzig die Angst hatte noch Raum. Tief und rasselnd ertönte der Atem des Todes, der sich nun direkt vor mir kümmerlichem Menschlein aufbaute und bereits seine gierige Pranke nach meinen Augen ausstreckte. Gleich würde er mir meine Augen aus ihren Höhlen herausreißen und dann hätte all das hier ein Ende. Meine Augen, die doch mit einem Mal die Augen Emmas geworden zu sein schienen, wären dann der Gier eines Monsters zum Opfer gefallen. Ich weinte vor Angst und hielt mir meine Hände schützend vors Gesicht, auch wenn es nichts mehr nützen würde. Meine Augen, das war mir jetzt völlig klar, waren der Sitz und Ausgangspunkt meines Denkens, Fühlens und Wollens - und damit auch meiner Seele. Und meine Seele fühlte sich gerade Emmas so nah wie noch nie zuvor.

Oma, ich liebe dich!

Der endlose Schlund des Todes öffnete sich und einen Bruchteil einer Sekunde blickte ich in mein Verderben, in die ewige Dunkelheit des Vergessens - ehe ein hereinbrechender Lichtstrahl der Finsternis doch noch im allerletzten Moment Einhalt zu gebieten vermochte.

Ich bekam einen relativ starken Stoß in den Rücken, der schmerzte und doch zugleich das schönste Gefühl war, das ich mir gerade vorstellen konnte.

»Was ist denn hier schon wieder ... sitzt da etwa jemand vor der Tür? Hallo? Hallo! Entschuldigen Sie?! Und was ist das schon wieder für eine beschissene Hitze hier drinnen?«

Ein Pfleger hatte, wohl vom Lärm der zusammenbrechenden Zeitschriftentürme angelockt, die Zimmertür geöffnet, um nach dem Rechten zu sehen. Die hereinströmende kühle Luftbrise küsste meine Haut und es fühlte sich großartig an.

Einigermaßen erbost redete der Pfleger auf mich, der ich immer noch schweißgebadet am Boden kauerte, ein. Wie hatte ich es nur der alten, verwirrten Frau Gleisenach gestatten können, ihren Heizlüfter, der ihr doch ohnehin schon mehrfach verboten worden war, bis zum Anschlag aufzudrehen? Und wieso hatte ich nicht schon angesichts der chaotischen Zustände im Zimmer mit den überall verteilten Kirchenzeitschriften nach Hilfe gerufen? Ob ich denn überhaupt kein Mitleid verspüren würde im Anblick dieser gebeutelten alten Frau, wie sie da in ihrem Sessel kauerte, mit Kekskrümeln auf der Rüschenbluse, offenem Mund und halb geschlossenen Augen, offensichtlich körperlich wie geistig völlig ermattet. Als sich der etwas dickbäuchige Pfleger an mir abgearbeitet hatte, weckte er die glücklicherweise nur in ihrem Sessel eingeschlafene Mara unsanft auf und wies sie mit kurzen Sätzen an, sich in den Speisesaal zum gemeinsamen Abendbrot zu begeben. Anschließend riss er immer noch vor sich hinfluchend zwei Fenster weit auf.

Diesen Moment nutzte ich, um unbemerkt diesem Ort des Grauens zu entkommen. Wacklig auf den Beinen torkelte und taumelte ich die Gänge entlang, mich den Blicken der anderen Pfleger entziehend und nur noch dem Ausgang entgegen strebend. Gleich zweimal wäre ich fast gestolpert, konnte mich aber jeweils noch im letzten Moment abstützten. Meine Augen brannten immer noch fürchterlich und ich konnte kaum aufhören zu blinzeln und sie mir zu reiben. Aber mein Verstand gewann endlich wieder seine eigentliche Schärfe zurück und je weiter ich mich von Mara Gleisenach entfernte, desto deutlicher stand für mich fest: Was mir da gerade passiert war, konnte vieles gewesen sein, aber mit Sicherheit hatte das eben Erlebte nichts mit irgendeiner Seele zu tun, die es zu retten galt. Ich hatte halluziniert und das unglücklicherweise auch noch in einer Umgebung, in der die religiöse Symbolik ja fast schon holzhammermäßig auf einen einschlug. Kein Wunder, dass da absonderliche Träume entstehen mussten.

Im zweiten Gang des Altenheimes hielt ich noch kurz inne, wandte mich nach links und stieß etwas unbeholfen die Tür zu den Besuchertoiletten auf. Glücklicherweise war hier niemand zugegen, sodass ich unter unwillkürlichem Stöhnen mein Gesicht ausgiebig mit kaltem Wasser waschen konnte. Anschließend hielt ich meinen Mund eine gefühlte Ewigkeit unter den Hahn und saugte das kühle Nass gleichsam einem Verdurstenden auf. Zweifellos war ich dehydriert gewesen und erst jetzt spürte ich, wie ich wirklich wieder zu meinem alten, wahren Selbst zurückkehrte. Beim abschließenden Prüfblick in den Spiegel musste ich beim Anblick meiner mausgrauen Augen amüsiert schnauben.

Wie war ich in meinem Wahn vorhin nur darauf gekommen, gerade die Augen als Sitz einer sogenannten Seele zu sehen? Sicherlich sind unsere menschlichen Augen etwas Besonders, schließlich können wir mit ihnen doch recht differenziert kommunizieren und zum Beispiel Freude ausstrahlen, zweifeln oder ablehnend wirken. Darüber hinaus mögen Augen auch auf Grund von ästhetischen Aspekten einen Reiz auf uns ausüben, zumal ja die Iris bei einem jeden Menschen unverwechselbar ist. Aber wenn diese Unverwechselbarkeit der Grund dafür wäre, die Augen als einen Spiegel der Seele zu verstehen, dann hätten wir mit Fingerabdruck, Handabdruck, Hand- und Fingergeometrie, ja sogar mit unserem Körpergeruch ein regelrechtes Spiegelkabinett von unserer Seele. Die Augen sind etwas Besonderes, da sie zu unseren biometrischen Daten gehören, bleiben aber letztendlich nur ein Sinnesorgan zur Wahrnehmung von Lichtreizen.

Ihre Faszination, die religiös Verklärte wie diese Mara Gleisenach in ihren Bann zieht, geht heute auch von den Glasaugen einer jeden x-beliebigen Schaufensterpuppe aus. Punktum!

Energisch verließ ich das Besucherbad und schritt entschlossen gen Ausgang, hielt aber noch kurz an der Rezeption, wo ich entgegen aller Vernunft die etwas burschikos auftretende Mittfünfzigerin um eine Zigarette bat.

»Ach, Sie wieder. Und? Wie war es denn bei Frau Gleisenach?«, wollte sie wissen.

»Heiß«, brummte ich, was sie mit einer dreckigen Lache quittierte. Mit der Zigarette in der Hand stieß ich die Tür des Siechenheims auf und trat in die Freiheit. Die Draußenluft begrüßte mich und sauste mir spielerisch durch die Kleidung. Was war das für ein verrücktes Gespräch und für eine verrückte alte Dame und für ein verrückter Ort gewesen? Und abermals hatte mich diese Wahnvorstellung von dem personifizierten Tod eingeholt, dieses Mal offenkundig durch einen Hitzschlag ausgelöst worden. Sicher, das konnte passieren, noch kein zwingender Grund zur Sorge. Nur musste ich mir natürlich schon die Frage stellen, was mir diese Visionen sagen sollten. Dass der Tod, die gewaltige und bis heute unbeirrbar ihren Tribut fordernde Naturkraft, die Jagd auf meine Augen, auf meine Seele eröffnet hatte? Oder dass ich eine Eingebung Gottes erhalten hatte? Martin Baumann, der Prophet! Hatte ich womöglich Kontakt mit der Welt des Jenseitigen aufgenommen?

Ich gluckste vergnügt.

Was für ein Unsinn – genau solche Fragen würde sich vielleicht ein Kind oder jemand, der nicht zu reflektiertem, kritischem Denken fähig ist, stellen. Ein Psychotherapeut und Berufsanalytiker wie ich musste es hingegen besser wissen. Und als ein solcher konnte ich eines mit absoluter Bestimmtheit sagen: Jeglicher Aberglaube, ob nun Religion, Esoterik oder Schamanismus, würde bei mir jetzt und für alle Zeiten niemals in meinem Kopf, in keiner Schublade, sondern einzig in meiner Mottenkiste Platz finden! Als aufgeklärter Mensch des 21. Jahrhunderts sollten wir endlich dazu übergehen, jegliche Ausgeburten phantasiebegabter Menschen als das zu erkennen, was sie sind: Fiktion und keine Wirklichkeit. Literatur und kein Sachtext. Und welche Infektion es auch immer war, die Emmas gesunde, an Naturwissenschaften orientierte Haltung überlagert hatte und sie zu einer Träumerin und Schwindlern werden ließ, sie würde meinem Immunsystem nichts anhaben können. Genauso wenig wie irgendwelche Wahnvorstellungen vom Sensenmann. Soviel war schon einmal sicher.

Wie würde es nun also mit mir weitergehen? Mehr Psychohygiene, intensiveres Führen von Traumprotokollen, womöglich sogar Behandlung durch einen anderen Psychotherapeuten? Nein, das wäre kontraproduktiv. Ich beschloss, einen anderen, vernünftigeren Ansatz zu verfolgen. Letzte Nacht hatte ich Philine geküsst und dieses Gefühl, ihre Lippen zu berühren, ihr Gesicht mit meinen Händen sanft zu fassen, war etwas, was ich nicht vergessen konnte, was mir Kraft zu geben schien. Ich würde Philine dementsprechend wiedersehen wollen, was aber auch bedeutete, zumindest in begrenztem Maße weiter Gefühle zuzulassen. Der

Wetterumschwung stand bevor, es würde alsbald sommerlich werden. Und im Sommer erreichten Leben und Liebe doch bekanntlich ihren Höhepunkt – welch sinnvollere Art gab es, Gedanken an Tod, Sensenmann, alte Frauen und versalzene Kekse beiseite zu wischen, als seine Zeit mit einer potentiellen Lebenspartnerin zu verbringen? Dass ich trotz aller Liebelei selbstverständlich noch ich selbst und damit ein Leuchtturm der Vernunft zu bleiben habe, darauf würde ich schon zu achten wissen.

Von Bauern und Damen

Prudrig, weiblich, unschuldig – der Sommer erstrahlte dieses Jahr in besonders zarten Pastelltönen. Der Archetypus des Todes hatte sich zwar hin und wieder noch in meinen Träumen manifestiert, doch schien er meiner nicht mehr habhaft werden zu wollen. Stattdessen hatte der Sensenmann einen gewissen Abstand gewahrt und schien mich bisweilen, soweit man das anhand seiner spröden, aufgesprungenen Lippen überhaupt so sagen konnte, sogar anzulächeln. Dass dieses Angst einflößende Ungeheuer zunehmend passiver wurde, wertete ich als Zeichen, dass mein Unterbewusstsein endlich die schmerzhafte Verlusterfahrung, Emmas Tod, hinreichend verarbeitet hatte. Mein Unterbewusstsein wandte sich nicht mehr gegen mich. Der Besuch im Altenheim hatte trotz halluzinierter Begleiterscheinungen also seine Wirkung nicht verfehlt und mir meine so dringend benötigte psychische Stabilität wiedergegeben. Mittlerweile war schon Ende August und schon seit einigen Wochen sah ich davon ab, mein Traumtagebuch weiter zu führen, da mein Umgang mit diesem ehrlich gesagt ohnehin immer schludriger geworden war. Kein Problem, ging es mir doch auch ohne Psychohygiene einfach gut.

Und so streckte und reckte ich mich am heutigen Morgen, von den durchs Dachfenster einfallenden Sonnenstrahlen geweckt, ausgiebig, ehe ich Philine, die neben mir noch in ihrer Decke eingerollt lag und unschöne Grunzlaute von sich gab, sanft durch einen Kuss auf ihre Wange erwachen ließ. Bei unserem gemeinsamen Frühstück aß ich ein Schokoladencroissant, einen Obstsalat und ein Eieromelett, von dem ich Aristoteles eine Ecke abgab. Zudem trank ich einen Orangensaft und zwei oder drei Tassen Kaffee mit viel Milch und Zucker. Schließlich sprang ich gut gelaunt auf, küsste meine Freundin und zog mir meine Schuhe an.

»Heute Abend werden wir es uns im Park richtig gut gehen lassen, meine Süße. Ich freu mich schon rieeesig!«, rief ich ihr beim Verlassen der Wohnung zu und vernahm noch etwas Dahingenuscheltes, von wegen es sollte unter Strafe stehen, morgens derart gute Laune zu haben, und ich würde bestimmt kein Koffein mehr von ihr bekommen.

Beim Verlassen des Wohnhauses musste ich zunächst auf Grund der schon grell scheinenden Sonne blinzeln. Tatsächlich herrschte in der Gerberstraße bereits zu dieser noch frühen Tageszeit das blühende Leben. Zwei Jugendliche, der eine mit neongelbem Muskelshirt, der andere mit einer schräg aufgesetzten Kappe auf dem Kopf, fuhren auf ihren Skateboards den gegenüberliegenden Bürgersteig entlang und grüßten freudig einen wacklig auf den Beinen wirkenden jugendlichen Inlineskater, den die Begegnung so aus der Fassung brachte, dass er gänzlich seinen Halt verlor und bildlich gesprochen auf seinen vier Buchstaben landete. Ohne zu überlegen eilte ich herüber, half dem peinlich berührten jungen Mann auf und gab ihm ein paar warme Worte mit auf den Weg.

Kaum hatte ich meinen Weg fortgesetzt, so kamen mir auch schon, wie zuletzt häufiger der Fall, ein älterer Herr in einer mit

118

Flicken versehenen Cordjacke und sein Schäferhund entgegen. Freudig gab sein Tier einen Beller von sich und ich entgegnete: »Auch von mir einen guten Morgen.« Der Hundebesitzer mit den krausen Haaren und ich gerieten wie gewohnt kurz ins Plaudern, ehe ich heiter weiter meines Weges zog.

Die Backsteinfassaden zu meiner Linken und Rechten waren in dieser Woche angesichts eines bevorstehenden Stadtfestes mit einer Vielzahl kunterbunter Girlanden verbunden, sodass die ganze Gerberstraße ein wenig auf mich wie ein sich kurz vorm Platzen befindender Knallbonbon wirkte.

Von der Vielzahl von Menschen, die mir heute entgegenkam, schien fast jeder mein ihm entgegengebrachtes Lächeln in irgendeiner Form zu erwidern – manche grüßten lautstark, bei den anderen flatterten nur kurz die Mundwinkel oder sie zogen zumindest die Augenbrauen als kurzes Erkennungszeichen nach oben. Und neben den üblichen Arbeiterbienen, die, in verschiedenen Grau- und Schwarztönen gekleidet, zur Arbeit eilten, tummelten sich jauchzende Jogger, fröhliche Fahrradfahrer, charmante Cabriofahrer, tiefenentspannte Teenager und quietschende Kinder. An einem Sommertag wie diesem war es schlichtweg unmöglich, keine gute Laune zu haben.

Auf der Höhe des Kiosks begegnete mir wie jeden Morgen die gute alte Frau Braun mit ihrem Handwagen voll Werbeprospekten.

»Ach herrje, guten Morgen, Frau Braun, das sieht ja wieder nach jeder Menge Arbeit aus«, begrüßte ich sie schon von Weitem.

Sie lächelte mit ihren goldigen drei Zähnchen, die sie eben noch hatte und die im Zusammenspiel mit ihren überaus ausgeprägten Lachfalten mich jedes Mal aufs Neue schmunzeln ließen.

»Wollen Sie mir etwa beim Tragen helfen?«, fragte sie im Scherze.

»Und damit zu spät zu meinen Patienten kommen? Gott bewahre!«

»Ah, der Herr Psychodoktor natürlich. Guter Mann, der Herr Baumann, guter Mann. Lassen Sie Ihre Patienten nicht warten«, sagte sie und als ich mich noch einmal umdrehte, sah ich sie einen Flachmann aus einer Seitentasche ihrer grobmaschigen Strickjacke hervorholen. Na, dann prost! Gute Frau, die Frau Braun, gute Frau.

Hinter dem Kiosk schlenderte ich wie gewohnt nach links auf den Kieselweg, der mich durch den Stadtpark, durch diesen herrlich idyllischen Flecken Grün führen würde. Zufrieden schweifte mein Blick über die kunterbunten Blattkleider der blühenden Sträucher. Vor allem die außergewöhnliche Blütenpracht des als Hecke gepflanzten Sommerflieders hatte es mir angetan. Hach, wie das duftete! Auf dem Drehkarussell tobten einige Kinder und als ich an einer Parkbank vorbeikam, entdeckte ich unter dieser wieder den schwarzen Kater mit seinen weißen Pfoten und dem grünen Halsband. Dieses Mal war er allerdings nicht allein, sondern schmuste unter der Bank mit einer Halblanghaarkatze mit rötlichem Deckfell. Obwohl ich zügig und recht nah an den beiden Katzen vorbeischritt, ließen sie sich von mir nicht in ihrer Vernarrtheit ineinander abhalten.

An der altehrwürdigen Eiche verweilte ich wieder einmal kurz. In dem Stamm des Baumes fand ich am heutigen Morgen zwei neue Zeugnisse von frischer Liebe verewigt, die sich aber nur auf jeweils einfache, grob geschnitzte Herzen mit den Initialen des Paares beschränkten. Das konnte ich doch besser!

Schon hatte ich mein Taschenmesser herausgeholt, besann mich aber noch kurz und warf einen flüchtigen Blick auf meine Armbanduhr, um mich zu vergewissern, ob ich mir eine derartige Spielerei heute würde erlauben können, ohne zur Arbeit zu spät zu kommen. Verblüfft stellte ich fest, dass ich nicht wie sonst meine kostspielige Uhr mit mattiertem Titangehäuse, schwarzer Keramik-Lünette und silberfarbenen Zeigern trug. Stattdessen hatte ich mir an diesem Morgen wohl aus Versehen jene funktionslose, da stehengebliebene Armbanduhr mit dem vergilbten braunen Leder umgelegt, die mir Emma vermacht hatte. Ich musste lachen angesichts des Umstandes, dass mir diese Verwechslung erst jetzt bewusst wurde - was ja bedeuten musste, dass ich seit dem Blick auf meinen Wecker heute Morgen nicht mehr auf die Uhrzeit geachtet hatte. Aber das musste man positiv sehen: Nicht auf die Uhr zu schauen bedeutete Entschleunigung und somit eine Art Pause von kapitalistischen Produktionsprozessen. Und Regeneration der Arbeitskraft hatte doch immer auch seine Berechtigung. Also Messer raus und losgeschnitzt!

So sorgfältig und feinmotorisch wie mir nur möglich ritzte ich in den nächsten zehn oder zwanzig Minuten ein besonders schön geschwungenes Herz samt Amorpfeil in den Baumstamm. Anschließend verzierte ich dieses mit seinen feinen Auskerbungen mir doch durchaus gelungene Herz noch mit Philines und meinen Initialen.

Fertig war der Liebesbeweis!

Was Jugendliche vermochten, konnte ich schließlich schon lange. Da das Schnitzen bei den sommerlichen Temperaturen zu einem stärkeren Schweißausbruch führte, zog ich anschließend noch kurz meine Schuhe und Socken aus und watete barfuß am Ufer des Mohnensees entlang. Spielerisch ließ ich den Uferschlick durch meine Zehen gleiten und atmete diese sommerliche Frische mit ihren belebenden Aromen tief ein. Nur eher mühsam konnte ich mich schließlich von diesem Moment völliger Idylle lösen und mich wieder in meine Schnürschuhe zwängen. Wer hatte bei so viel Leben um sich herum noch Muße für den Scheuklappenblick der Arbeit? Aber es half ja nichts.

Als ich den Park verließ und in die Freudenstraße gelangte, fiel mir sofort auf, dass die an eine Häuserwand gesprayte, von mir mittlerweile sehr geschätzte Graffitidarstellung einer Bauern-Schachfigur mit weißen Flügeln verändert worden war. Es musste ein zweiter Künstler hier am Werk gewesen sein, war die hinzugekommene Zeichnung doch in einem gänzlichen anderen Stil gehalten. Wurde der Bauer noch eher realistisch und mit gedeckten Farben dargestellt, war die neu hinzugekommene Schachfigur, die Dame, im Stile des Pop-Arts mit bunten und grellen Farben gesprayt worden. Die Dame schien mit noch größeren Flügeln über dem Bauern zu schweben und ihm ihre Arme zu reichen, ganz so, als wolle sie ihm helfen, mit ihr in die Luft zu fliegen. Zum lateinischen Schriftzug ›Carpe diem‹ war zudem eine neue Phrase hinzugekommen. In geschwungener Schrift stand da nun noch ›Omnia vincit amor‹, was mit ›Die Liebe besiegt alles‹ übersetzt werden konnte. Mir gefielen die Veränderungen und ich blieb etwas länger wohlwollend vor der Mauer stehen. Zwei Figuren, wie sie in ihrer Aufgabe und ihrem Stellenwert im Schachspiel unterschiedlicher nicht sein konnten, wie sie in einer früheren Ständegesellschaft nie hätten zueinander finden können, waren hier vereint. Ein plumper, einfacher Bauer und eine edle Dame. Und der Bauer wurde dank der Dame aus der grauen Masse der anderen Bauern herausgezogen, obwohl er doch eigentlich hätte erkennen können, dass er auf Hilfe nie angewiesen war, besaß er doch die ganze Zeit schon selbst Flügel. Aber vielleicht interpretierte ich auch zu viel in das Bild hinein, schweifte ja auch irgendwie ab, was zweifellos der heutigen Hitze zuzuschreiben war. Eine angenehme, kitzelnde und die Haut streichelnde Hitze freilich, die nichts mit der erdrückenden Schwüle in Frau Gleisenachs Zimmer gemein hatte.

Als ich schließlich meine Praxis betrat, wurde ich sogleich von der aufgebrachten Brigitte in Beschlag genommen.

»Gute Güte, Martin, da bist du ja. Was habe ich mir Sorgen gemacht. Eine halbe Stunde zu spät, das passiert doch meinem Chef nicht, nein, nein, da musste was vorgefallen sein, hab ich mir gedach'. Und auf dem Handy hab' ich dich auch nich' erreichen können, da muss ja wat passiert sein. Biste denn überfallen wurden? Oder Fuß umgeknickt? Oder Hitzschlag? Gute Güte, du bist so rot im Gesicht. Setz dich doch, ich hol 'nen kühlen Lappen und dann kriegen wir dich auch wieder munter.«

Mit ausgestreckten Armen versuchte ich die überfürsorgliche Brigitte auf Abstand zu halten. Ich erklärte ihr, dass ich mein Handy wohl zu Hause hatte liegen lassen und leider auch unbeabsichtigt die falsche Uhr am Handgelenk trug. »Montagmorgen eben, nicht wahr?«, lachte ich und schlug Brigitte spielerisch auf den Oberarm.

122

»Heut' is' doch aber Dienstag«, entgegnete sie mir und musterte mich sichtbar verunsichert.

»Ist auch nicht besser. Erwartet mich denn schon meine erste Patientin?«

»Ja. Frau Murawski wartet schon einige Minuten im Behandlungszimmer auf dich.«

»Ach, die Mia. Wunderbar.« Gut gelaunt rieb ich mir die Hände und freute mich, mein Tageswerk zu verrichten. Es galt, anderen Menschen bei ihren Problemen zu helfen.

Kraftvolle Bilder

Mia hatte es sich aus Rücksicht auf meinen teuren Sitze barfüßig im Schneidersitz bequem gemacht. Auch ich hatte mich mit einer Flasche Mineralwasser in der Hand entspannt zurückgelehnt und meine Beine überkreuzt. Da saß sie mir nun also wieder einmal gegenüber, meine Lieblingspatientin - diese junge, dünne Frau mit ihren feuerroten Haaren, ihrem Lippenpiercing und mit ihren Tätowierungen an den Armen.

Nach dem emotionalen Ausbruch vor einigen Monaten, bei dem Mia mich verbal wie auch körperlich angegangen war, waren die Patientin und ich wie selbstverständlich zum Duzen übergangen. Fühlte es sich anfangs noch befremdlich und unprofessionell an, so schien es mir heute fast lächerlich, dass ich zu dieser jungen Frau, zu der ich nicht nur eine emotionale Bindung aufgebaut hatte, sondern fast schon so etwas wie Vatergefühle empfand, eine Distanz aufzubauen versucht hatte.

Ehe ich die Sitzung begann, nahm ich noch einen großen Schluck vom Wasser und ließ mir ein wenig des kühlen Nasses in die Hand träufeln, um Gesicht und Nacken damit zu kühlen.

»Also, dann wollen wir mal. Mia, du hast mir die letzten Sitzungen ja schon einiges über deinen Vater, der Psychotherapeut war, erzählt. Wie er dir und deiner Mutter regelmäßig Vorträge über das, was in unserem Köpfchen hier oben vor sich geht, gehalten hatte und wie er ganz genau darauf achtete, dass ihr euer Tun und Handeln immer und zu jedem Zeitpunkt auch rational begründen konntet. Alles musste sachlich und nüchtern ablaufen, sonst gab es schlimmstenfalls eine Bestrafung. Ich erinnere mich, dass du mir erzählt hast, wie du als Zehnjährige eine Woche Hausarrest bekommen hattest, weil du deinem Vater begeistert etwas über sein Horoskop für die kommende Woche erzählt hattest. Oder wie er dich anschrie, als du im Kindesalter mit deiner besten Freundin eine Zeichentrickserie über sprechende Tiere im Wald schauen wolltest.«

»Ja, er meinte, so eine Serie würde doch nur die Saat für spätere Geisteskrankheiten säen«, lachte Mia. »Wenn ich den Mist nur allzu lange schaute, dann würde ich in seiner Vorstellung irgendwann glauben, ich hätte selbst telepathische Fähigkeiten und könne mit Tieren reden und dann würde ich irgendwann mit den Füchsen durch den Wald tollen oder so etwas.«

»Aber das war ja nicht alles - gleichzeitig hast du mir auch eine sehr liebevolle, wenngleich weniger augenscheinliche Seite deines Vaters beschrieben. Wie er mit dir draußen stunden- und tagelang an einem Baumhaus gebaut hat - obwohl deine Mutter gegen dieses Vorhaben war.«

»Sie meinte immer wieder, ich könne doch stürzen und mich verletzen und ob das nicht unvernünftig sei. Aber Papa hatte nur mit dem Kopf geschüttelt und gesagt, seine Tochter stürze nicht. Und wenn seine Tochter mutig genug sei, hoch oben in einem Baumhaus zu leben, dann würde er sie darin unterstützen und sie ganz bestimmt nicht zur Angst erziehen. Das war dann mein echter Papa, der mir gezeigt hat, dass er mir vertraut und an mich glaubt. Aber der eigentliche Clou kommt ja noch...« Mia klatschte mit ihren Händen auf ihre Oberschenkel. »Als wir das Baumhaus endlich fertiggestellt hatten, sah ich kleines Mädchen meinen Papa fordernd an, klatschte in die Hände und sagte, dass ich jetzt noch ein Prinzessinnenfenster wolle. Erst dann könne ich wirklich glücklich sein. Was denn ein Prinzessinnenfenster sei, hatte mich mein Papa daraufhin gefragt. Also erklärte ich ihm, dass ich ein Fenster wie aus einem Märchenschloss meinte, rosafarben und schief geschnitten und mit so einem verschnörkelten Rahmen und am besten mit ordentlich Dekoration davor, vielleicht einem Blumenkasten mit Petunien, Veilchen und so weiter. Und stell dir meinen Papa vor, immer akkurat in Stoffhose und Hemd, strengem Scheitel, auf den Millimeter präzise gestutztem Schnauzbart und beständiger Denkerstirn. Stell dir diesen Mann vor, der seine Tochter schon wegen wesentlich kleinerer Träumereien und Albernheiten streng bestraft hatte – wie würde er auf solch einen märchenhaften Wunsch wie ein Prinzessinnenfenster nur reagieren? Ich sage es dir – mit durchdringendem, strengem Blick natürlich. Und das hätte im Normalfall auch genügt, damit ich mich mit meinen trockensten, langweiligsten Schulbüchern im tiefsten Erdloch, das ich finden konnte, verkrochen und auf Vergebung gewartet hätte. Doch nicht dieses Mal, nicht bei meinem Prinzessinnenfenster. Als er mich damals auf diese Weise anschaute, ließ ich mich nicht beirren und wich seinem Blick nicht aus. Das kannst du mir glauben, ein regelrechter Anstarr-Wettbewerb war das. Ich kleines Mädchen stand da mit verschränkten Armen und aufgeblasenen Backen und zeigte mich felsenfest davon überzeugt, dass mein Traum mir gehörte und mir auch mein Papa diesen nicht kaputtmachen durfte. Und ich weiß es noch genau, wie der Blick meines Papas mit jeder Sekunde sanfter wurde, wie er schließlich verträumt in die Ferne blickte und mich dann mild anlächelte und sagte: ›In Ordnung. Bauen wir dein Prinzessinnenfenster.‹ Und da hatte ich dann auch endlich zumindest einmal gespürt, dass er mir nicht nur vertraute, sondern dass er mich auch liebte.«

Ich runzelte die Stirn auf eine Art und Weise, wie es nur Psychotherapeuten taten, und lächelte Mia etwas unsicher zu. Dabei blickte ich einmal kurz auf meinen zugeklappt am Boden liegenden Notizblock, woraufhin Mia tief durchatmete.

»Hör mal, Martin ... ich weiß, dass mein Vater aus der Sicht eines Psychodoktors als ... ich weiß nicht, wie nennt ihr das ...?«

»Instabile Bezugsperson«, ergänzte ich.

»Ja, meinetwegen, also als instabile Bezugsperson gelten muss. Vielleicht war er wirklich jemand, der nicht gut Bindungen eingehen konnte. Der seiner Familie nicht zeigen konnte, was sie ihm bedeutete. Vielleicht hat er mich in meiner Kindheit immer und immer wieder verunsichert und hat letztendlich daran mitgewirkt, dass ich heute so ein psychisches Wrack geworden bin. Kann alles sein. Aber er war trotz alledem mein Papa und ich weiß, wie gern er mich hatte. Er brauchte es nicht zu sagen, denn ich sah es in seinen Augen. Ich konnte es spüren, dass er mich geliebt hat wie keinen anderen Menschen.«

»Und gerade deshalb müssen wir auch heute über ein wichtiges, sensibles Thema sprechen ... über die letzte Zeit mit deinem Vater. Mia, ich weiß: So etwas ist nie leicht, also nimm dir alle Zeit, die du benötigst. Und falls es dir an einer Stelle zu viel wird, dann werde ich dort auch nicht weiter mit Fragen nachbohren. Versprochen!«

»Du willst darüber sprechen, wie mein Vater gestorben ist?«

Ich nickte bedächtig, sagte aber nichts. Bei Mia bemerkte ich aber sogleich eine körperliche Reaktion - sie streckte ihren Rücken durch und setzte sich merklich aufrechter hin, ihr ganzer Körper schien nun unter Anspannung zu stehen und ihr Brustkorb senkte und hob sich in deutlich erhöhter Frequenz.

»In Ordnung. Scheiß drauf. Ich erzähle dir, wie ich meinen Papa verloren habe.« Sie funkelte mich mit ihren Augen an. »Das Erste, was mir immer einfällt, wenn ich von seinem Tod erzähle, was wirklich nicht oft passiert, ist der Morgen des ersten Sonntages des Oktobers vor ... zwölf Jahren. Ich kann das so genau datieren, weil wir an dem Tag ursprünglich zum Erntedankfest in die Kirche wollten.« Sie verschränkte ihre Hände ineinander, als wolle sie beten, und verzerrte ihre Stimme ins Lächerliche: »*Dankt dem Herrn, dem großen und allmächtigen Schöpfer, für die Gaben, die er uns beschert hat.* So ein Scheiß. Wo war Gott, als mein Vater an jenem Morgen sich zu mir ans Bett setzte, meine Hand ergriff und mir eröffnete, dass meine Mutter womöglich innerhalb der nächsten Monate an Lungenkrebs sterben würde? Warum würde ein gütiger Gott so etwas einer Familie antun?«

»Gute Frage, altbekannte Frage. Keine Ahnung. Ich glaube nicht an Gott, bin Atheist.«

»Das war ich von diesem Tage an auch. Lungenkrebs! Meine Mutter hatte ja nicht einmal geraucht. Eine bewusste Schädigung der Lunge durch Tabakqualm, das hätte mein Papa selbstverständlich nie zugelassen. Aber die Ärzte erklärten uns, dass nicht alle, sondern ungefähr 85 bis 90% aller Lungenkrebsfälle durch Tabakrauch verursacht werden würden. Was wiederum bedeutete, dass es irgendeinen Nichtraucher auch einmal hatte treffen müssen. Meine Mutter hatte also plump gesagt einfach Pech gehabt.«

»Wie ist dein Vater mit dieser furchtbaren Diagnose umgegangen?«

»Er gab sich natürlich alle Mühe, vor uns weiterhin souverän zu wirken. Trieb meine Mutter und mich von Facharzt zu Facharzt, telefonierte gefühlt mit der halben Welt auf der Suche nach einer wundersamen Rettung und ging ansonsten wie gewohnt seiner Arbeit nach. Man schien ihm nichts anzumerken. Doch der Gesundheitszustand meiner Mama verschlechterte sich zunehmend, das Lungenkarzinom war definitiv unheilbar und dann wurde sie schließlich ins Krankenhaus eingeliefert. Uns allen war klar, dass sie das Krankenhaus nicht mehr würde verlassen können. Und als er merkte, dass ihn keine logische Herangehensweise vor dem Unvermeidlichen mehr schützen würde, veränderte sich mein Vater. Er zog sich immer mehr zurück, sah mich und meine Mutter nur noch mit leeren Augen an, sprach kaum noch mit uns. Mein Papa hatte sich in der ganzen Zeit nicht einmal richtig von meiner Mama verabschiedet und sie nicht einmal in den Arm genommen. Auch hatte er mit mir, seiner einzigen Tochter, nie über das Danach gesprochen, mir nie gesagt, dass er für mich da sein würde, wenn meine Mama einmal tot sei, und dass man schon irgendwie zusammen durch diese schwere Zeit kommen werde. Er konnte mir nichts geben und nichts sagen und so herrschte zwischen uns in dieser Zeit auch nichts als Schweigen.«

Mia standen die Tränen in den Augen und ihre Stimme wurde brüchig. Während ich ihr ein Taschentuch reichte, strich ich ihr vorsichtig und aufmunternd über die Schulter.

»Ich weiß, wie schwer diese Worte gerade sind und dass Gefühle hochkommen, die du vielleicht lieber ganz tief vergraben sehen würdest.«

»Es ist in Ordnung, Martin. Das muss ja alles irgendwann einmal raus. Frag schon.«

»Also ... wie reagierte dein Vater an dem Tag, als deine Mutter starb?«

»Wie reagierte er ... also, von einer richtigen Reaktion kann man, finde ich, da gar nicht mehr sprechen. An das Sterbebett meiner Mutter war mein Vater die letzten Tage ihres Lebens gar nicht mehr gekommen. Dementsprechend hatte ich mich alleine von meiner Mama verabschieden müssen und so fürchterlich es war, aber ich konnte sie bis zum Schluss begleiten und ihr sagen, wie sehr ich sie vermissen werde. Aber als sie gestorben war, hatte ich natürlich eine ungeheure Wut auf meinen Vater. Und so setzte ich mich damals auf mein Fahrrad und raste mit hochrotem Kopf vom Krankenhaus zu uns nach Hause, jede rote Ampel und jeden Fußgänger missachtend. Ich hatte nur noch im Sinn, diesen Feigling zur Rede zu stellen. Damit schien er wohl auch gerechnet zu haben, zumindest stand unsere Wohnungstür offen. Na ja, und im Wohnzimmer fand ich ihn dann. An einem Seil baumelnd. Er hatte sich erhängt und so fand ich ihn kreideweiß vor, die Haut war teilweise schon blaugrau verfärbt. Mein Papa war tot.«

Ich spürte ein unangenehmes Ziehen in der Magengegend, was ganz eindeutig auf ein empathisches Mitgehen meinerseits zurückzuführen war. »Womöglich erscheint dir die Frage jetzt gänzlich unangebracht ... aber wie fühlst du dich, wenn du mir von dem Tod deiner Eltern erzählst?«

Mia stand vom Sessel auf, ging mit abgehackten Bewegungen zum Fenster und strich sich mit ihrer rechten Hand durch ihre feuerroten Haare, während sie grimmig herausschaute,

»Da ist sie ja, die von euch Psychodoktoren so beliebte Frage nach dem Gefühl. Doch sag mir ... wie soll ich in Worte verpacken, was mir das Herz zerrissen hat? Trauer, Wut, Angst, Verzweiflung, Selbsthass, Gleichgültigkeit ... es ist doch irgendwie ein undefinierbarer Cocktail von allem. Egal, was ich dir sagen würde, es würde sich doch immer falsch anfühlen. Und deshalb sage ich lieber nichts.«

Ich nickte verständnisvoll. »Die richtigen Worte zu finden ist für manch ein Gefühl und manch einen Gedanken sicherlich manchmal gar nicht möglich. Aber vielleicht kannst du deine Gefühle in ein Bild gießen.«

Überrascht wandte sich Mia vom Fenster ab und wieder mir zu. »Ein Bild?«

»Ja, ein Bild. Pass auf: Stell dir vor, dass unser Gehirn aus verschiedenen Schichten bestehen würde, in etwa wie eine Zwiebel. Grob vereinfacht finden unsere zentralen Denkprozesse und unser bewusstes Erleben im Cortex, der äußersten Schicht, statt, während unsere Gefühle in einer wesentlich älteren und damit innenliegenden Schicht des Gehirns, dem sogenannten limbischen System, verarbeitet werden. Da das limbische System zuerst da war, hat es die Evolution so eingerichtet, dass es uns in vielen Fällen wesentlich schneller und stärker zu beeinflussen vermag als der Cortex. Soll im Klartext heißen: Während uns unsere Gefühle bereits im Griff haben, können wir sie oftmals noch nicht in Sprache fassen, sind sie doch schließlich dem Cortex noch gar nicht zugänglich. Aber es ist ein Bild, das aus dem limbischen System aufsteigt und uns vor Augen erscheint, eine Metapher zum Beispiel. Damit können wir arbeiten, in dieses Bild können wir uns einfinden.«

Mia griff ohne Umschweife in die Gesäßtaschen ihrer Jeans und holte ein zerknülltes Foto, kaum größer als Passfotoformat, heraus.

»Ist das ein Foto von deinem Vater?«, erkundigte ich mich vorsichtig, da ich von meinem Platz aus keinen Blick auf das Bild werfen konnte.

»Nein, von meiner Mutter und mir«, schüttelte sie sogleich den Kopf. »Das Foto befand sich in dem Portemonnaie meines Vaters, als ich ihn ... na ja, als ich ihn eben nach seinem Selbstmord gefunden hatte. Auf dem Bild siehst du meine Mama und mich als kleines Mädchen strahlend beim Kirschenessen.«

»Das hört sich nach einem tollen Bild an. Damit könnten wir sicherlich ...«

»Nein, Martin, deswegen trage ich das Foto nicht mit mir herum.« Mia drehte das Foto um und drückte es mir in die Hand. Auf der Rückseite standen handschriftlich lediglich ein paar Worte geschrieben und ich kniff meine Augen zusammen, um das Gekritzel überhaupt entziffern zu können. ›Allein auf weitem Feld‹ stand da.

»Da hast du dein Bild. Alleine auf einem weiten Feld. Mein Papa hatte sich diese Worte auf dem Foto notiert, nur vier Wörter, die mich aber bis heute nicht mehr loslassen. Vielleicht bedeutet das nichts, vielleicht bedeutet das alles. Keine Ahnung. Mein Papa hat mir keinen Abschiedsbrief hinterlassen und hat nie mit mir oder jemand anderem über seine Selbstmordgedanken gesprochen. Ich weiß nicht, warum er ausgerechnet an ein Feld dachte, ob er vielleicht an ein bestimmtes Feld dachte oder eine bestimmte Situation im Kopf hatte oder ...«

»Selbstmord, das ist die Abwesenheit der anderen«, flüsterte ich schon fast und unterbrach Mia damit so sanft wie möglich, wohlwissend, was ich mit diesem Satz in ihr auslösen konnte. Sie verstummte abrupt und sah mich mit offen bleibendem Mund ausdruckslos an.

Ich wollte zu einer Erklärung anheben, doch sie gebot mir mit ausgestreckter Hand zu schweigen, dann lächelte sie ungläubig. »Du bist gut. Gehst gleich dorthin, wo es wehtut, ohne Umwege. Warum Zeit verschwenden? Ja, okay, du hast recht. Ich war abwesend, als mein Papa beschloss, sich umzubringen, und das quält mich. Ich leide Tag für Tag, und ich meine wirklich verdammt nochmal jeden Tag, unter der Schuld, dass ich mit meinem Vater nicht gesprochen habe. Ich hätte ihm zeigen müssen, dass er nicht alleine auf weitem Feld steht, sondern dass seine Tochter ihm den Rücken stärkt und jederzeit bei ihm ist.«

Ich stellte mich neben Mia ans Fenster und blickte ihr mit Nachdruck in die Augen. »Schwachsinn. Du warst noch ein Teenager und warst selbst mit der Situation überfordert. Dich trifft keine Schuld. Hörst du?« Ich griff sie unprofessionell an den Schultern. »Wirklich überhaupt keine Schuld.«

»Du hast nach einem Bild gefragt, ich habe dir eins genannt. Jetzt hilf mir bitte. Lass mich jetzt nicht fallen, Martin!«

»Du hast mir nicht dein Bild genannt, sondern das Bild deines Vaters.«

Mia lachte verbittert und unter Tränen. »Und doch bin ich es jetzt, die sich alleine auf weitem Feld fühlt. Sein Bild ist zu meinem geworden. Weißt du, wenn ich nachts die Augen schließe und doch nicht schlafen kann, sehe ich manchmal ein gigantisches Rapsfeld, das sich bis zum Horizont erstreckt und in dessen Mitte ich verlassen stehe. Das sieht dann aus, als ob ich in einem gelben Meer schwimme. Solche Halluzinationen sind doch nicht mehr normal.«

Die Farbe Gelb. Ich ließ meine Gedanken kurz schweifen und sah vor meinem geistigen Auge die Sonne und das warme Licht, wie es mich am heutigen Morgen auf dem Weg zur Arbeit begleitet hatte. Sofort spürte ich, wie sich ein wohliges Gefühl, vom Magen ausgehend, in meinem ganzen Körper ausbreitete. Und ich musste an Philine denken. Daran, wie ich heute Morgen im

Glanze der Sonnenstrahlen neben ihr wach geworden war und wie ich dieser einzigartigen Frau beim Schlafen zusah. Das war für mich gelb. Für Mia bedeutete diese Farbe etwas ganz anderes.

»Neid, Egoismus, vielleicht auch Feigheit«, zählte Mia ihre Assoziationen auf.

»In Ordnung – demnach ängstigt dich das Bild von diesem endlosen Rapsfeld?«

»Natürlich ängstigt mich das. Würdest du dich nicht fürchten, wenn es ein Bild gäbe, von dem du wüsstest, dass es nicht real sein kann, das aber immer wieder vor deinen Augen auftaucht? Ein Bild, so furchtbar, dass es dich an den Tod erinnert? Ich meine, wer weiß, vielleicht sehe ich Nacht für Nacht dasselbe Bild, das meinen Papa schon nicht mehr losgelassen hat. Und am Ende könnte es doch genau das Bild sein, das ihn zu seinem Entschluss getrieben hat, seinem Leben ein Ende zu setzen. Kann es so etwas geben, Martin? Kann es ein Bild geben, das in diesem limbischen Teil des Gehirns geboren wird und das einen dann nicht mehr loslässt, einen gnadenlos überallhin verfolgt und einem so präsent ist, dass man am Ende gar nicht mehr weiß, ob es nur dem eigenen Verstand entspringt oder ob es doch Wirklichkeit ist?«

»Solche Bilder kann es, wenn man sich mit dem Tod auseinandersetzt, geben«, sagte ich und musste unwillkürlich schlucken, ehe ich mich tonlos wiederholte. »Solche Bilder kann es geben.«

Barfuß nach Hause

Die Therapiesitzung mit Mia hatte ich nicht zum ersten Mal als recht aufwühlend empfunden, hatte sie mich doch unweigerlich an meine eigenen Halluzinationen vom Sensenmann erinnert. Und so verbrachte ich den Abend zwecks Zerstreuung mit Philine im Stadtpark beim Grillen.

Der Abend entwickelte sich auch tatsächlich ganz hervorragend und schon bald richteten sich meine Sinne wieder allein auf meine Freundin, die heute ein beinfreies, smaragdgrünes Sommerkleid mit Spitzen-Applikationen und Karree-Ausschnitt trug. Oh Gott, wie es in mir bei diesem Anblick kribbelte! Um nicht gleich über sie herzufallen, lenkte ich mich ab und übernahm die Aufgabe des Grillmeisters. Dank des Flüssiganzünders erstrahlte der benötigte Kohlehaufen schon bald im hellen Feuerschein und es dauerte nicht lange, bis ein Teil der Kohle angeglüht war und sich eine weiße Ascheschicht darüber legte. Mit Hilfe eines Handblasebalgs sorgte ich nun für eine ordentliche und kontinuierliche Belüftung der Glut, sodass wir alsbald das Fleisch würden grillen können.

»Du bist wahrscheinlich der einzige Mann auf der Welt, der an so einem romantischen Spätsommerabend neben seiner Freundin, die übrigens ein aufreizend kurzes Kleid angezogen hat, den Abend verbringen kann und dabei trotzdem nur diesen bescheuerten Handblasebalg im Sinn hat«, frotzelte Philine.

»Was hätte ich denn stattdessen im Sinn haben sollen?«, fragte ich, mich unwissend gebend.

»Ich weiß nicht ... vielleicht deine tolle Hochleistungs-LED-Stabtaschenlampe?!«

»Oh je ... die habe ich tatsächlich vergessen. Können wir nicht noch schnell zurückgehen und ...«

Philine hob lediglich eine Augenbraue, während ich aus meiner Hosentasche zwei Kondompackungen hervorholte, die ich ihr stolz unter die Nase hielt. »Spaß beiseite – jetzt behaupte bitte nicht, dass mir dein kurzes Kleid nicht aufgefallen sei. Süße, du siehst wirklich überaus attraktiv heute Abend aus.«

Mir keine Antwort gebend ging Philine zum Ufer des Mohnensees und kehrte nach einigen Minuten mit einer potthässlichen Erdkröte in den Händen zurück, der sie demonstrativ vor meinen Augen einen Kuss gab.

»Okay ... ziemlich widerlich ... was soll das?«, fragte ich verständnislos.

»Ich küsse jetzt so lange Frösche, bis sich einer von ihnen in einen romantischen Freund verwandelt, der mir als Zeichen seiner Wertschätzung einen Strauß selbst gepflückter Blumen und nicht Kondome unter die Nase hält.«

»Du küsst aber im Moment keinen Frosch, sondern eine Erdkröte, die sich ganz offensichtlich bis eben noch im Schlamm befunden hat.«

»Ah ... das erklärt vielleicht den Geschmack nach Bääääh.« Nachdem Philine die Kröte ordnungsgemäß zurück ans Ufer gebracht hatte, spülte sie sich ihren Mund mit Mineralwasser aus, während ich sie lachend in meine Arme schloss und ihr einen Kuss auf die Wange drückte.

In den letzten Wochen und Monaten hatte ich mit Philine zusammen so viel und herzhaft gegrinst und gelacht, wie gefühlt seit Jahren nicht mehr.

Meist erfreuten wir uns einfach an dem, was wir gerade gemeinsam taten und erlebten. Sei es die Wasserachterbahnfahrt im Vergnügungspark, aus der wir wie zwei begossene Pudel herauskamen, sei es das Schnorcheln an der Ostküste Südafrikas zwischen Seepferdchen, farbenprächtigen Korallen, Rifffischen und Windröschen, oder sei es die Radtour durch die Provence bis nach Avignon. Während ihrer Sommerferien, die Philine als Grundschullehrerin zustanden, hatte nämlich auch ich mir ganze vier Wochen freigenommen und zusammen waren wir viel gereist und hatten uns an allerlei Waghalsigkeiten herangewagt. Und während dieser Zeit war ich zutiefst beeindruckt von meiner Partnerin, die ein unermüdliches Energiebündel zu sein schien und die kein Extrem auszulassen gewillt war. Ja, Philine vermochte es immer wieder und immer stärker, mich durch ihre Lebensfreude anzustecken und mitzuziehen. Selbst zum Fallschirmspringen und Wandern in den Bergen hatte sie mich überreden können. Falls wir doch einmal einen Tag im Bett verbrachten, war dies auf die hin und wieder auftretende Migräne Philines, die von mir etwas unwissenschaftlich auch gerne als unbekannter weiblicher Faktor bezeichnet wurde, zurückzuführen. Schwamm drüber, solche Tage musste es auch geben.

Ich erinnere mich an so vieles mit Philine, als ob wir uns schon Jahre, ach, Jahrzehnte kennen würden. Ich erinnere mich daran, wie wir zusammen reisten oder nichts taten, wie wir zusammen redeten oder schwiegen, wie wir uns stritten oder wie wir uns versöhnten und liebten, wie wir zusammen weinten, aber vor allem, wie wir zusammen lachten. Oh, wir lachten so viel und so herzhaft!

Und längst nicht alles war immer nur romantisch – lachen konnten wir vor allem, wenn eben nicht alles nach Plan ging und wenn uns so richtig schön peinliche Dinge passierten. Das muss ich erzählen! Peinliches passierte mir zum Beispiel bei einer gemeinsamen Partie Minigolf vor einigen Wochen. Man stelle sich vor: Zahlreiche Familien tummelten sich damals mit ihren ungefähr fünf- bis zwölfjährigen Kindern auf den Bahnen, dazwischen stachen nur vereinzelt jüngere Paare wie eben Philine und ich heraus. Ich erinnere mich: Wir hatten beim Spielen die letzte Bahn erreicht und ich nahm gerade meinen hoffentlich entscheidenden Schlag in Angriff – würde es mir gelingen, den Ball direkt ins Loch zu spielen, hätte ich mit drei Schlägen auf dieser Bahn ein Par erreicht und hätte somit ein genau um ein Punkt besseres Endergebnis als Philine erreicht. Die Chance zum Minigolfsieg war nah und dementsprechend setzte ich mich unter Druck! Aller Ehrgeiz verflog allerdings, als mir beim vermeintlichen Gewinnerschlag, bei dem ich mich körperlich wohl doch etwas zu sehr anspannte, Flatulenzen von situationsbedingt unangenehmer Lautstärke und zudem auch eher ungewöhnlicher Klangfarbe entfleuchten. Mit dem ungewollten Pups trug ich nicht nur zur allgemeinen Heiterkeit bei den Kindern bei, die sich auf den Spielbahnen ringsherum befanden. Auch so manches Elternteil wusste seine Freude über diesen ja eigentlich natürlichen Darmvorgang nicht zu verbergen. Am lautesten und herzhaftesten aber lachte Philine, die ihre Backen aufblies und das Geräusch mit flatternden Lippen in allen möglichen Tonvariationen nachzuahmen versuchte, während sie sich mit ihren Händen ihre Seiten hielt.

»Morgen werde ich definitiv einen Muskelkater im Zwerchfell haben«, stieß sie schließlich hervor.

»Und ich eine neue Identität im Ausland«, wusste ich damals nur noch zu erwidern.

Aber auch wenn mir der Minigolfunfall damals furchtbar unangenehm war, so wurde er innerhalb weniger Wochen doch zu einer meiner liebsten Geschichten. Zumal das Damoklesschwert der Peinlichkeiten ja bekanntermaßen über jedem von uns schwebte - und nur wenige Tage nach dem gemeinsamen Minigolfspiel auch auf Philine niederging.

Dieses Mal war der Schauplatz ein Hallenbad, genauer die Wasserrutschen dort. Nachdem sich meine Freundin über meine aus ihrer Sicht zu vorsichtige Technik beim Rutschen mokiert hatte, gab Philine mir die Anweisung, am Auffangbecken der steilsten Wasserrutsche auf sie zu warten. Gesagt, getan. Und tatsächlich kam sie nur wenig später wie ein geölter Blitz aus der Rutsche geschossen und spritzte so viel Wasser auf, dass auch einige Jugendliche aufmerksam wurden und sich zu ihr umdrehten.

»Siehst du! So geht das!«, frohlockte Philine und sprang triumphierend aus dem Becken auf - was sie lieber nicht getan hätte, hatte sie doch allem Augenschein nach bei ihrer rasanten Rutschfahrt ihr Bikinioberteil irgendwo verloren. Bevor ich sie auf diesen Verlust aufmerksam machen konnte, wurde Philine schon von den umstehenden Jugendlichen etwas wenig feinfühlig mittels Klatschen, Grunzlauten und Jubeln auf das fehlende Textilteil hingewiesen.

Die Arme vor ihren doch durchaus vorzeigbaren Busen verschränkend, schrie sie entsetzt: »Scheiße, wo ist das Teil?«

Die Antwort folgte wenige Sekunden später, als ein überaus beleibter älterer Herr in das Auffangbecken gerutscht kam, ihr Bikinioberteil in seiner rechten Hand haltend. Einige Sekunden lang starrte er Philine an und wirkte dabei zunehmend wie ein kleiner Junge, der endlich das langersehnte Mountainbike zum Geburtstag geschenkt bekommen hatte. Aufreizend langsam rückte er sich seine viel zu eng sitzende Bade-, oder besser Eierhose zurecht, strich sich über den viel zu behaarten Oberkörper und bewegte sich wie ein Raubtier auf Philine zu, sich dabei über die Lippen leckend. Meiner Freundin beistehend sah ich mich schließlich genötigt, mich vernehmlich zu räuspern und einen Schritt auf die beiden zuzugehen. Enttäuscht mich erblickend übergab der alte Mann schließlich das Bikinioberteil ihrer überaus erleichterten Besitzerin.

Es ist kaum zu erklären, wieso ich ausgerechnet diese Peinlichkeiten erzähle, wenn ich darüber nachdenke, wie viel Philine mir mittlerweile bedeutet. Zweifellos war ich doch eigentlich ein Mensch von durchaus ernster Natur, der nichts Albernes erlebte, oder falls doch, dann dieses zumindest nicht erzählte. Doch mit Philine war nun alles anders. Ob wir unsere gemeinsamen Abenteuer genossen oder aber uns über unsere eigene Tollpatschigkeit amüsierten – am Ende stand das Strahlen in unseren Gesichtern und die Endorphine tanzten durch unsere Adern. Danach war ich mittlerweile regelrecht süchtig. Wobei: Die glücklichsten Momente der Zweisamkeit erlebten Philine und ich zweifelsohne immer dann, wenn im Grunde gar nichts passierte. Beispielsweise, als wir eines Abends am Strand den Sonnenuntergang von einem Strandkorb aus beobachteten. Über eine Stunde lang sagte damals keiner von uns auch nur ein Wort und so lauschten wir eng miteinander verschlungen dem Meeresrauschen und dem

Kreischen der Möwen. Und wir spürten den Herzschlag des anderen, der sich dem eigenen anzupassen schien. Wir wussten dann, dass wir zusammengehören. Ganz einfach.

Und so, wie wir uns damals im Strandkorb aneinander gekuschelt hatten, lagen wir nun auch an diesem Spätsommerabend auf einer Wolldecke eng beinander. Denn nachdem wir uns mit gegrilltem Fleisch und Salaten gesättigt hatten, hatten wir es uns unter der uralten Eiche, die wie ein stolzer König in der Mitte des Parks thronte, gemütlich gemacht. Vor uns mochten sich unter dieser Eiche schon viele, viele andere Liebespaare zusammengefunden haben und wahrscheinlich hatten sogar Emma und ihr Ehemann Konrad ihr Liebesglück unter diesem Buchengewächs genossen. Doch was kümmerte uns die Vergangenheit, wenn doch die Gegenwart so viel Verheißung versprach.
Und als Philine und ich selig nach oben blickten, genossen wir die müder werdenden Sonnenstrahlen, die sich noch durch die trichterförmigen Blätter zu uns durchzukämpfen vermochten. Schon bald würde die Sonne hinter den Baumgipfeln verschwunden sein.
»Wieso hängen da eigentlich Schuhpaare an den Ästen?«, fragte mich Philine und weckte mich damit aus meinem Dämmerzustand.
»Ach, es gibt da so ein Liebesritual in dieser Stadt, das besagt, dass zwei Liebende jeweils einen ihrer Schuhe mit dem Schuh des anderen verbinden und auf einen der Äste dieses Baumes werfen sollen. Ziel soll wohl sein, ewige Verbundenheit und so weiter zum Ausdruck zu bringen.«
»Okay ... aber warum Schuhe?«, fragte Philine und lehnte sich mit dem Rücken gegen den Baumstamm.
Kurz hielt ich inne, hätte ich doch jetzt ausführlich über die Symbolik von Füßen und Schuhen monologisieren können. Wie der Kontakt zum Boden ausdrücke, auf welche Weise man sich durch die Welt fortbewegte. Wie ein Schuh durchaus dazu dienen konnte, bestimmte Einstellungen und Werte darzustellen.

138

Darüber hinaus hätte ich auch Redensarten wie ›jemandem drücke der Schuh‹ oder man möchte nicht ›in jemandes Schuhen stecken‹ heranziehen können. Auf so viel Blabla hatte ich aber gerade absolut keine Lust. »Der Schuh bedeutet ... die Symbolik der Füße besteht darin ... ach, keine Ahnung«, stammelte ich lediglich.

Überrascht stupste mich Philine an. »Seit wann ist denn mein intelligenter Freund darum verlegen, mir die Welt zu erklären?«

Auch ich lehnte mich jetzt gegen den Baumstamm. »Mir ist gerade nicht nach Erklären, sondern vielmehr nach Genießen. Vor allem genieße ich es, dass es meinem Freund Theo tatsächlich und wider Erwarten gelungen ist, die zu mir perfekt passende Frau auszuwählen, mit der ich jetzt hier die Abendsonne genießen kann. Ohne dich und damit auch ohne Theos Künste als Verkuppler wäre mein Leben ganz anders und, wie ich mittlerweile meine, wesentlich trüber verlaufen. Ich sage es dir heute wahrscheinlich schon zum zehnten Mal, aber egal: Philine, ich liebe dich und möchte dich nicht mehr missen.«

Philines Reaktion überraschte mich. Anstatt wie vorhin noch erfreut oder berührt zu reagieren, beugte sie sich nur nach vorne und zupfte gedankenverloren einige Grashalme aus dem Boden. Schließlich blinzelte sie mich an und ihre Augen schienen leicht glasig zu sein.

»Mein Schatz ... das ist jetzt vermutlich der beschissenste Zeitpunkt überhaupt für so ein Gespräch. Aber wahrscheinlich gibt es auch keinen richtigen Zeitpunkt hierfür mehr, dafür ist es nun schon viel zu spät. Hast ... hast du dich denn nie gefragt, wie Theo und ich uns überhaupt kennengelernt haben?«

Beiläufig zuckte ich mit den Schultern. »Wie lernt man als Arzt der Inneren Medizin schöne Grundschullehrerinnen kennen? Vielleicht über einen Pilateskurs?«

Philine hob nur eine Augenbraue.

»Okay, das war nicht lustig. Jemand wie Theo, der sagt, er müsse sich mal an der frischen Luft bewegen, nur um dann mit seinem Cabrio zum nächsten Schnellimbiss zu fahren, wird wohl keinen

Pilateskurs besuchen. Aber vielleicht habt ihr in so einer Imbiss-
bude nebeneinander gesessen? Oder ihr kamt beim Friseur ins
Gespräch. Oder ihr habt einen gemeinsamen Bekannten oder
Verwandten. Oder ihr habt euch zufällig in einem Buchladen
oder im Supermarkt kennengelernt. Es gibt tausend Möglichkeiten, wie ihr euch begegnet sein könntet, von daher verstehe ich
ehrlich gesagt die Absicht hinter deiner Frage nicht.«

»Martin, ich war seine Patientin. Und das bin ich immer noch.«
Unwillkürlich musste ich schlucken. »Seine Patientin, okay. Und
... warum?«

Lass es eine chronische Erkältung sein, dachte ich mir nur, zugleich aber durchaus ahnend, was nun kommen würde.

Philine blickte mir fest in die Augen, doch während sie sprach,
kamen ihr schon die Tränen.

»Ich habe einen Hirntumor.«

Mein Kehlkopf schnürte sich zu, weder konnte ich sprechen
noch Philine auch nur weiter in die Augen blicken. Sie weinte
bitterlich.

»Es tut mir so leid, dass ich dir das jetzt erst sage. Ich weiß, dass
ich das, was ich dir angetan habe, nie wieder gutmachen kann.
Ich bin so schwach, warum bin ich nur so schwach? Jeden Tag
dachte ich, ich sage es dir morgen, und jeder Tag mit dir war
schöner als der vorherige und ... und ich wollte nicht, dass es
aufhört. Also sagte ich nichts. Nie hätte ich gedacht, dass das
mit uns ... es hieß, du wärst so unterkühlt, so distanziert. Dass
du niemanden an dich heranließest, man dich nicht verletzen
könne, und das war irgendwie genau das, was ich damals gesucht
hatte. Einen Menschen an meiner Seite, mit dem ich die letzten
Monate ohne Reue würde genießen können. Ein Partner, der mir
das Gefühl geben würde, nicht alleine zu sein. Ich war doch so
einsam und hatte Angst. Niemals wollte ich dir wehtun, das
musst du mir glauben.«

»Und doch tust du mir gerade weh.«

Philines Tränen tropften zu Boden. »Ja, und dafür hasse ich
mich und dafür werde ich mich bis zu meinem letzten Tag has-

sen. Ich hätte dir von meiner Krankheit erzählen müssen, früher, viel früher schon. Doch als ich merkte, dass ich Gefühle für dich entwickle, wollte ich das erst nicht wahrhaben. Ich habe versucht, meine Gefühle zu unterdrücken, was natürlich nicht funktioniert hat. Ich habe versucht, mir einzureden, dass ich doch unmöglich so dumm sein könne, mich noch in den letzten Monaten meines Lebens zu verlieben. Aber ich war so dumm. Und je wichtiger du mir wurdest, desto stärker wurde mein Wunsch, dich nicht zu verlieren, dich bei mir zu behalten. Bis ... bis zum Schluss. Das war so egoistisch von mir! Ich weiß nicht, ob du mir nach all den Schmerzen, die ich dir jetzt zugefügt habe, noch irgendetwas entgegnen möchtest. Falls du jetzt aufstehst und ohne dich umzudrehen gehst, falls du mich nie wieder sehen möchtest, dann könnte ich das verstehen. Wirklich! Ich habe es verdammt noch einmal verdient, jetzt von dir verlassen zu werden.«

Eine bedrückende Stille trat ein, während der ich ins völlige Gefühlschaos stürzte. Alles ging jetzt so schnell! Mir war, als starrte ich in einen Abgrund, bestehend aus einem unendlich tiefen schwarzen Loch. Was konnte ich noch antworten? Wäre ich besser das gefühlskalte Arschloch geblieben? Ist es nicht immer so? Man öffnet sich und lässt jemanden in sein Herz und was passiert? Man wird verletzt. Wieso lieben, wenn Leid folgt? Wieso sich jemandem anvertrauen, wenn man verraten wird? Und doch ... wenn ich mir nun diese zarte junge Frau ansah, wie sie von Schuldgefühlen zerfressen vor mir saß, mit Tränen, die an ihren Wangen herunterliefen, am ganzen Körper zitternd, wie konnte ich anders, als sie in den Arm zu nehmen? Wie konnte ich anders, als sie vom ganzen Herzen zu lieben? Wie hätte ich die Liebe meines Lebens dafür verachten sollen, dass das Leben nun einmal wechselhaft war? Dass kein Glück ewig währen mochte, dass manches Glück einem vielleicht nur für einen Sommer lang beschieden war. Ich drückte Philine an mich und wir blickten auf den See hinaus, wie er im Lichte der untergehenden Sonne gehüllt war.

»Welche Art von Tumor hast du?«, fragte ich schließlich.

»Einen Glioblastom.«

»Was ist mit einer Operation? Was ist mit Bestrahlung und Chemotherapie?«

»Alles geschehen, im letzten Jahr. Glaub mir, den Ärzten zufolge habe ich jetzt schon meine Lebenserwartung überschritten. Manchmal glaube ich, dass du es warst, der mein Leben verlängert hat. Du hast mir geholfen, die Sonnenseite im Leben zu sehen und nicht nur fortwährend an meinen bevorstehenden Tod zu denken. Nur warum musste ich dich erst jetzt kennenlernen, warum nicht früher? Warum ist das Leben so? Das werde ich wohl nie verstehen können.«

Ich ergriff Philines Hände und umschloss sie fest mit meinen. Dann blickte ich nach oben zur alten Eiche. Und siehe da, ein erstes rötlich gefärbtes Eichenblatt löste sich vom Baum und segelte langsam zum Grund. Der Sommer lag im Sterben und der Herbst würde bald Einzug erhalten.

Mich verloren fühlend starrte ich jetzt gedankenlos auf den Boden. Ich wusste schlichtweg nicht mehr weiter und fragte mich, was die nächsten Tage und Wochen noch für einen Sinn hätten. Und in meiner Verzweiflung fiel mein Blick schließlich auf Philines Schuhe. Sie trug heute kunterbunte Pumps, deren Farbmuster mich an die eines schrillen Wandteppichs erinnerten.

»Zieh bitte einen deiner Schuhe aus.«

»Wie bitte? Warum?«

»Mach einfach.«

»Den rechten oder den linken?«

»Ist egal.«

Noch einige Sekunden lang schaute mich Philine mit ihren mittlerweile verquollenen Augen skeptisch an, folgte aber schließlich meinem Wunsch und zog ihren linken Pumps aus. Ich indes zog den rechten meiner beiden in klassischem Schwarz gehaltenen Schnürschuhe aus und verknotete Philines und meinen Schuh ohne ein weiteres Wort. Mit einer gezielten Schleuderbewegung gelang es mir, das ungleiche Schuhpaar gleich beim ersten Versuch so zu werfen, dass es an einem der stärkeren Äste der Eiche hängen blieb.

Philine runzelte die Stirn. »Also ... eigentlich mochte ich meinen Schuh ganz gerne.«

»Was glaubst du, werden Passanten denken, wenn sie dieses Schuhpaar morgen in der Eiche hängen sehen?«

»Dass da zwei Einbeinige ganz schön einen draufgemacht haben? Ich weiß es nicht.« Philine lachte unsicher, auch wenn ihr mit Sicherheit überhaupt nicht danach zumute war.

»Sie werden denken, dass diese beiden Schuhe überhaupt nicht zueinander passen. Der eine verspielt und kunterbunt, der andere geradlinig und in einfachem Schwarz gehalten. Und so ist es mit unserer Liebe: Auf der einen Seite stehe ich, der unterkühlte und berechnende Psychotherapeut, und auf der anderen Seite du ... diese bezaubernde, gut gelaunte und irrsinnig liebevolle Grundschullehrerin. Und wie viele Menschen mag es geben, die jetzt behaupten würden, dass das nicht zusammenpasse. Aber wenn ich eines in den letzten Monaten gelernt habe, dann, dass sich in der Liebe nicht Gleiches zu Gleichem gesellt. Es findet vielmehr ein Puzzlestück zum anderen ... man ergänzt sich, vervollständigt sich. Ja, vielleicht wird es passieren, dass du mich viel zu früh verlassen wirst. Aber du bist meine große Liebe, komme, was wolle – erst durch dich konnte ich mich in den letzten Monaten vollständig fühlen. Du hast mir das gegeben, was mir bisher gefehlt hat.« Ich streichelte durch Philines Haare und flüsterte ihr ins Ohr: »Und eine Sache verspreche ich dir: Ich werde bis zum Schluss bei dir sein und ich werde dich immer lieben, ganz gleich, was da noch auf uns zukommt. So ... und weißt du, was wir jetzt machen?«

Philine wischte sich eine weitere Träne weg. »Was denn?«

»Jetzt gehen wir barfuß nach Hause.«

Fallende Blätter

D ie Tagundnachtgleiche war bereits überschritten und dementsprechend dauerte die Nacht jetzt länger als der lichte Tag. Schon bald würden ich und Millionen andere Menschen im Dunkeln erwachen und im Dunkeln von der Arbeit wiederkommen und es würde wieder allerorts Finsternis herrschen. Die Natur verhielt sich zyklisch und somit musste doch die Frage erlaubt sein, zu welchem Zweck man sich überhaupt noch auf Sonne und Wärme freuen sollte, wenn sie einem doch alsbald ohnehin wieder genommen werden würden.

Derart trübe Gedanken trieben mich um, als mich das Scheppern meines Weckers an diesem Morgen aus dem Schlaf riss. Der Gedanke an die tödlich verlaufende Krankheit Philines und ihr zunehmender körperlicher Verfall ließen mir nachts ohnehin nur wenig Ruhe und folglich war ich wieder dazu übergegangen, durch schärfere Wecktöne meine Hirnanhangdrüse zu zwingen, zum Aufwachen dienliche Hormone zu bilden und an den Körper weiterzugeben. Auch an der Hirnanhangdrüse konnten im Übrigen Tumore sitzen, gleichwohl nur ungefähr zwei Prozent aller Hirntumore hiervon ausgingen. Doch auf Wahrscheinlichkeiten und Prozentzahlen mochte ich mich nicht mehr verlassen.

War dieses mich verfolgende Bild des Sensenmannes im Sommer schon nahezu in Vergessenheit geraten, so wurde es nun von Tag zu Tag allgegenwärtiger. Von einem gewöhnlichen psychologischen Phänomen konnte natürlich längst keine Rede mehr sein und im Wesentlichen schienen sich nur noch zwei Erklärungsmuster für meine beständigen Halluzinationen vom Sensenmann anzubieten: Entweder litt ich unter einer starken Psychose und hätte mich im Grunde schon längst in psychotherapeutische Behandlung begeben müssen. Der Psychotherapeut, der zum

Psychopathen wurde - mein schlimmster Albtraum wäre dann Realität geworden.

Oder aber etwas war im Gange, das den menschlichen Horizont überschritt und unserer Vernunft nicht mehr zugänglich war. Ein Wesen aus einer jenseitigen Welt hatte mit mir Kontakt aufgenommen. Der Tod hatte sich erst meiner Großmutter bemächtigt und würde wohl auch bald meiner Freundin habhaft werden. Doch sein eigentliches Objekt der Begierde war ich oder genauer waren meine Augen als der Sitz meiner Seele. Womöglich klang ich jetzt irrational und religiös verklärt, doch warum sonst hatte sich meine Augenfarbe der meiner verstorbenen Großmutter angepasst? Ereignisse waren im Gange, für die es keine oder eher noch keine Erklärung gab. Aber eine Gewissheit hatte ich in den letzten Wochen, seit Philine mir von ihrer tödlichen Erkrankung erzählte, erlangt: Wenn ich die Frau, die ich liebte, wenn ich ihre Seele würde retten wollen, dann galt es, endlich aktiv zu werden.

Zum Frühstück aß ich heute in aller Hast ein trockenes Brötchen und trank eine Tasse schwarzen Kaffee, zu mehr fehlte mir der Appetit. Der Hund litt unter einer Magen-Darm-Erkrankung, ausgelöst durch eine bakterielle oder virale Infektion. Folglich erhielt er von mir eine kleinere, fettarme Portion mit hoch verdaulichen Proteinen, einem Zusatz von gut fermentierbaren Fasern und einem hohen Gehalt an B-Vitaminen, um seine Magen-Darm-Flora wieder zu normalisieren. Damit er wenigstens noch ein paar Jahre leben konnte.

Über der Gerberstraße hingen heute Morgen vermehrt dichte Nebelschwaden und der Dauerregen der letzten Tage setzte sich fort. Ich begab mich dennoch ohne Regenschirm auf den Weg zur Arbeit, denn auch mein Gesundheitszustand war mir zunehmend egal. Und es war wie zu erwarten: Seit die Temperaturen unter die Marke von zwanzig Grad gefallen waren, schienen sich die mir begegnenden Passanten wieder aller Farben entledigt zu haben. Dunkle Jacken, schwarze Rollis, graue Hemden, trübe

Gesichter, ganz gleich, wohin man schaute. Eine melancholische Stimmung war allerorts spürbar, die mit den ersten fallenden Blättern eingesetzt hatte und sich nun in Gänze entfaltete. Das Leben schien sich immer mehr in sich selbst zurückzuziehen. Menschen, die mir begegneten, schauten kaum noch hoch und schienen gedanklich schon in die Ferne zu flüchten. Die aus dem undurchsichtigen Dunst hervorschießenden Karosserien glichen bösen Geistern, die einen mit ihren Nebelscheinwerfern als Augen böse anfunkelten.

Frau Braun traf ich zwar wie zu erwarten auf der Höhe des Kiosks an, doch sah sie blasser als sonst aus und sie stützte sich mit beiden Armen an einem öffentlichen Briefkasten ab. Ich erkundigte mich eher gleichgültig nach ihrem Wohlbefinden und sie erklärte mir, nur mühsam sprechend, dass ihr kurz schwarz vor Augen geworden sei, es aber nun schon wieder gehe und ich mir keine Sorgen zu machen brauche. Die Ärzte seien ja ohnehin nur übervorsichtig, fuhr sie noch fort, und sich in ihrem Alter noch den Alkohol abzugewöhnen sei doch auch zu viel verlangt. Etwas mitleidig zog ich eine Grimasse, sagte aber nichts mehr und bog in Richtung Stadtpark ein. Ob Frau Braun an Verfettung und Verhärtung der Leber litt, durch den Alkoholmissbrauch an einer Form von Krebs erkrankt war oder beispielsweise eine Herzmuskelerkrankung aufwies, spielte für mich keine Rolle mehr. Ich war mir ziemlich sicher, dass ich sie schon bald nicht mehr wiedersehen würde. Das Jahr neigte sich nun einmal dem Ende zu und Frau Braun würde bald sterben.

Auch im Stadtpark bot sich mir ein Bild des Sterbens. Novemberfröste hatten den Großteil der leuchtenden Herbstblätter von den Bäumen getrieben und zunehmend kahle Äste hinterlassen. Der Übergang in den grauen Herbst war vollzogen und die Natur bereitete sich auf ihre Ruhepause vor.

Unter der Parkbank humpelte die vielleicht von einem Hund oder Marder gebissene schwarz-weiße Katze hervor. Wer weiß, womöglich hatten auch Jugendliche das arme Tier gequält. In

dieser degenerierten Gesellschaft konnte man nichts ausschlie-
ßen.

Bei der Eiche in der Mitte des Stadtparks fehlte ein größeres
Stück Rinde, das wohl mutwillig abgehackt wurde. Dabei wurde
auch das von mir in den Stamm geritzte Herz teilweise beschä-
digt, sodass es nur noch unvollständig war und der Liebespfeil
kaum noch als solcher zu erkennen war. Das von Philine und
mir zusammengestellte Schuhpaar hing zwar noch über einem
der oberen Äste, doch konnte es nur noch eine Frage der Zeit
sein, bis auch dieses von jemandem entfernt werden würde.

Schließlich gelangte ich in die Freudenstraße und wer hätte es
denn nicht vermutet, das wunderbare Graffitigemälde mit den
sich in die Freiheit emporhebenden Schachfiguren, dem Bauern
und der Dame, war durch zusammenhanglose, hässliche Schmie-
rereien verunstaltet worden. Die Lebensfreude des Kunstwerks
war erloschen. Alles schien doch perfekt ineinanderzugreifen.
Bekanntlich wurde der Herbst in der Kunst häufig mit Trauer,
Schmerz und Abschied in Verbindung gebracht. Auch kam es
nicht von ungefähr, dass religiöse Festtage wie Totensonntag
oder Allerheiligen in diesen Zeitraum fielen. Jede Freude des
Sommers war nur geliehen gewesen und musste im Herbst mit
Schmerz und Leid bis auf den letzten Heller zurückgezahlt werden. Und falls es aus diesem ewigwährenden Zyklus des Werdens
und Vergehens vielleicht doch einen Ausweg gab, falls Philine
mich vielleicht doch nicht würde verlassen müssen, dann würde
ich auch für dieses Glück mit Leid bezahlen müssen. Garantiert.

Fünf Finger, fünf Wahrheiten

M it verbitterter Miene betrat ich meine Praxis.
»Morgen, Frau Heine«, brummte ich widerwillig.
»Aber, aber, Martin, über das ›Frau Heine‹ sind wir
doch schon hinaus. Schau doch mal, mein Mann und
ich ha'm Rosenkuchen gebacken. Die besteh'n aus
Quarkölteig mit Äppeln, Preiselbeer'n und Walnüssen. Hach, ein
Genuss, das kann ich dir aber versichern. Probier ruhig, lang nur
zu!«
Abwehrend hob ich die Hände und schritt ohne weiteres Interesse an meiner Sekretärin ins Behandlungszimmer. Heute Morgen
würde ich mich zum letzten Mal mit Mia Murawski, der unter
dem Borderline-Syndrom leidenden jungen Frau mit feuerroten
Haaren, auseinandersetzen. Es galt, den Fall endlich zum Ab-
schluss zu bringen. Von all meinen Patienten war es allein Mia,
deren Geschichte mich bewegte und mich ins Grübeln brachte -
schien es doch fast so, als würde ich selbst in dieser Geschichte
eine Rolle gespielt haben. Die unwahrscheinlich weit reichende
Parallele zwischen ihrem Vater und mir war meinem geistigen
Wohlbefinden jedoch abträglich. Hinzu kam, dass mein Verhältnis zu Mia ohnehin schon zu stark von Nähe geprägt war und
somit unprofessionell erschien, weshalb es heute auch beendet
werden musste. Eines galt es jedoch noch vorab zu klären.
»Guten Morgen.«
»Hey, Martin. Schön, dich zu sehen. Also, auf ein Neues heute,
oder?«
Wie selbstverständlich zog Mia Murawski ihre Schuhe und So-
cken aus und nahm auf dem Sessel den Schneidersitz ein.
Nachdem ich mir die anthrazitfarbene Satinkrawatte zurechtgerückt hatte, setzte ich mich bedächtig der Patientin gegenüber,
wobei ich meinen Sessel leicht nach hinten verschob.
»Also, Frau Murawski ...«
Sie lachte. »Was wird das?«

»Mia ... lass uns einfach beginnen. Wir sind bei unserer letzten Sitzung bei der Frage stehengeblieben, wie du es eigentlich trotz deiner grausamen Erfahrungen, trotz des Verlustes deiner Eltern, bis zum heutigen Tag geschafft hast, überhaupt noch zu atmen. Wie hast du es geschafft, dass du jetzt hier sitzt und über dieses Leiden sprechen kannst, während sich andere vielleicht schon völlig aufgegeben hätten. Auf diese Frage hattest du dir Bedenkzeit erbeten.«

Mia griff in ihre Hosentasche und steckte sich anschließend ein Kaugummi in den Mund. »Richtig - und ich habe tatsächlich viel nachgedacht. Und am Ende bin ich hierauf gekommen ...«

Stolz hielt sie mir ihre ausgestreckte Hand entgegen.

»Eine Hand«, stellte ich etwas lapidar fest.

»Mit fünf Fingern«, ergänzte sie.

»Wahnsinn«, kommentierte ich.

Mia grinste. »Fünf Finger, fünf Antworten, doch nur eine war die richtige für mich. Als meine Mama tot war, als mein Papa tot war, was habe ich nicht alles ausprobiert, wo habe ich mich nicht überall herumgetrieben, immer auf der Suche nach jemandem oder etwas, was mir helfen würde, die ganze Scheiße zu verarbeiten oder zumindest zu vergessen.« Sie begann, an ihren Fingern abzuzählen. »Als erstes war da zwangsläufig die Kirche. Konnte man gar nichts dagegen machen, die drängte sich einem ja regelrecht auf. Stundenlang musste ich mit einem Pastor zusammensitzen, der mir ganz viel von den Leiden Jesu erzählte und dass sich Gott ja am Kreuz mit mir armen Mädchen gleichgestellt hatte und was das für mein Heil bedeutete und dass meine Eltern jetzt im Paradies auf mich warten würden und so weiter und so fort. Ehrlich gesagt konnte ich ihm am Ende schon gar nicht mehr zuhören, da ja doch alles immer nur auf Gott hinauslief. Gott, Gott, Gott, immer nur Gott. Aber geholfen hatte Gott auch nicht, als ich an nur einem verfluchten Tag erst meine Mama und dann meinen Papa verlor. War er am Ende vielleicht gar nicht so mächtig und hatte gar nichts tun können? Warum sollte ich so einen dann Gott nennen? Oder war Gott sehr mächtig, aber halt einfach nur ein Arschloch? So oder so halfen mir Glauben und Gott nicht weiter.«

Ich nickte. »Das verstehe ich.« Ich erinnerte mich an Gespräche mit Emma, aber auch an meine kuriose Begegnung mit Mara Gleisenach im Altenheim zurück. Auch ich hatte keinen Zugang zum Glauben gefunden, mein Verstand verwehrte es mir schlichtweg.

Mia nahm den zweiten Finger zur Hilfe.

»Zweitens habe ich gedacht, wenn schon nicht Gott mich zu stützen vermochte, dass mir dann vielleicht die Halbgötter in Weiß helfen könnten. Also ließ ich mir Antidepressiva verschreiben, hab da jede Menge Scheiße geschluckt, und ich nahm an einer Lichttherapie teil, habe es mit Akupunktur probiert, habe mir Hormone spritzen lassen und habe an einer Magnetfeld-Therapie teilgenommen. Das volle Programm. Tja, und offensichtlich half nichts von dem Ganzen.«

Wieder nickte ich. »Auch das verstehe ich.« Ich erinnerte mich sowohl an die Untersuchungen Theos in der Klinik nach meinem psychogenen Schock bei der Beerdigung Emmas als auch an die verzweifelten Erklärungsversuche der Ärzte für meine veränderte Augenfarbe zurück. Auch mir hatte die moderne Medizin keine Antwort liefern können.

Nun gelangte sie zu ihrem dritten Finger. »Drittens kamt ihr Psychodoktoren. Nichts für ungut. Ich kann die Stunden schon gar nicht mehr zählen, die ich auf irgendwelchen Ledersesseln verbracht habe und in denen ich von meiner Kindheit und meinem Verhältnis zu meinen Eltern, zu meinen Großeltern, zu meinen Schulkameraden, ja, gefühlt sogar zu meinem Postboten berichtet habe. Und immer wieder die eine Frage: ›Wie hast du dich dabei gefühlt?‹ Martin, dir habe ich mich bisher am weitesten öffnen können, einfach deshalb, weil du mich an meinen Vater erinnerst - was ja schon für sich genommen ziemlich krank klingt. Und besser geht es mir seitdem auch nicht, eher im Gegenteil. Ich fühle mich immer noch allein auf weitem Feld. Alles tut nur noch mehr weh, ohne Aussicht auf Besserung. Wir reden und reden und es scheint, als würden wir mein Problem endlich zu fassen kriegen, doch im nächsten Moment ist es uns doch schon wieder entglitten und versteckt sich nur umso tiefer in meinem Unterbewusstsein.«

Unwillkürlich stimmte ich auch hier zu und musste wieder an mich selbst denken. Hatte ich doch Traumtagebücher geführt und jedwede Form von Psychohygiene betrieben, ohne dass sich mein Geisteszustand dauerhaft stabilisiert hatte. Mittlerweile sah ich das krankhafte Bild vom Sensenmann häufiger als jemals zuvor.

Als vierter Finger war der Ringfinger an der Reihe, den Mia nun in die Luft hielt.

»Viertens habe ich es mit Partnerschaften versucht. Mit den Schmetterlingen im Bauch. Hand in Hand und auch Schulter an Schulter mit dem Mann meiner Träume durchs Leben zu gehen, spätestens *das* müsste mir doch neuen Auftrieb geben. In Hollywoodfilmen funktionierte so etwas doch auch immer. Aber diese Schmetterlinge im Bauch waren leider nie von Dauer und was danach kam, machte alles immer nur noch schlimmer. War der vermeintliche Traumpartner in den ersten Monaten noch so etwas wie der Wind unter meinen Flügeln und ließ mich allen Kummer vergessen, so blies mir der Wind dann doch schon bald wieder umso heftiger ins Gesicht. Beziehungsende, Liebeskummer, Depressionen, allein auf weitem Feld. Dann hieß es von Bekannten und meinen Großeltern nur, dass ich eben noch nicht den richtigen Mann gefunden habe, der mich wirklich und dauerhaft glücklich machen könne. Aber was für ein Partner sollte denn solche Superkräfte besitzen und mich *dauerhaft*, Tag für Tag, glücklich machen können? Das kann man doch nicht von jemandem verlangen. Nein, ich kapierte allmählich, dass ich von selbst glücklich und mit mir im Reinen sein musste, und erst dann würde ich dieses Glück in der Liebe teilen können. Eine Partnerschaft war doch kein Ersatz für eine Therapiesitzung, ein Kuss kein Antidepressivum.«

Nachdenklich zeichnete ich Kreise auf meinem Notizblock. Auch meine Liebe zu Philine würde nicht von Dauer sein, der Tod würde uns trennen, und hatte sie mich kurzzeitig aus meiner grauen Welt emporgehoben, so würde ich doch schon bald wieder an diese gefesselt sein. Und dann würde es mir womöglich schlechter gehen als jemals zuvor. Eigentlich war das mit Philine alles nur ein großer Fehler gewesen, oder?

»Wirklich geholfen hat mir bisher nur der hier ...«

Mia hielt nun ihren kleinen Finger in die Luft und es schien mir rätselhaft, wofür dieser noch stehen mochte.

»..., denn dieser kleine Finger steht für das bei mir einzig wirksame Arzneimittel. Schau her!« Mia kramte in ihrer Handtasche und holte ein kleines, abgewälztes Taschenbuch hervor. »Tadaa! Literatur. Bücher. Geschichten. Phantasie. Martin, roll mit den Augen, ist in Ordnung, aber mir hat bisher nichts anderes geholfen.«

Wut staute sich in mir auf und ich begann schwer zu atmen.

»Du willst mir doch hier nicht ernsthaft erzählen, dass Romane, Novellen, Kurzgeschichten und so weiter dir bei deiner Borderline-Persönlichkeitsstörung geholfen haben? Oder dir eine tief greifende Trauerbewältigung ermöglicht haben? Literatur, Mia, das ist Erdachtes, Fiktion, etwas, das dich wie ein guter Film oder ein Hörspiel unterhalten mag. Aber sie kann keine Wirklichkeit verändern, keine Krankheit heilen! Vielleicht kann sie dich belehren oder erbauen, dir einen Zufluchtsort bieten, aber was da am Ende passiert, ist einfach nicht real.«

Jetzt musste Mia lachen. Kopf schüttelnd spielte sie in ihren Händen mit einer Zigarette, die sie aus ihrer Jackentasche hervorgeholt hatte und die sie wohl nach der Therapiesitzung anzuzünden gedachte. »Eine andere Reaktion hätte ich von dir auch nicht erwartet. Die einzigen Texte, die du freiwillig liest, sind wahrscheinlich ...«

»... Sachtexte«, komplettierte ich ihren angefangenen Satz.

Ihre Hand auf ihren Brustkorb legend, fuhr Mia fort. »Ich kann zwar nur von mir ausgehen, aber für mich ist Literatur so etwas wie eine prall gefüllte Schatzkammer von Erinnerungen. Eine riesige Sammlung von Erlebtem und Gedachtem. In der Literatur lese ich immer wieder von Menschen, die Neues im Leben ausprobieren. Und somit ist die Literatur für mich ein Ort, an dem aufbewahrt ist, was mich und jeden von uns verändern und was uns eine neue Lebensrichtung geben kann.«

»Aber noch einmal ... es ist doch alles nur erdacht! Es ist nicht wirklich passiert!«, warf ich auf fast schon störrische Art und Weise ein.

Ein kurzes Klickgeräusch ertönte und es schoss eine Flamme aus dem silberfarbenen Feuerzeug, mit dem Mia jetzt spielte und das sie sich vor ihr Gesicht hielt. Ihre Augen begannen zu leuchten. »Trotzdem kann die Literatur aber heilen, Martin! Das weiß ich mittlerweile. Vielleicht kannst du mir als Psychodoktor die Ursachen meiner Krankheit nennen und der Krankheit komplizierte lateinische Namen geben, aber die sind auch schnell wieder vergessen. Wenn ich Geschichten lese, fühle ich hingegen und Gefühle vergisst man nicht so schnell. Beim Lesen von Geschichten bekomme ich keine Ratschläge oder Anweisungen, sondern einfach nur Erfahrungen. Und die Literatur macht mir bewusst, was mir vorher nicht bewusst war und was sich durch den Verstand auch gar nicht erschließen lässt.«

Ungewollt musste ich lauthals auflachen. »Was soll das denn sein?«

Überlegen grinste Mia. »Das kann ich dir nicht sagen, das ist bei jedem anders. Hast du mir nicht selbst einmal gesagt, dass sich manche Dinge gar nicht direkt in Worte packen lassen? Da war doch etwas mit dem limbischen System des Gehirns?«

»Ja, und? Deshalb arbeiten wir ja auch mit Bildern.«

»Bingo. Und mit der Literatur funktioniert es genauso. Sie kaut dir nichts vor, aber sie gibt dir Bilder. Und eines davon kannst du dann zu deinem persönlichen Bild machen. Aber es ist so wie mit deinen Therapiesitzungen: Wenn du dich verweigerst, dann bringt dir das Lesen gar nichts, allenfalls eine nette Geschichte. Wenn du dich aber öffnest ...«

Ich wurde neugierig. »Also hast du doch ein Bild gefunden, das ...«

»... das mir hilft, nicht schon am Morgen daran zu denken, mir meine Pulsadern aufzuschneiden? Das mich zumindest kurz verstehen lässt, dass ich leben darf, auch wenn meine Eltern es nicht mehr tun? Ja, Martin, das habe ich.« Sie warf mir das vergilbte schwarze Taschenbuch zu. »Es ist kein besonderes Buch, nur eine unbedeutende kleine Novelle, nicht einmal sonderlich gut geschrieben, die Handlung auch nicht besonders spannend. Aber einen Spruch fand ich in der Novelle, irgendwie baute die ganze Geschichte auf ihm auf, der mich sofort packte: ›Wenn der Wind weht, bauen die einen Mauern und die anderen Windmühlen.‹ Mehr nicht. Ich kann es nicht erklären und will es auch nicht von dir erklärt bekommen, aber wenn ich von Menschen lese, die diesen Spruch beherzigt haben ... ob es diese Menschen nun wirklich gegeben hat oder nicht ... dann habe ich das Gefühl, meinem Leben eine Richtung geben zu können. Wenn ich Geschichten lese, Literatur, dann habe ich dieses Bild vor Augen und dann geht es mir gut. Dann stehe ich nicht mehr auf weitem Feld, sondern dann schwebe ich über diesem Feld, frei wie der Wind, kann mich in alle Richtungen bewegen, wo auch immer ich hinmöchte.«

Für einige Sekunden schwiegen wir beide und ich dachte einen kurzen Augenblick, dass Mia mit ihrem Bild von Windmühlen statt Mauern eine wirklich gute Wahl getroffen hatte. Dann besann ich mich, zog meine Krawatte und meine Hemdsärmel zurecht und erhob mich von meinem Sessel.

»Wie dem auch sei. Mia Murawski, ich möchte hiermit offiziell unser Verhältnis von Therapeut und Patientin auflösen. Ich habe bereits mit einem anderen Therapeuten, Herrn Doktor Hansen, telefoniert, ein fähiger Mann, der sich bereiterklärt hat, die notwendigen weiteren Schritte mit dir zu gehen. Bei ihm wirst du in guten Händen sein.«

Mia schaute mich milde überrascht, zugleich auch ein wenig belustigt an, wie ich da von einem Bein aufs andere tretend vor ihr stand, und steckte sich die noch unangezündete Zigarette in den Mund. »Ernsthaft jetzt? Du lässt mich im Stich?«

»Darum geht es nicht. Aber unser Verhältnis ist einfach nicht mehr hinreichend professionell. Ich habe den hippokratischen Eid geschworen und sehe es als meine Verpflichtung an, dir die bestmögliche Behandlung zugutekommen zu lassen. Diese Parallelen, die du zwischen mir und deinem Vater zu sehen glaubst, und auch diese ... fürsorglichen Gefühle, die ich dir gegenüber empfinde, stehen einer ernsthaften Auseinandersetzung mit deiner psychischen Erkrankung und deinen traumatischen Erfahrungen im Wege.«

Mia schüttelte nur mit dem Kopf und stand abrupt auf. Sich ihre Schuhe wieder anziehend und sich ihre Jacke über die Schulter werfend, zündete sie sich ihre Zigarette an und riss die Tür auf. Schon im Gehen inbegriffen, wandte sie sich noch ein letztes Mal mir zu, nahm die Zigarette aus dem Mund und schaute mich sorgevoll an.

»Ja, du erinnerst mich wirklich an meinen Vater. Daher bitte ich dich: Sei nicht so ein verdammter Sturkopf wie er, sonst wirst auch du bald von einem Seil herabbaumeln, genauso wie er.«

»Danke für deinen therapeutischen Rat«, ätzte ich. Als ob mir Mia, dieses junge Gör, irgendwelche Ratschläge für meinen weiteren Lebensweg geben könnte. Für mich zählte im Leben nur noch eines, und das war Philine. Und auch wenn ich in so manchen Momenten davonlaufen wollte, ohne mich je wieder umzudrehen, auch wenn ich sie manchmal vergessen wollte, würde ich Philine heute Nachmittag wiedersehen, so wie ich es auch gestern und vorgestern tat, mich stets fragend, wann es das letzte Mal sein würde. Von einem Seil herabbaumeln? Ich? Niemals. Ich war schließlich nicht Mias Vater. Ich war stärker.

Ein kräftiger Stoß

D as Händchenhalten, bis in die 1960er in der Öffentlich-keit als Zurschaustellung von Intimität weitgehend verpönt, war aus meiner Sicht nicht nur eine harmlose, sondern eine universelle Form der Liebesbekundung. Eine, die vom Kleinkind bis zum Senior nahezu jeder praktizieren konnte.

Vor wenigen Wochen noch hatte ich mir vorgestellt, wie ich in ferner Zukunft als betagter Mann Hand in Hand mit meiner Frau zum Mohnensee spazieren würde, ein trockenes Weizen-brötchen bei mir tragend, das früher Teil meiner Frühstücksrou-tine war und nun den Enten Freude bereiten sollte. Weiter hatte ich mir vorgestellt, wie ich selbst im hohen Alter noch in die Augen meiner einzigen großen Liebe blicken würde und wie ihre Augen alles widerspiegelten, was ich je vom Leben gewollt hatte. Ich hatte mir vorgestellt, wie wir uns zufrieden anblickten, wohl wissend, dass wir gemeinsam alt geworden und auf eine glückli-che Zeit zurückblicken konnten. Was konnte man sich Besseres vom Leben erhoffen, als den Weg gemeinsam mit einem Seelen-verwandten bis zum Ende gehen zu können? Wir werden alleine geboren und wir sterben alleine, doch diese kurze Zeit dazwi-schen, dieser Wimpernschlag auf der ewigen Zeitachse, gehört uns und hier hätten wir, Philine und ich, gemeinsam, zu zweit, das Bestmögliche herausholen können.

Doch das würde nie passieren, der Sommer hatte ein Ende ge-funden und Philine würde schon bald sterben. Die Zukunft wurde uns versperrt und so blieb uns nur die Gegenwart. Und so schloss ich am Nachmittag dieses grauen und trüben Herbsttages meine Hand um Philines und spürte ihre zarte Haut auf der meinen. Das Halten ihrer Hand war im Frühling mein erster Liebesbeweis an sie gewesen, es war mein jetziger Liebesbeweis und wahrscheinlich würde es auch mein letzter sein.

Mit gemischten Gefühlen, glücklich und unglücklich zugleich, blickte ich Philine an. Tausend Gedanken zugleich schienen durch meine Synapsen zu jagen und doch konnte ich nur diesen einen Satz auf meine Zunge bringen: »Ich will dich nicht verlieren.«

Mit ihrem kleinen Finger strich mir Philine über meine Handinnenfläche. »Und ich will dich nicht verlieren«, entgegnete sie und wir umarmten einander lange.

Wie so häufig in den letzten Tagen saßen wir im Stadtpark auf einer Parkbank und blickten auf den Mohnensee hinaus. Wir hatten bereits viel über Philines Krankheit und ihren Sterbeprozess gesprochen und sie ließ mich immer deutlicher spüren, dass sie des Themas überdrüssig war, doch vermochte ich es noch nicht, hiervon abzulassen.

»Und denke unbedingt an die notwendigen Vorkehrungen für die Hinterbliebenen. Liste am besten dein Vermögen und eventuelle Verbindlichkeiten auf, erstelle eine Liste der Erben und Begünstigten, verfasse ein eigenhändiges Testament und trage die Begünstigten bei deiner Lebensversicherung ein.«

»Ist notiert«, murmelte Philine monoton.

»Und du musst anfangen, dir Gedanken über deine Beerdigung zu machen. Wünschst du dir eine Erd-, Feuer- oder See-Bestattung? Gibt es gegebenenfalls einen besonderen Friedhof, den du bevorzugen würdest? Und auch über die Gestaltung deiner Trauerfeier müssen wir noch sprechen, angefangen bei der Auswahl der Lieder.«

»Warte kurz ... da stimmt etwas nicht«, unterbrach mich Philine. Erschrocken wirkend kniff sie ihre großen Augen zusammen. »Dein Gesicht ... es hat sich verändert.«

»Wie meinst du das? Was ist los?«

»Oh Gott ... die Konturen sind mit einem Mal ... mit einem Mal ganz andere ... viel härter und dein Gesicht wirkt regelrecht ausgemergelt. Was ist? Glaubst du mir nicht? Oh verdammt, wenn du mir nicht glaubst, dann schaue dir doch die Spiegelreflexion im Seewasser an, schnell! Richtig unheimlich wirkt das!«

157

Mit bangen Gedanken stand ich auf und trat an das Ufer des Sees. Erst meine veränderte Augenfarbe, jetzt das Gesicht ... derartige körperliche Veränderungen waren nicht mehr rational erklärbar und eindeutiger Beweis für das Wirken einer höheren Macht. Der Tod, hatte er jetzt schon von mir Besitz ergriffen?

Weiter kam ich im Durchleben meiner Ängste nicht, denn ein heftiger Ruck erfasste mich. Noch ehe ich begriff, was hier vor sich ging, hatte Philine mir mit ihren beiden Handinnenflächen von hinten einen kräftigen Stoß gegeben. Das Gleichgewicht verlierend, taumelte ich kurz und fiel dann rücklings in den Mohnensee. Das schlickige Wasser umspülte erst meinen Körper und Sekundenbruchteile später auch meinen Kopf, bis ich zur vollen Gänze unter der Wasseroberfläche verschwunden war. Vielleicht war es das Adrenalin, das in diesem Moment auf Grund des Schocks durch meine Adern gespült wurde, doch mit einem Mal wurde jede Schwermut von mir fortgerissen. Zum ersten Mal seit dem Spätsommer fühlte ich mich für einige Sekunden regelrecht schwerelos. Ich hätte wütend um mich treten oder auftauchen und Philine anschreien können, was ihr denn einfalle, mich an einem Novembertag in das eiskalte Wasser zu stoßen. Stattdessen aber ruhte ich in mir selbst und ließ mich kurzzeitig vom kühlen Nass tragen, wohin es beliebte. Dabei streifte ich mit meinen Händen am Boden befindliche Algen, Baumstümpfe und Kieselsteine. Als ich schließlich wieder auftauchte und zu Philine ans Ufer schwamm, hatte diese Müh und Not, vor Lachen nicht selbst ins Wasser zu fallen.

»Mein Hübscher, du hast noch einen großen Klumpen Algen auf deinem Kopf. Sieht von hier ein wenig wie Dreadlocks aus.«

»Gefällt dir meine neue Frisur?«

»Ist schon eine Verbesserung. Tut mir leid, dass ich dich da reingeschubst habe, aber du brauchtest definitiv eine Abkühlung. Zuletzt hieß es ja nur noch Tod hier, Beerdigung da, irgendwelche Träume dort. Bist du jetzt endlich wieder wach? Weg mit den trüben Gedanken ... ich lebe doch noch und zwar im Hier und Jetzt!«

»Ja, danke, die kleine Erfrischung hat mich wachgerüttelt. Möchtest du es auch einmal probieren?«

Mit erhobenem Zeigefinger trat Philine einen Schritt vom Ufer zurück. »Wehe ... ich bin eine Lady und bestehe darauf, auch als solche behandelt ...«

Weiter kam sie nicht. Meine ausgestreckte Hand schnellte über die Wasseroberfläche und spritzte das Wasser so zentiliterweise auf Philine, wo es sich in Form eines kalten Schauers über sie ergoss. Meine Freundin reagierte mit einem hellen Mädchenschrei, dem undefinierbare Urlaute folgten.

»Wir sind ein Paar - wir teilen alles, meine Liebe«, lachte ich schadenfroh.

Wie ein begossener Pudel dastehend, funkelte mich Philine zunächst an. Dann hörte ich sie »Scheiß drauf« murmeln, ehe sie Anlauf nahm und mit einer herzhaften Arschbombe neben mir in den See einschlug.

»Etwas galanter hätte es auch sein dürfen«, merkte ich an, als sie wieder aufgetaucht war.

»Kann ... nicht ... sprechen ... zu ... kalt«, stotterte Philine.

»Ich wärme dich«, schlug ich vor und zog sie nah an mich heran.

»Pass lieber auf, wo dein Blut jetzt hinfließt, sonst friert dir noch ein Fuß oder so ab.«

Wir küssten und umarmten uns zunächst noch einige Minuten lang, ehe wir ausgelassen im See herumplantschten, so herzhaft wie noch nie lachten und schließlich zitternd ans Ufer schwammen, unsere durchnässten Sachen abwarfen und uns nackt in unsere mitgebrachten Decken wickelten. Und so begaben wir uns nur in Decken gehüllt und ansonsten wie Gott oder die Evolution uns schuf auf den Rückweg zu meiner Wohnung. Unterwegs mussten wir uns jedoch kurz in einem Hauseingang verstecken, da Philine felsenfest davon überzeugt war, die Mutter eines ihrer Grundschulkinder am Ende der Straße gesehen zu haben.

»Das war die Mutter von Moritz, ich bin mir zu einhundert Prozent sicher.«

»Na und? Wer ist Moritz?«

»Ich habe dir doch einmal von meinem peinlichen Erlebnis erzählt, wie ich als Referendarin vor der Klasse stand und laut getönt habe, ich wolle nun auch die Schüchternen mit ins Bett statt ins Boot holen.«

»Ich erinnere mich. War lustig.«

»Der Moritz war mein Ablenkungsmanöver – der Junge, den ich dazu gebracht habe, seine Zunge an einem Eisklumpen festfrieren zu lassen. Seine Mutter hat mich seitdem sowieso schon auf dem Kieker – jetzt abends als Exhibitionistin in Erscheinung zu treten, dürfte nicht dabei helfen, dass sie sich das richtige Bild von mir macht.«

Ich feixte. »Wie hast du es damals so schön formuliert? Frau Mandelbaum, der ›sex teacher‹. Von daher passt es doch eigentlich wunderbar ins Bild.«

»Das ist nicht lustig.«

»Frau Mandelbaum, der sex teacher. Du, das gefällt mir sehr gut.«

»Hände weg! Ich habe nicht viele Regeln, aber eine lautet: Keine Fummelei nackt auf einer Straße.«

»Du bist aber streng.«

Mit pochendem Herzen schlichen wir uns weiter durch die Straßen und wichen noch so einige Male vermeintlich neugieren Blicken von Passanten aus. Dabei fühlten wir uns ein wenig wie zwei Diebe, die im Verborgenen agieren mussten und daher immer den Schutz der Dunkelheit suchten und von Schatten zu Schatten huschten. Es war aufregend.

Als wir schließlich bei mir angekommen waren, legten wir die durchnässte Kleidung über die Heizkörper meiner Wohnung. Auch die von Emma geerbte Armbanduhr nahm ich nun von meinem Handgelenk ab, was Philine bemerkte. »Ach, tut mir leid, das habe ich nicht bedacht. Was ist jetzt mit deiner schönen Armbanduhr? Die hast du doch von deiner Oma geerbt, meinst du, dass die jetzt womöglich einen Wasserschaden hat? Für solche Aktionen wie das Plantschen im Wasser ist sie doch bestimmt nicht gemacht.«

Ich musste breit grinsen. »Da irrst du dich. Die Uhr ist sogar ausschließlich für solche Momente gemacht.«

Ich umarmte Philine und wir küssten und liebten uns innig.

Kein Naturphänomen!

Und jene Nacht im November, in der wir zusammen im Mohnensee badeten, blieb in den nächsten Wochen die einzig wirklich lebhafte Erinnerung, die ich mit Philine noch teilen konnte. Ihr körperlicher Zerfall wurde immer augenscheinlicher und schließlich wurde sie an einem Donnerstagabend wohl zum letzten Mal ins Kreiskrankenhaus eingeliefert. Theo, mit dem ich den Kontakt seit jener Spätsommernacht, als ich von Philines Krankheit erfahren hatte, gemieden hatte, machte mir an diesem Donnerstagabend als ihr behandelnder Arzt keine Hoffnung mehr, dass sie das Krankenhaus wieder verlassen würde. Mich eindringlich musternd, wollte Theo anschließend mit mir ausführlicher sprechen und lud mich ein, mit ihm zusammen zu Abend zu essen, doch dies lehnte ich vehement ab. Er bat mich, ihm in ein leer stehendes Büro zu folgen, aber ich blieb störrisch und verneinte auch dies. Und so sprachen wir schließlich auf dem Krankenhausflur miteinander.

Theo fing an und versuchte sich reumütig zu zeigen. »Martin, ich verstehe deine Wut auf mich vollkommen für das, was ich dir über Philine verschwiegen habe. Du bist zurecht verärgert, denn ohne mich würdest du jetzt nicht leiden.«

»Richtig. Du Arschloch hast Philine als den letzten Pfeil in deinem Köcher der Liebe bezeichnet.«

161

»Und das war sie auch.«

»ABER WAS FÜR EINE LIEBE SOLL DAS DENN GEWESEN SEIN, BEI DER NACH SO KURZER ZEIT NICHTS ALS SCHMERZ BLEIBT?«, schrie ich unbeherrscht. Andere Ärzte und Pfleger drehten sich nach uns um, doch Theo gab ihnen zu verstehen, dass sie uns in Ruhe lassen sollten.

»Alles, was du jetzt durchmachst, tut mir leid und dieses Schuldgefühl werde ich für immer mit mir tragen müssen. Vielleicht kostet uns dein Schmerz auch unsere Freundschaft. Aber lass mich dir nur noch eines sagen: Ich habe dich noch nie so emotional erlebt wie jetzt, immer nur warst du unterkühlt, emotionslos, gleichgültig. Nie schienst du die Aufs und die unvermeidlichen Abs des Lebens zu spüren - und das hat sich jetzt geändert. Wie könntest du jetzt, in diesem Moment, so tottraurig, zornig und verletzt sein, wenn du nicht vorher etwas unbegreiflich Schönes erlebt hättest? Wie könntest du jetzt das Liegen am Boden als Leid empfinden, wenn du nicht vorher aufrecht und mit stolzgeschwellter Brust gestanden hättest? Wie funktioniert Liebeskummer ohne Liebe?«

Meine vor Zorn bebende Hand drückte ich gegen Theos Brustkorb. »Hör auf, dich wie eine Schlange zu winden. Ich habe dich um nichts gebeten. Ich wollte keine Aufs und Abs. Deinetwegen quellen mir jetzt Gefühle zu beiden Ohren heraus. Ich bin verletzlich und schwach und wehleidig geworden. Du hättest mich einfach so lassen können, wie ich war.«

»Was wäre ich dann für ein Freund gewesen? Dir ging es schlecht, Martin! Du hattest dich völlig darauf versteift, dieser nüchterne Logiker zu sein, selbst als Emma gestorben ist. Du hast so viele Gefühle in dich hineingefressen, dass die Explosion nur noch eine Frage der Zeit war. Alles, was ich wollte, war dir ein Ventil für diese Gefühle zu geben. Eine Frau, die dir helfen würde, dir nicht mehr selbst im Wege zu stehen.«

»Du bist arrogant und selbstherrlich.« Trotzdem ließ ich mit meiner Hand von Theo ab. Mein Freund breitete seine Arme aus.

»Arrogant, anmaßend, überheblich, naiv - du kannst mir alles vorwerfen. Und wenn es dir dadurch besser gehen sollte, kannst du mir auch eine reinschlagen. Verdient hätte ich es definitiv.«

»Du bist Philines Arzt. Ich schlage dich nicht, du wirst noch gebraucht. Mach deinen Job, verdammt nochmal.«

Theo schüttelte nur den Kopf. »Bitte, hör mir zu ... wenn du noch einmal von ihr Abschied nehmen willst, solange sie davon etwas mitbekommt, dann mach das jetzt. Wir tun alle unser Bestes, doch ich kann dir nicht garantieren, dass Philine morgen noch der Mensch ist, den wir beide kennen.«

Eine Grimasse ziehend winkte ich jedoch ab. Ich brauchte nicht mehr an ihr Sterbebett gehen und ihr noch einmal letzte Worte sagen, denn die Liebe meines Lebens wusste, wie ich zu ihr stand und was ich fühlte. Ich würde die letzten Stunden ihres Lebens nicht tatenlos neben ihrem den Geist aufgebenden Körper zubringen. Stattdessen würde ich alles dafür tun, um Schlechtes von ihr abzuwenden. Und falls ich im Diesseits nichts mehr für sie tun konnte, dann musste ich mich eben dem Leben danach zuwenden!

Während Theo noch auf mich einredete und mir vorhielt, wie wichtig es seiner Meinung nach sei, von geliebten Menschen auf angemessene Art und Weise Abschied zu nehmen und ich bedenken sollte, wie es mir nach dem Tod meiner Großmutter Emma erging, wanderte mein Blick suchend beide Seiten des langen Krankenhausflures entlang. Zwar konnte ich den Sensenmann, das Abbild des Todes, nicht entdecken, doch dass der Tod in diesem Moment ganz in meiner Nähe war, schien mir gewiss. Als ich meine Augen kurz schloss, meinte ich sogar, die Stimmen seiner Vorboten, dieser eigenartigen Spinnenwesen mit leuchtenden Kohlenaugen, weit entfernt zu hören.

Es war eine unumstößliche Gewissheit: Ein Monstrum wartete an der Tür zum Jenseits auf mich, danach gierend, mich ins ewige Nichts zu reißen. Davonzulaufen war für mich jedoch keine Option mehr. Ich hatte nichts mehr zu verlieren. Stellte ich mich dieser Ausgeburt des Bösen nicht, dann würde er sich Philine als den letzten mir wichtigen Menschen zuwenden und ihre Seele an sich reißen. Mir blieb ganz offensichtlich keine Wahl.

»Und daher solltest du ... hey, Martin, hörst du mir überhaupt zu? Wo schaust du denn hin?« Theo schnipste zweimal vor meinem Gesicht. »Hör mal ... ich weiß, wie unerträglich der Schmerz für dich gerade ist und du hast mein vollstes Mitgefühl. Aber vielleicht erinnerst du dich an deine eigenen Worte, die du an mich gerichtet hast, als mir meine Arbeit mit schwerkranken Patienten unerträglich zu werden schien: *Der Tod ist, ob es uns passt oder nicht, ein unausweichliches Naturphänomen, das irgendwann einzutreten hat.*«

Ich wandte mich zum Gehen ab. »Ist er das wirklich, Theo? Ist der Tod ein unausweichliches Naturphänomen?« Schnellen Schrittes ließ ich meinen Freund ratlos zurück, eilte aus dem Krankenhaus, rief mir ein Taxi und ließ mich nach Hause fahren. Diese Behauptung würde ich nun auf die ultimative Probe stellen.

Jenseits der Vernunft

Der Tod konnte mich nicht mehr ängstigen, hatte er mich doch bis aufs letzte Hemd ausgeraubt. Jedwede Farben und Freuden, die mich diesen Sommer beglückt hatten, hatten ihr Gastspiel bei mir kleinem Licht beendet und waren wieder in ungreifbare Ferne gerückt. Und jetzt? Das Leben schien mir gänzlich sinnlos. Mich schien nichts mehr an diese Welt zu binden. Wollte ich sterben? Von einem Seil herabbaumeln? Ich wusste wirklich nicht mehr, was ich wollte. Wenn der Tod Philines unabänderlich bevorstand, gebot es mir dann nicht die Vernunft, mein Leben neu auszurichten, mir neue Ziele zu setzen und neue Perspektiven zu entwickeln? Doch andererseits ... wenn der Tod Philines unabänderlich bevorstand, geboten mir dann nicht meine Gefühle, dem sinnlosen Dasein hier zu entfliehen und der Liebe ins Jenseits zu folgen?

Nur eines war gewiss: Es gab einen Dämon, der mich auf ewig verfolgen würde, falls ich ihm nicht endlich und endgültig die Stirn bieten würde. Ungewiss war nur, ob der Dämon in mir selbst lag und meinem Verstand entsprang, oder aber ob es eine dunkle Macht gab, die ihre abartigen Spiele mit mir trieb.

Zu Hause auf meinem Bett sitzend liefen mir siedend heiße Tränen die Wangen herunter. Und dann fasste ich schließlich meinen Entschluss: Ich konnte und wurde Philine nicht einfach so sterben lassen. Und wenn das bedeutete, sich dem Tod stellen zu müssen, dann sollte es eben so sein, so verrückt ich mich jetzt auch anhören mochte.

Durch Zug am Kolben befüllte ich eine Spritze mit dem Sedativum Midazolam, da es mich nicht nur betäuben würde, sondern es darüber hinaus auch angstlösend, entspannend und entkrampfend wirkte. Um einen besonders schnellen Wirkungseintritt des Medikaments zu erreichen, entschied ich mich für eine intravenöse Injektion. Die hierzu nötige Venenpunktion führte ich an meinem Unterarm durch, da die Haut dort eher dünn und wenig schmerzempfindlich war.

Ich zog die Haut seitlich von meiner Vene weg, stach die Venenverweilkanüle im Winkel von 45° in die nun neben der Vene befindliche Haut, ließ die Haut sich zurück über die Vene bewegen, senkte den Kanülenwinkel auf 20° ab und brachte die Kanüle zügig ins Lumen der Vene ein. Durch Druck auf den Kolben presste ich anschließend das Betäubungsmittel in meine Blutbahn.

Dies alles geschah sehr schnell und ob ich die Dosierung richtig wählte, oder eher noch überhaupt richtig wählen wollte, vermochte ich nicht mehr zu sagen. Vielleicht nahm ich auch zu viel.

Oder schlimmstenfalls viel zu viel.

Würde mich, sobald ich die Augen geschlossen hatte, ein Traum oder das Jenseitige erwarten, konnte ich nicht sagen. Atemlähmung und mein Tod durch Herzstillstand waren möglich, doch nahm ich diese Gefahr gedankenlos in Kauf, es war mir einerlei. Alle Gespräche mit Mia und die dabei aufgedeckten Parallelen zwischen mir und ihrem Vater, der sich umgebracht hatte, waren vergessen. Ich hatte nur noch einen Gedanken: Philine retten. Und wenn es in meiner Möglichkeit stand – falls das Phantastische, Irreale, Unwirkliche mit einem Mal nun doch möglich sein sollte – dann würde ich um Ihretwillen kämpfen.

Könnte ich den Tod töten?

Warum nicht?

Das Bewusstsein verlierend schloss ich womöglich zum letzten Mal meine Augen.

Eine zeitlose Stille vermochte mir zwar zunächst das Gefühl von Frieden zu vermitteln. Doch dann ein Zischeln, noch weit entfernt. Zu dem Zischeln mischten sich binnen weniger Sekunden Krabbelgeräusche, als ob tausende und abertausende kleiner Beinchen über den Boden tappelten. Ich riss meine Augen auf, wohlwissend, was da auf mich zukam. Augenscheinlich schien ich mich noch in meiner Wohnung zu befinden, doch würde ich mich von diesem trügerischen, von Gewohnheit und Lethargie geprägten Bild nicht täuschen lassen. Der Tod wollte auf vermeintlichen Samtpfoten nahen, doch war mein Gehör für seine sachten Schritte sensibilisiert. Mein Körper befand sich jedoch in einer Schockstarre. Jeder Muskel schien erschlafft und unfähig, die Glieder meines Körpers zu bewegen, und so lag ich bewegungsunfähig und wehrlos auf meinem Rücken. Meine Augen brannten, schrien, weinten und wollten aus meinen Augenhöhlen herausspringen. Aber so konnte und durfte es nicht enden.

»Kämpfe – für Philine«, war mein einziger Gedanke und es mussten eben diese Worte gewesen sein, die mir die nötige Kraft gaben. Als hätte ich einen Stromschlag erlitten, zuckten meine Arme und Beine gleichzeitig auf. Den Schmerz beiseite schiebend, sprang ich aus meinem Bett hervor, mir die Kanüle vom Arm reißend. Ich stürmte zur Wohnungstür und stieß sie auf, gelangte aber nicht auf die Gerberstraße, sondern befand mich mit einem Mal wieder auf eben jenem Krankenhausflur, auf dem ich mein letztes Gespräch mit Theo geführt hatte.

Was hier passierte, konnte nicht mehr real sein.

Zeit und Ort ergaben keinen Sinn mehr, doch über derartig Ungeheuerliches konnte ich jetzt nicht nachdenken, konnte ich doch jederzeit wieder die Kontrolle über meinen Körper verlieren. Im Adrenalinrausch rannte ich den seltsamerweise menschenleeren Krankenhausflur unter flackernden Deckenleuchten entlang, bog zweimal links und einmal rechts ab. Immer schneller wollte ich werden und schien doch immer mühsamer vom Fleck zu kommen, ganz so, als bewegte ich mich im Treibsand. Anhalten durfte ich nicht, denn dass ich verfolgt wurde, spürte ich, hörte ich. Schon tropfte mir Schweiß von der Stirn und meine Atmung wurde schwerer. Die Nummern der Patientenzimmer begannen vor meinen Augen zu verschwimmen, aber ich schaffte es – das Zimmer mit der Nummer 50, in dem Philine untergebracht war, lag direkt vor mir. Und mit letzter Kraft stieß ich die Tür auf.

Noch ehe ich in das Zimmer hineinblicken konnte, ergriff mich eine Vielzahl von Düften, die sich wie Nebelschwaden um mich legten. Düfte aus meiner Vergangenheit, die mich ergriffen und mich an vergessen geglaubte Ereignisse denken ließen, das Hier und Jetzt vernebelnd.

Da stach zunächst der Geruch von Lösungsmittel in meine Nase, und ohne dass sich der Nebel gelichtet hätte, spielte sich doch ein Film klar vor meinen Augen ab. Ich sah mich als kleinen Jungen, nicht älter als sechs oder sieben Jahre, mit Emma konzentriert ein Marmeladenglas mit verschiedenfarbigem Tonpapier beklebend. Ein Pinguin aus Filz und zwei Weihnachtshirsche aus Schokolade lagen bereits etwas abseits auf einem Tablett. Während ich als Kind derart konzentriert beim Kleben zugange war, dass meine Zunge fast die eigene Nasenspitze zu berühren schien, strahlte mich Emma nur freudig an, streichelte mir über die Schultern, verschwand kurz und brachte mir schließlich eine Tasse mit heißer, sahniger Schokolade samt Marshmallow. Wie dieser längst vergangene und so betörende süßliche Duft mir nun wieder in die Nase stieg!

»Und nachher bauen wir draußen einen Schneemann, ja?«, hörte ich mich selbst sagen. Emma lächelte freundlich. »Hast du nicht gestern noch gesagt, dass du den Winter nicht leiden magst? Dass das eine doofe Jahreszeit ist?«

Mein jüngeres Ich pappte ein grünes Papierstück an das Marmeladenglas. »Ja, schon. Aber es kann ja nicht immer nur warm sein. Das wäre dann ja auch doof. Dann wüsste ich ja gar nicht, dass der Sommer etwas Besonderes ist! Ich finde das mit den vier Jahreszeiten schon ganz gut, glaube ich. Man kann doch irgendwie immer was machen.«

Emma lächelte.

Dann wechselten die Bilder im Nebel.

Ein zimtig-karamellisierter Duft schwebte nun in der Luft. Das Bild eines Rummelplatzes nahm Konturen an, auf dem ich als vielleicht Elf- oder Zwölfjähriger mit einer Tüte gebrannter

Mandeln neben Emma stand und sehnsüchtig auf die knallbunten Fahrgeschäfte schaute.

»Womit möchtest du zuerst fahren?«, fragte mich Emma.

Was bei meinem jüngeren Ich eben noch wie Sehnsucht wirkte, schien schlagartig in eine ablehnende Haltung umgeschlagen zu sein. »Oh nein, ich möchte in keines dieser Fahrgeschäfte. Sie belasten Rücken, Herz und Kreislauf und lösen Stress aus - das muss ich meinem Körper nicht antun. Ich bin vielleicht noch jung, aber wehret den Anfängen, Oma! Lass mich aufessen und dann können wir vielleicht noch eine Runde über den Platz drehen.«

Meine Großmutter sah nachdenklich aus. »Wieso bist du heute nicht mit deinen Eltern hier? Sie wären gerne mitgekommen.«

»Aber das dürfen sie nicht mehr! Nie wieder!« Ich sah mich die Arme verschränken und den Unterkiefer vorschieben. Es war erschreckend, wie erwachsen mein Gesicht in diesem Moment bereits aussah. »Sie haben beide ihr Wort gebrochen. Beide haben sie mir in die Augen geguckt und gesagt, dass sie dabei sind, wenn ich beim Lesewettbewerb antrete. Und sie haben schon wieder nicht ihr Wort gehalten! Nie halten sie das, was sie mir versprechen!«

»Und es tut ihnen außerordentlich leid. Sie bereuen es sehr, dass sie dich vor lauter Arbeit da im Stich gelassen haben.«

»Das bringt mir jetzt nichts mehr. Sie hätten es eben gar nicht erst tun dürfen! Man sagt nicht das eine und macht das andere! Und warum trifft es auch immer mich? Bei meinem Bruder waren sie bei seinem wichtigen Fußballspiel dabei.«

Emma runzelte die Stirn. »Vielleicht denken deine Eltern manchmal, dass du besonders stark bist. Du wirkst schon so erwachsen, intelligent, abgeklärt – da vergisst man vielleicht manchmal ...«

»..., dass ich ein Kind bin? Und auch etwas fühle?«

»Deine Eltern haben Fehler gemacht. Aber sie wollen sich ändern, das weiß ich genau, Martin!«

Ich sah mich wütend aufstampfen. »Na und? Niemand kann sich ändern! Erst recht nicht erwachsene Menschen. Wenn man einen schlechten Charakter hat, dann behält man diesen auch! Das ist mit unserem Kopf wie mit unserem restlichen Körper! Er kann krank werden und man kann ihn heilen. Ein Husten kommt und verschwindet. Aber wie lang die Beine oder Arme sind, ob die Füße groß oder klein sind, ob man ein breites oder schmales Kinn hat, das gibt uns die Natur vor. Und dass meine Eltern mich nicht lieben und ich meine Eltern nicht liebe, das ist auch vorgegeben. Wir sind zu unterschiedlich, Oma, meine Eltern und ich. Unsere Chemie stimmt nicht.«

»Aber Martin, sind du und ich nicht auch ganz unterschiedliche Menschen, obwohl wir uns so gern haben? Ich habe als junge Frau zum Beispiel den Rummelplatz geliebt und ich hätte auch nicht geruht, bis ich nicht jedes einzelne Fahrgeschäft einmal ausprobiert hätte, das kannst du mir aber glauben.«

Mein Kindheits-Ich runzelte die Stirn. »Wirklich?«

Ich sah noch, wie Emma nickte, lächelte, meine Hand ergriff und mich zum Autoscooter zog. Emma, die Lügnerin. Vermutlich hatte sie als Kind Fahrgeschäfte genauso gehasst wie ich.

Aber konzentriere dich, Martin Baumann! Verliere dich nicht in der Vergangenheit! Denke an Philine! Ich schüttelte und schüttelte mich, gegen diese Nebelschwaden von rührseligen Erinnerungen ankämpfend. Und je mehr ich schüttelte, desto mehr lichtete sich der Nebel und das Vergangene verschwand – bis sich mir schließlich ein kahles Krankenhauszimmer offenbarte, in das ich nun mit meinen verzweifelten Augen hineinblickte. Ein Zimmer, gänzlich in stechendem Weiß gehalten und ohne Dekoration und Möbeln, einzig mit einem Bett in der Mitte, flankiert links und rechts von allerlei medizinischen Gerätschaften. Hinter dem Bett befand sich überdies noch eine hoch emporragende Standuhr aus Eiche. Das Ticken ihres Uhrwerkes war das einzige zu vernehmende Geräusch.

Vorsichtig wagte ich mich im Zimmer voran. Im Bett fand ich jedoch zu meinem Entsetzen nicht meine geliebte Philine, sondern eine alte Frau mit dichtem, weißem Haar liegen, die Augen offen und zur Zimmerdecke gerichtet.

»Oma? ... Wie kann das ... Ich verstehe nicht ...«

Emma antwortete nicht sofort, sondern starrte zunächst noch einige Sekunden weiter nach oben, ehe sie schließlich blinzelte und leise zu sprechen begann. »Ich weiß, dass du das nicht verstehst. Noch nicht. Darum bist du doch hier, Martin.«

»Aber du bist doch gestorben. In Wirklichkeit. Und ich habe es in meinem Traum gesehen. Oder vielleicht war es auch kein Traum. Dein Herz hörte auf zu schlagen und dann kam er, der Tod, der leibhaftige Tod, und er hat dich geholt. Ich habe es gesehen! Du bist gestorben, in diesem Krankenhaus in einem anderen Zimmer. Du dürftest gar nicht hier sein. Ich war auf deiner Beerdigung!«

»Und doch redest du mit mir«, antwortete sie mir gleichmütig, dabei anscheinend unfähig, den Kopf zu heben.

Zitternd begab ich mich an die linke Seite des Bettes und musterte meine reglos daliegende Großmutter aus nächster Nähe. Mein Blick wanderte von ihrem in tiefen Falten liegenden Gesicht über ihren fahlen, blütenweißen Hals und ihr graues Nachthemd herunter, dorthin, wo ihre Füße hätten sein müssen. Erschrocken sah ich dort aber nur zwei unförmige Klumpen.

»Oma, deine Füße! Was ist mit deinen Füßen? Wer hat dir das angetan?«

»Du warst das, Martin.«

»Ich ... wie sollte ich?«

Emma blickte weiter zur Decke. »Ich kann mich nicht bewegen, Martin. Könnte ich mich aber bewegen, käme ich auch nicht vom Fleck, denn ich habe keine Füße. Sie fehlen mir, weil du nicht möchtest, dass ich diesen Ort hier verlasse.«

»Das verstehe ich nicht, Oma. So ein Quatsch. Natürlich will ich, dass du aus diesem Krankenhausbett rauskommst. Du sollst leben! Wieso sagst du so etwas?«

»Die Frage musst du dir selbst beantworten. Und zwar schnell, denn uns läuft die Zeit davon. Er kommt. Der Tod kommt und du weißt, dass man ihn nicht aufhalten kann.«

Erschrocken lauschte ich in die Stille hinein. Ja, das Tappeln sich nähernder Beinchen war zu hören, die Vorboten des Todes stürmten auf mich zu und würden bald das Grauen in dieses noch strahlend weiße Zimmer bringen. Zweimal war ich dem Tod entkommen, auf Emmas Beerdigung und im Zimmer von Frau Gleisenach ... ein drittes Mal würde mir dies nicht gelingen, nicht hier, nicht an diesem unwirklichen Ort.

Ich wurde lauter. »Oma, dann REDE doch! Was kann ich für dich tun, wo ist Philine? Wie kann ich das, was da kommt, besiegen? Hilf mir, bitte, Oma. Was ist das hier für ein Ort?«

Da sich Emma nach wie vor nicht regte, beugte ich mich direkt über ihr Gesicht, um ihr eindringlich in ihre Augen blicken zu können. Doch ich sah nur in leblose Pupillen, denen jegliche Geisteskraft abhanden gekommen zu sein schien. Ich sah in seelenlose Augen, die nicht Emma gehören konnten. Erschrocken wich ich wieder zurück.

»Du bist nicht meine Oma.«

Die alte Frau deutete ein Lächeln an. »Bin ich nicht?«

»Nein. Ich sehe in deine Augen und sehe nichts ... nur Leere. Rein äußerlich magst du wie sie sein, aber du bist nicht sie! Deine Augen! Keine Spur von ihrem Geist.« Meine Beine zitterten unkontrolliert. »Ich verstehe das, was mit mir passiert nicht, aber eines zumindest weiß ich gewiss. Meine Oma ist vor Monaten gestorben und vielleicht, so Gott will, an einem besseren Ort. Oder aber nirgendwo. Aber ganz bestimmt nicht hier. Das hier ist unecht. DU bist unecht!«

»Wo bist du denn dann, Martin? Wer kann ich sonst sein?«

Ich versuchte mich zu konzentrieren. »So, wie ich das sehe, gibt es zwei Möglichkeiten: Falls ich das Betäubungsmittel richtig dosiert habe, dann ist das hier nur ein irrer Trip in mein Unterbewusstsein und du bist damit lediglich eine Projektion meines Verstandes. Falls ich die Dosierung aber zu hoch angesetzt habe

... dann bin ich gestorben und du bist somit eine mir völlig unerklärliche Erscheinung aus dem Jenseits, ein Ort, an dem die Gesetze meines Verstandes nicht mehr greifen.«

Emma oder das, was wie Emma schien, hob leicht ihren Kopf und wandte sich mir zu. »Ganz richtig, es gibt diese zwei Möglichkeiten. Also, entscheide dich, Martin: Was soll das hier sein?«

Mir liefen Tränen, heiß wie Feuer, über die Wangen. »Ich weiß es nicht. Ich weiß es wirklich nicht. Ich will doch nur nicht Philine verlieren.«

»Also willst du deine Frau vor dem sicheren Tod retten oder andernfalls mit ihr im Tod vereint sein? Ist es das, was du willst? Dann wähle das Jenseits.«

Die Tränen tropften mir auf meine Schuhe. Ich blickte hinunter und sah die sich auf dem Glattleder meiner Schuhe sammelnden Tropfen. Und ich musste daran zurückdenken, wie Philine und ich im Spätsommer jeweils einen unserer Schuhe an die Eiche im Stadtpark geworfen hatte. Einen schwarzen Schnürschuh, verbunden mit einem bunten Pumps. »Nein, ich glaube nicht, dass ich die Macht habe, sie vor dem Tod zu retten. Mit meinem Tod wäre nichts gewonnen. Und sie würde das auch nicht wollen.«

Die falsche Emma grinste immer sichtbarer. »Dann sag es doch endlich, Martin. Was willst du?«

»Ich sage dir, was ich will. Ich will das, was Emma, was meine echte Großmutter, wo auch immer sie jetzt ist, hatte. Sie konnte von Konrad loslassen, obwohl sie ihn über alles liebte. Auch ich will loslassen können. Nicht krampfhaft festhalten müssen. Vertrauen können, dass es gut wird. Mich nicht mehr von meiner Angst lähmen lassen.«

»Du musst dich entscheiden. Jetzt.«

»Ich entscheide mich dafür, zu leben.«

Und als ich dies ausgesprochen hatte, sah ich, wie die Klumpen an Emmas Beinen wieder die Form von Füßen annahmen. Ich sah, wie sich die alte Frau im Bett aufrichtete und mich mit Augen anstrahlte, die an Wärme wieder zu gewinnen schienen. Aber meine Erkenntnis kam vielleicht schon zu spät. Das Zischeln der Spinnenwesen war nicht mehr zu überhören. Schon begannen sie sich zu einem Klangteppich zu verweben: »Wir kündigen ihn an, wir kündigen den Tod an.« Wenige Sekunden noch, und sie würden hier sein. Und dann würde auch ER hier sein. Dann gäbe es für mich kein Entrinnen mehr. Ich musste fliehen, nicht um meiner selbst willen, wohl aber Philine zuliebe. Die alte Frau, Emma oder nicht, atmete tief durch und griff nach meiner Hand.

»Denk immer daran: Du lebst, Martin! Dein Verstand hat dieses Krankenzimmer, dieses Gefängnis selbst gebaut. Du warst es, der mich hier an dieses Bett gefesselt hatte. Alles, was hier geschieht, kommt von dir und ist ein Teil von dir. Also kannst nur du dich selbst befreien.«

Es war soweit. Durch die Zimmertür, unter dem Bett, selbst aus den kleinsten Fugen und Ritzen kamen die Spinnentiere herausgekrabbelt und tauchten das eben noch strahlend weiße Zimmer in mattgrau und schwarz. Mit zitternder Hand ergriff die alte Frau mein Gesicht und für einen Augenblick sah ich sie endlich wieder, die strahlenden Augen der echten Emma, meiner Großmutter. »Mein Junge, ich liebe dich. Und denk immer daran, was Mia dir gesagt hat: Wenn der Wind weht, bauen die einen Mauern und die anderen Windmühlen. Denk daran!«

Wie eine schwarze Meereswelle schwappten die Spinnen durch den Raum. Binnen weniger Sekunden hatten sie das Abbild meiner Oma überrannt. Die Spinnen scharrten sich so dicht um mich, dass ich keinen Schritt mehr hätte gehen können, ohne auf eine Vielzahl der Achtbeiner zu treten.

Allesamt starrten sie mich mit ihren funkelnden Kohlenaugen an, begierig darauf wartend, dass ihr Herr und Meister erscheinen und mich meiner Seele berauben möge.

Meine Beine zitterten vor Angst und meine Augen sprangen panisch umher. Am liebsten wäre ich einfach losgerannt, hätte diese Mistviecher zerquetscht und wäre aus dieser nicht für möglich gehaltenen Hölle geflohen. Aber das Wissen, dass es keinen Ort mehr für mich gab, an den ich hätte fliehen können, hielt mich zurück. Wenn das hier alles nur ein Traum war, dann konnte ich hier auch nichts an Philines Schicksal ändern – ich konnte hier einzig und allein mich selbst verändern.

Meine Beine vermochten die Last meines Körpers nicht mehr zu tragen. Kraftlos sank ich neben Emmas Bett zu Boden, mein Schicksal wehrlos erwartend. Philine, bitte verzeih mir, ich kann dir nicht mehr helfen.

Die monströse Gestalt des Sensenmannes stand nun bereits im Türrahmen. Unter seiner sein Haupt bedeckenden Kapuze sah ich die spröden, aufgerissenen Lippen hervorblitzen, maskenhaft zu einem Lächeln verzerrt.

Die Worte, Emmas und Mias Worte, sie lauteten: Wenn Wind weht, bauen die einen Mauern und die anderen Windmühlen. Ja, in meinem Leben war zuletzt so einiges durcheinandergewirbelt worden. Der Verlust meiner Großmutter, die Liebe zu Philine, der bevorstehende Tod Philines ... das alles machte viel mit mir. Ich hatte Routinen aufgegeben, führte kein Traumprotokoll mehr, ließ mich auf mir fremde Menschen ein und hatte Natur und Kunst etwas abgewinnen können. Und dann hatte ich zuletzt versucht, wieder alles auf Anfang zu stellen, ohne dass mir das gelungen war. Und was nun?

Der Sensenmann betrat den Raum und näherte sich mir, dabei scheinbar auf den Spinnen schwebend.

Verdammt, denk, Martin, denk! Meine Wangen fühlten sich heiß an und das Blut schien an meiner Schlafe so heftig zu pochen, dass hier eine Ader zu platzen drohte. Das Klacken der aus Eichenholz bestehenden Standuhr schmerzte in meinen Ohren. Die Sekunden verstrichen und jede einzelne schien mir in mein Herz zu stechen.

Alles, was ich in den letzten Jahren und Jahrzehnten an Erinnerungen zu unterdrücken versucht hatte, war in den letzten Monaten wieder an die Oberfläche geweht worden. Meine Mauern hatten nicht gehalten. Eine Revolution hatte in mir stattgefunden und der Mensch, der ich im Winter noch gewesen war, den gab es nicht mehr.

Der Tod hatte sich nun über mich gebeugt und ich blickte direkt in sein abstoßendes Antlitz. Ein langgezogenes, deformiertes Gesicht mit kleinen Kohlenaugen, spröden Lippen und kreidebleicher, an den Wangen eingerissener Haut.

Baue Windmühlen, Martin! Akzeptiere den Wind der Veränderung! Du kannst deine Gefühle nicht dauerhaft abwehren oder sie verleugnen, also nutze sie und ziehe Kraft aus ihnen. Nur wer den Schmerz des Abschieds aufrichtig und in seiner ganzen Härte zulässt, kann auch Raum für Neues im Leben schaffen. Loslassen können heißt darauf zu vertrauen, dass es schon irgendwie weitergehen wird.

Ich hatte nie richtig Abschied von Emma genommen, was ein Fehler war. Ich schwor mir, diesen Fehler bei Philine nicht zu wiederholen. Falls ich dazu jemals noch die Gelegenheit bekommen würde.

Doch mein Ende war wohl gekommen. Das kalte Metall der Sense durchbohrte meinen Leib, mein Fleisch. Mit einem Ruck riss mich der Tod vom Boden und ließ mich von der Sense durchbohrt in der Luft hängen. Aber ich spürte schon keinen Schmerz mehr. Der Prozess des Sterbens setzte ein und meine Kraft verließ mich. Einer meiner letzten Blicke fiel auf mein Handgelenk und somit auf die Armbanduhr meiner Großmutter. Und in diesem allerletzten Moment schien ein Wunder zu geschehen. Das zuvor dröhnende Ticken der Standuhr war verstummt und stattdessen begannen sich die Zeiger meiner Armbanduhr zu bewegen. Die seit Jahrzehnten als Schrott geltende Uhr war zu neuem Leben erwacht.

Jetzt endlich war ich bereit, zu sterben und ins Licht zu gehen. Das Brennen meiner Augen war verschwunden. Sterben war nicht immer etwas Schlechtes. Bedeutete Veränderung nicht, dass etwas Bisheriges vergehen musste, um Raum für etwas Neues zu schaffen? Und als ich zuletzt in den gierigen Schlund des Todes blickte, spürte ich keinerlei Angst mehr, nur noch ein Vertrauen.

Zu mir selbst.

Zu etwas Höherem.

176

Der Tod war für mich kein großer Unbekannter mehr, der den Tod Emmas oder Philines ankündigte. Er war ein Symbol aus meinem Unterbewusstsein, der das Ende eines Kapitels in mir selbst anzeigte. Nie wieder würde ich das Leben an mir nur vorbeiziehen lassen. Ich hatte mich verändert und auch wenn ich es versucht hatte, gab es doch kein Zurück mehr.

Farbtupfer im Winter

Mit rasendem Herzen und zittrigen Gliedmaßen erwachte ich. Mein Mund schien völlig ausgetrocknet, ich war völlig dehydriert. Als ich mir ins Gesicht fasste, fühlte ich eine schon halb vertrocknete Träne an meiner rechten Wange. Sogleich rückte Aristoteles zu mir ans Bett und leckte mir über mein Gesicht, was aller hygienischen Einwände zum Trotz irgendwie erbaulich wirkte.
Wie konnte ich das Geschehene noch vernünftig erklären? Hatte ich mich zu stark betäubt und dadurch vaskuläre Hirnschädigungen erlitten, die zu Halluzinationen geführt hatten? Oder hatte mein Zentralnervensystem in meiner emotionalen Erregung an irgendwelchen neuralen Hebeln herumgespielt? Oder war mein Rauschzustand womöglich durch eine erhöhte Kohlendioxidkonzentration im Blut zu erklären? Denkbar wäre auch, dass mein Körper, ähnlich wie bei einer Nahtoderfahrung, seine ganz speziellen, sonst geheim gehaltenen Botenstoffe aussandte, um sich vor allzu großen Schmerzen zu schützen. Vermeintliche Erklärungen für das auf den ersten Blick Unerklärbare gab es immer zuhauf, das war ja irgendwie auch beruhigend. Es war beruhigend, die Gewissheit zu haben, dass der Tod, der mich verfolgte, kein mystisches Wesen gewesen war, sondern ein Sinn-

bild meiner fortschreitenden Persönlichkeitsveränderung. Eine solche Reaktion war sicherlich alles andere als gewöhnlich oder auch nur annähernd geistig gesund, aber zumindest irgendwie erklärbar - um mehr ging es hier ja schon lange nicht mehr.

Noch als ich beim Frühstück saß, klingelte mein Handy. Angesichts der Uhrzeit, halb acht Uhr morgens, ahnte ich leider, wer aus welchem Grund anrief.

»Martin, ich muss dir leider mitteilen, dass der Tumor in Philines Hirn zu einer Druckerhöhung geführt hat und sie ins Koma gefallen ist. Aus diesem wird sie leider auch nicht mehr erwachen. Es wird wohl alles sehr schnell gehen, sodass sie voraussichtlich noch heute sterben wird. Falls du dich vielleicht jetzt zumindest verabschieden willst ...«

Ich legte auf, stürmte aus der Wohnung, rannte auf die Gerberstraße und stoppte unter dem Gehupe der anderen Autofahrer mit wild fuchtelnden Armen das nächste Taxi, das mir begegnete. Beim Krankenhaus angekommen, sprintete ich die Flure entlang, während entgegenkommende Ärzte und Patienten erschrocken zur Seite wichen. Als ich beim Patientenzimmer 50 ankam, empfing mich Theo bereits mit trauriger Miene.

»Martin, ich ... «

»Gib mir einen Moment mit ihr alleine.«

Er klopfte mir auf die Schulter. »Nimm dir alle Zeit, die du brauchst.«

Es war ein befremdlicher und zunächst auch unheimlicher Anblick, wie diese wunderschöne Frau mit aschfahler Haut, eingesunkenen Wangen und tieffurchigen Falten in dem weiß schimmernden Bett lag, angeschlossen an einer Vielzahl von Schläuchen, die sie wie eine an Fäden hängende Marionette erscheinen ließen. Kein Zeichen von Lebensfreude war mehr an ihr zu erkennen und ich musste einige Sekunden lang tief durchatmen, ehe ich es endlich schaffte, mich zu ihr ans Krankenbett zu knien. Duftete ihre Haut sonst nach Seife und Lavendel oder nach

178

irgendeiner anderen Bodylotion und roch ihr Haar so wunderbar nach Honig, so nahm ich nun nur noch irgendeine Phenollösung, irgendein Desinfektionsmittel, wahr. Alles schien steril und damit lieblos.

Vorsichtig beugte ich mich zu Philine hin und flüsterte ihr ins Ohr.

»Meine Süße, ich bin bei dir. Ich weiß, dass es jetzt viel zu spät ist und ich hoffe, wo auch immer du jetzt hingehst, dass du mir verzeihen kannst. Verzeih mir, dass ich dir in deinen letzten Tagen und Stunden nicht besser beigestanden habe. Ich weiß nun, dass ich ein Arschloch war. Dass ich Mauern in meinem Kopf hatte, die mich nicht klar sehen ließen. Ich hatte den dummen Gedanken, meine Gefühle nach Belieben lenken und kontrollieren zu können ... sie bei Bedarf in eine Schublade zu stecken, unter den Teppich zu kehren oder wie einen Pokal in die Vitrine stellen zu können. Dabei war ich nur ein Idiot, der sich selbst so sehr verleugnete, bis er von seinem eigenen Ich überwältigt wurde. Du hast mir die Augen für das Leben geöffnet. Alles, was ich jetzt weiß und fühle, verdanke ich nur dir. Und du hast mein Herz geöffnet. Du ... bist alles, was ich mir je erträumen konnte. Und in dem Moment, in dem ich das alles nun weiß und fühle, verlässt du mich. Wieso? Wieso zeigst du mir, was Liebe ist, nur um im nächsten Moment ein Loch in mein Herz zu reißen? Wieso tut es so weh? Wieso muss ich jetzt weinen?«

Tränen liefen mir an beiden Wangen herunter. Wie sie da lag, die schönste und bezauberndste Frau, die mir je begegnet war, wie ihre Haut bleich war, wie sie so schwer atmete. Ich konnte und wollte sie nicht gehen lassen. Und ich war mir sicher, ach was, ich wusste: Auch sie wollte mich nicht verlassen. Doch ich musste Abschied nehmen und darauf vertrauen, dass das Leben für mich weitergehen würde. Schon bald würde das Elektrokardiogramm Philines Herzschlag nur noch zögerlich aufzeichnen. Alsbald würde das Kammerflimmern beginnen. Ihr Herzstillstand würde folgen.

Aber am Sterbebett zu stehen und einem Menschen, den ich wirklich und wahrhaftig liebe, einfach »Lebewohl« zu sagen, das konnte ich nicht und das konnten wohl nur die wenigsten. Eine unfassbare Verzweiflung übermannte mich.

»Philine, bitte, tu mir das nicht an. Zeig mir bitte, dass das alles mit uns nicht umsonst war. Wenn du mich hören kannst ... wenn du mich entgegen aller medizinischen Wahrscheinlichkeit hören kannst, dann, bitte, zeig es mir ... zeig mir, dass unser Leben irgendeinen verfluchten Sinn hat. Zeig mir, dass Wunder möglich sind.«

In meiner Verzweiflung griff ich nach Philines rechter Hand und umklammerte sie fest mit meinen beiden Händen.

»Spürst du das? Ich bin bei dir. Ich wäre mit dir bis ans Ende der Welt gegangen. Hörst du mich? Wenn du mich hören kannst, dann ... zeig mir, dass das alles nicht umsonst war. Beweis mir, dass es mehr gibt als unseren Verstand. Ich weiß nicht mehr, ich kann nicht mehr.«

Was war aus mir geworden? Tränen überströmt lag ich auf meinen Knien und flehte um ein Wunder. Der Psychotherapeut, der seine Gefühle kontrollieren und kanalisieren wollte. Die Gefühle, die den Psychotherapeuten veränderten.

Und abermals: Wozu das alles?

Es geschah, als ich nicht mehr damit zu rechnen wagte. In meiner Hand spürte ich eine zarte Bewegung, kaum wahrnehmbar, aber doch zweifellos vorhanden. Philine bewegte ihren kleinen Finger. Nicht mit Druck, doch deutlich spürbar. Ein medizinisch nicht zu erklärendes Wunder geschah just in diesem Moment. Ich wusste nicht mehr, wie mir war, eine Welle an Liebe und Wehmut zugleich erfasste mich. Das Unmögliche war in diesem Moment erstmals in meinem Leben möglich geworden, nicht in einem Traum, sondern wirklich! Philine war selbst jetzt bei mir und die Ärzte hatten sich ganz offensichtlich geirrt.

Was folgte, geschah alles sehr schnell und im Rausch neu aufkeimender Hoffnung.

Wie von Sinnen versuchte ich die Ärzte zu überzeugen, dass meine Frau lebte, dass sie klare Zeichen von sich gegeben hatte. Die Ärzte glaubten mir nicht. Sie schüttelten ihre Köpfe. Deutlich hörte ich sie miteinander tuscheln, sah, wie sie ihre Hälse verrenkten, um einen Blick von mir, den verrückten Tölpel, zu erhaschen. Aber ich hatte es doch mit meinen eigenen Augen gesehen, mit meiner eigenen Hand gefühlt.

»Sie hat ihren Finger bewegt. Glauben Sie mir! Sie hat ihren Finger bewegt!«, rief ich, zunächst zunehmend energischer, dann aber auch wieder kraftloser. Schließlich, als ich auf den Boden gesunken war, spürte ich mit sanftem Druck die warme Hand meines Freundes auf meiner rechten Schulter.

Theo setzte sich zu mir auf den Boden, blickte mir tief und verständnisvoll in die Augen. »Martin ...«

»Sag nichts. Ich weiß, was ich gesehen habe. Philine ... sie konnte mich hören. Sie hat mein Flehen gehört und darauf reagiert, indem sie ihren Finger bewegt hat. Wie kann sie dann noch hirntot sein? Sie kann gerettet werden.«

»Martin.«

»Wenn man vielleicht zu einem Spezialisten ...«

Unbeirrbar schüttelte Theo den Kopf. »Nein. Philine wird sterben. Hieran wird kein Weg vorbeiführen. Und so viel Verständnis ich auch habe, hilft es nichts: Ich muss dich bitten, die Realität anzuerkennen. Martin, auch wenn es noch so weh tut: Philine ist hirntot und kann somit ihren Finger nicht mehr bewusst bewegt haben. Möglicherweise hast du dir eine Bewegung eingebildet, weil du so fest darauf gehofft hast. Solche Fälle hatten wir schon häufiger. Dennoch musst du dich nun mit der Wahrheit abfinden.«

Finde dich mit der Wahrheit ab! Nur war immer das, was mir meine Augen, mein Verstand und meine Sinne diktierten, auch die unumstößliche Wahrheit? Falls dem wirklich so war, sah die Wahrheit wenige Stunden später so aus: Auf einer Leichenbahre sah ich zwei Pfleger Philine, überdeckt von einem weißen Laken, den Krankenhausflur entlang tragen. Und weg war sie, entrissen aus meinem Leben.

Mit taubem Gefühl verließ ich das Krankenhaus und wandelte ziellos umher. Die Jahresuhr hatte sich weiter gedreht und mittlerweile fielen erste Schneeflocken vom Himmel herab, die etwas verspielt in der Luft herumtanzten. Während die vier Jahreszeiten einem festen Zyklus folgten, hatte ich mich hingegen dauerhaft verändert. Ich war nicht mehr dieselbe Person wie im letzten Winter. Und all das Schwarz und das Weiß des Winters vermochten es dieses Mal nicht, andere Farben zu überdecken. Kamen mir schwarze, dunkelblaue oder graue Autos mit ihren stechenden Scheinwerfern entgegen, so entgingen mir doch nicht die bunten Aufkleber an ihrem Metall und ihren Scheiben. Kam in mir der Gedanke, die Karosserie würde von Geisterhand gefahren werden, auf, so sah ich den Wagen doch in der nächsten Sekunde anhalten und ein frisch verliebtes Paar aus diesem aussteigen. Erblickte ich eine junge Familie, die einen Schneemann ungestüm und stümperhaft zusammenbaute, so verpassten die Kinder dem wackligen Schneemann eine Tomate als Nase und bewarfen ihre Eltern laut lachend mit Schneebällen und ich sah nichts anderes als Familienglück.
Und unter all den mir entgegenkommenden Passanten mit ihren schwarzen Jacken, Mänteln und Mützen schimmerten immer wieder Farbtupfer hervor. Waren es hier rote Haare, waren es dort vielleicht neongelbe Socken oder aber ein hellblauer Schal. Menschen hingen im einen Moment ihren Gedanken nach und schienen einander nicht zu beachten, nur um im anderen Moment einer bei Glatteis hingefallenen alten Dame aufzuhelfen und sie fürsorglich zu stützen. Ich sah so viel mehr als im letzten Winter, sah Gutes und Schlechtes, Farbe und Farblosigkeit, Glück und Trauer gleichermaßen.
Und als ich schließlich im Stadtpark ankam, wo auch sonst hätte ich hingehen sollen, erblickte ich das ungleiche Schuhpaar mit einem Schuh von Philine und einem Schuh von mir an der

182

altehrwürdigen Eiche hängen. Ein in klassischem Schwarz gehaltener Schnürschuh und ein Pumps, der farblich an einen zu schrillen Wandteppich erinnerte. Seit jener Sommernacht vor einer gefühlten Ewigkeit hing dieses ungleiche Schuhpaar an einem der oberen Äste der Eiche und zeugte von dem Glück, das Philine und ich einige Monate lang teilen durften. Und hier, unter der Eiche stehend, gab ich schließlich jedwede Selbstbeherrschung auf. Laut schreiend fiel ich auf meine Knie und brüllte meinen Schmerz so laut heraus, wie ich nur konnte. Ich schrie, bis mein Hals brannte, und noch lange darüber hinaus. Passanten drehten sich nach mir um oder gingen erschrocken weiter, Kinder zeigten mit dem Finger auf mich.

Und ich fragte mich in aller Verzweiflung, wie es für mich jetzt weitergehen würde. Ob ich mir weiter anmaßen würde, als Psychotherapeut zu arbeiten und ob ich Mia als meine Patientin wieder aufnähme. Ob ich mit meiner Familie, mit meinen Eltern wieder Kontakt aufnehmen würde. Ob ich mit Theo wieder eine engere Freundschaft eingehen könnte. Und einen Entschluss fasste ich bei all diesen offenen Fragen: Ich beschloss, zukünftig zu schreiben. Kein Traumprotokoll, keine Patientenakte, keinen Sachtext, nichts Nüchternes, nichts Wirkliches, sondern Literatur. Ich nahm mir vor, Erfahrungen von mir festzuhalten, die man in einer anderen Form als die der Literatur nicht zum Ausdruck bringen konnte. Ich dachte an Erfahrungen, die auch der Wissenschaft nicht zugänglich waren. War es nicht eben jenes Alleinstellungsmerkmal der Literatur, von der Mia einmal gesprochen hatte? So albern es sich jetzt vielleicht anhören mochte – aber Literatur und Liebe schienen aus meiner jetzigen Sicht untrennbar zusammenzugehören. Und wenn ich die Geschichte von Philine und mir zu Papier brächte, dann würde ich immer nur dieses eine kraftvolle Bild vor Augen haben: Ein biederer und ein verspielter Schuh, wie sie untrennbar miteinander verbunden an einem Ast einer alten Eiche hingen. Denn dieses Bild könnte wie kein anderes den Kern meiner Geschichte widerspiegeln: Wie die Vernunft zu leben und zu lieben lernte.